ro
ro
ro

Irene Stratenwerth, geboren 1954, ist freie Journalistin und Ausstellungskuratorin. Die Autorin lebt in Hamburg.

Im wilden Osten dieser Stadt ist ihr zweiter Kriminalroman um die Anwältin Kristina Wolland.

Irene
Stratenwerth

Im wilden Osten dieser Stadt

Kriminalroman

Rowohlt Taschenbuch Verlag

Originalausgabe
Veröffentlicht im Rowohlt Taschenbuch Verlag,
Reinbek bei Hamburg, Februar 2012

Umschlaggestaltung any.way, Cathrin Günther
(Foto: neuebildanstalt/Seyfferth)
Satz Albertina MT (InDesign) bei
Pinkuin Satz und Datentechnik, Berlin
Druck und Bindung Druckerei C. H. Beck, Nördlingen
Printed in Germany
ISBN 978 3 499 25694 3

FSC www.fsc.org
MIX
Papier aus verantwortungsvollen Quellen
FSC® C019821

Das für dieses Buch verwendete FSC®-zertifizierte Papier
Lux Cream liefert Stora Enso, Finnland.

Prolog

Seit wie vielen Stunden lag er jetzt wach – ja sogar hellwach – in seinem Bett, mitten in der Nacht? Er versuchte, ruhig und gleichmäßig zu atmen. Sie lag neben ihm, reglos wie ein Stein. Wahrscheinlich hatte sie etwas genommen. Wie fast immer.

Er hätte jetzt auch gern ein Schlafmittel gehabt, aber eins, das ihn am nächsten Morgen wieder hellwach in den Tag entließ.

Er starrte an die Decke. Von draußen fiel fahl das Mondlicht herein. Sie lagen unter einer der Dachschrägen des kleinen Reihenhauses. Er hatte die Wände längst renovieren wollen. Aber sie konnten sich nicht einigen, ob mit Farbe oder Tapete. Und so hatte er irgendwie den richtigen Zeitpunkt dafür verpasst.

Er verbot sich, schon wieder aufzustehen. Zumindest eine halbe Stunde lang würde er noch liegen bleiben. Oder eine Viertelstunde. Nicht zu seiner Aktentasche gehen, in der ganz unten das flache, kleine Gerät verborgen war, das er sein Diensthandy nannte. Nicht nachsehen, ob eine SMS eingegangen war. Ob sie sich gemeldet hatte. Er hätte das feine «Klingklong», das die Ankunft einer neuen Nachricht vermeldete, ohnehin durch die dicksten Mauern hindurch sofort gehört.

Was erwartete er auch? Die Mitteilung, dass sie gut dort angekommen war? Oder einen Hilferuf? Besser nicht.

Er seufzte tief auf. Es war richtig gewesen. Es hatte keine andere Lösung gegeben. Er würde nie wieder von ihr hören. Er hatte es so gewollt. Und er würde sich daran gewöhnen.

Es war dort, wo sie jetzt war, ohnehin besser für sie. Dort hatte sie Leute. Die würden sich schon kümmern, wenn sie erst mal begriffen hatten.

Er drehte sich auf den Bauch. Hätte sie sich an die Spielregeln gehalten, hätte alles so weitergehen können. Noch lange. Aber das hatte sie ja nicht einsehen wollen. Jetzt war es zu spät.

Aber vielleicht würde sie ihm ja schon bald eine Nachricht schicken.

1

Verdammt. Verschlafen.

Kristina Wolland fuhr hoch und starrte verwirrt auf den Wecker neben ihrem Bett. Fünf vor neun. Es war Montag früh. Neben ihr ringelten sich Michels graublonde Locken auf dem Kopfkissen; der Mann atmete tief und fest. Wozu sollte er auch aufwachen? Seine Jeans und sein T-Shirt lagen, fein säuberlich zusammengefaltet, auf dem Rucksack, der, wie immer halb voll mit frischgewaschenen Sachen, an der Wand lehnte – als müsste Michel jederzeit darauf vorbereitet sein, sofort abreisen zu können.

Ist er wahrscheinlich auch, dachte Kristina mürrisch. Sie hätte nur gern gewusst, ob tatsächlich irgendjemand hinter dem Mann her war, mit dem sie seit drei Monaten ihr Bett teilte. Oder ob sie es war, deretwegen er sich stets zur Flucht bereithielt.

Erste Erinnerungen an die vergangene Nacht tauchten in ihr auf. Sie versuchte sie schnell wieder zu verjagen. Als sie aufstand, wurde ihr für einen Moment schwindelig. Sie musste sich an der Wand abstützen.

Drei vor neun. Hoffentlich war wenigstens Ceyda pünktlich im Büro. Noch immer benommen, tastete sich Kristina zum Telefon im Flur. Die Nummer kannte sie im Schlaf.

«Anwaltsbüro Kristina Wolland. Ceyda Ozgür am Apparat!» Ihre Stimme klang freundlich und aufgeräumt.

«Hallo, Ceyda, Kristina hier. Ich hab … Ach egal. Ist gestern spät geworden. Kannst du mal schnell in den Kalender gucken? Habe ich vormittags Termine?»

«Neun Uhr dreißig.» Ihre Anwaltsgehilfin hatte das natürlich im Kopf. «Schneider gegen Howaldt GmbH. Amtsgericht Altona.»

Kristina stöhnte auf.

«Ist doch bei dir um die Ecke», erklärte Ceyda aufmunternd. «Die Akte hab ich schon rausgesucht. Soll ich damit zum Gericht kommen?»

«Du bist ein Schatz! Wir treffen uns kurz vor halb zehn am Haupteingang!»

Kristina füllte den Wasserkocher halb voll, nahm Kaffee aus der Dose und häufte drei Löffel in die Durchdrück-Kanne. Sie hatte noch zwanzig Minuten, um zu duschen, sich anzuziehen, sich durchs Haar zu wuscheln und einen schwarzen Kaffee zu trinken. Das war gerade eben zu schaffen.

Mit der Akte unter dem Arm erwartete Ceyda Ozgür ihre Chefin im Treppenhaus des Gerichtsgebäudes an der Max-Brauer-Allee. Sie sah aus wie aus dem Ei gepellt. Ihrem dunklen Haar hatte sie vor kurzem einen neuen, raffinierten Schnitt verpassen lassen, es lag wie eine Haube um ihren Kopf. Die großen Augen waren dezent geschminkt, und für den Mund hatte Ceyda den auberginefarbenen Lippenstift benutzt, der zu ihr gehörte wie ihre kerzengerade Haltung. Sie trug einen kurzen Rock unter dem hellen Regenmantel. Alles an ihr wirkte perfekt. Die Anwaltsgehilfin war gut zehn Jahre jünger als Kristina, aber es war schon vorgekommen, dass man sie für die Chefin und die Anwältin für ihre Angestellte gehalten hatte.

Kristina hatte schnell eine Jeans und irgendein dunkles Oberteil aus dem Schrank gekramt. Im Amtsgericht kam es glücklicherweise nicht so darauf an. «Danke!» Mit einem erleichterten Seufzer schlüpfte sie in die Robe, die Ceyda bereithielt. Dann unterschrieb sie das Schriftstück, das oben auf der Akte festgeklemmt war.

«Gern geschehen. Bis später!» Ceyda drehte sich auf dem Absatz um.

«Hey, warte doch einen Moment», bat die Anwältin. «Das wird hier, glaube ich, nur ein Austausch von Schriftsätzen. Ich hab noch nicht gefrühstückt. Lass uns gleich erst mal einen Kaffee trinken gehen. Schließlich hast du mich gerade gerettet.»

«Und das Büro?»

«Kann mal eine halbe Stunde ohne uns auskommen.»

«Einen Milchkaffee, einen frischgepressten Orangensaft, ein Croissant mit Käse und Schinken. Macht fünf Euro zwanzig», sagte die Angestellte in der Kaffeebar.

«Für meine Mitarbeiterin bitte dasselbe», erwiderte Kristina.

Ich sollte mir das hier häufiger gönnen, dachte sie, so eine kleine Auszeit zwischen Gericht und Büro. Zu Hause hatte sie den Kaffee nach dem ersten, viel zu heißen Schluck dann doch nicht getrunken. Stattdessen hatte sie ihn in eine Thermoskanne gekippt und für Michel stehen lassen.

Seit er so ganz plötzlich in ihr Leben zurückgekehrt und auch gleich zu ihr in die Wohnung gezogen war, frühstückte sie morgens zu Hause. Dabei schlief Michel um diese Zeit in der Regel noch. Sie wusste ohnehin nicht so recht, was er den ganzen Tag über tat, dachte sie missmutig. Wenn sie abends nach Hause kam, saß er meistens an ihrem Computer. Ein paarmal hatte sie ihn gefragt, womit er sich beschäftigen würde, aber er hatte nur ausweichend geantwortet und irgendwas von «Netzwerken» gemurmelt.

«Tut mir leid, diese Aktion heute Morgen», entschuldigte sie sich jetzt bei Ceyda. «Aber ich habe bis heute Nacht um halb drei in der Psychiatrie-Aufnahme rumgesessen.»

«Etwas mit Michel?», fragte Ceyda mitfühlend.

Kristina merkte, dass die Frage sie ärgerte. «Nein, nein», wehrte sie hastig ab. «Mit Angie. Sie hat mich gebeten, sie hinzubringen.»

«Okay, verstehe.»

Vielleicht bilde ich mir den sarkastischen Unterton ja nur ein, dachte sie. Aber sie wusste schon, was Ceyda über ihr Engagement für Leute wie Angie dachte: Sie fand, dass Kristina Wolland zu viel für andere tat und zu wenig für sich selbst. Und dass jemand wie Angie, die tagelang mit einem vollgepackten Einkaufswagen durch die Fußgängerzone in Altona zog, die Hilfe einer vielbeschäftigten Anwältin nicht gerade mitten in der Nacht in Anspruch nehmen musste.

Die beiden Frauen schwiegen für einen Moment.

«Ach, sorry», seufzte Kristina schließlich, «ist nicht so wirklich mein Tag heute.»

«Hör auf, dich zu entschuldigen, Chef», erklärte ihre Angestellte resolut und angelte sich eine der Tageszeitungen, die auf dem Tresen der kleinen Kaffeebar lagen.

Kristina leckte gedankenverloren den Milchschaum von ihrem Löffel – und begann, die Einzelheiten der vergangenen Nacht zu rekapitulieren.

2

Gegen Mitternacht hatten sie immer noch in der Küche zusammengesessen, an ihrem Lieblingsplatz, dem runden Tisch mit den beiden Korbstühlen. Sie hatten eine Flasche Wein geöffnet, eine Kerze angezündet und geredet, und eigentlich hätte alles sehr schön sein können. So wie damals, in ihren besten gemeinsamen Zeiten. Aber dann hatte sich ihr Gespräch an einer schon fast vertrauten Stelle festgehakt und von da an nur noch im Kreis gedreht.

Es hatte alles damit angefangen, dass sie Michel, wenn auch etwas verklausuliert, gefragt hatte, was er denn nun vorhabe mit diesem Leben, das ihn nach einer langen Zeit in Südamerika wieder nach Hamburg zurückgeführt hatte. Sie hätte es eigentlich wissen können: Michel hatte sofort gereizt reagiert. Vermutlich hatte er gespürt, dass dahinter die Frage stand, was aus ihnen beiden werden sollte. Er hatte zu einer Brandrede gegen die deutsche Gründlichkeit und Planungswut angesetzt, die ihn schließlich schon einmal, vor zwanzig Jahren, aus diesem Land getrieben hatten. Sie hätte ihn einfach fragen sollen, ob dies auch als Kritik an ihrem Leben gemeint war, dachte Kristina jetzt. Denn ohne Planung und Gründlichkeit hätte sie nichts von dem, worauf sie stolz war, erreichen können. Wie zum Beispiel, dass sie ihr Jurastudium durchgezogen hatte und Anwältin geworden war. Dass ihre kleine Kanzlei in Altona sich über die Jahre einen guten Ruf erarbeitet hatte und sie und Ceyda zuverlässig ernährte. Und dass sie ihre Selbständigkeit immer hatte verteidigen können, auch gegen die verlockenden Angebote einiger Großkanzleien, die Kristina Wolland als begabte Juristin vor ein paar Jahren entdeckt und umworben hatten.

Aber sie hatte ihn nicht gefragt. Stattdessen hatte sie ein paar kritische Anmerkungen über Leute fallenlassen, die um jeden Preis eine Freiheit verteidigten, die man auch ganz einfach «Unverbindlichkeit» nennen könnte. Damit hatte sie Michel erst recht auf die Palme gebracht. «Meinst du mich damit?», hatte er wütend gefragt, war aufgesprungen und auf den Balkon gegangen, um erst mal eine Zigarette zu rauchen. Kristina war ein bisschen erschrocken in der Küche sitzen geblieben. Aber auch nach diesem Intermezzo hatten sie keinen Ausgang aus der unseligen Debatte gefunden.

Kurz nachdem sie gegen Mitternacht müde und resigniert erklärt hatte, sie gehe jetzt ins Bett, klingelte das Telefon. Es war Angie.

Dass sie um diese Zeit anrief, war noch nie vorgekommen. Angie besaß weder ein Handy, noch hatte sie einen Festnetzanschluss in ihrer Wohnung. Es klang so, als riefe sie von irgendeiner der wenigen öffentlichen Fernsprechsäulen an, die am Straßenrand standen. Selbst zu dieser späten Stunde hatte sie Mühe, den Lärm der vorbeifahrenden Autos zu übertönen, als sie erklärte: «Sie meinen es ernst. Sie sind hinter mir her. Der einzige Ort, an dem ich jetzt noch sicher sein kann – halbwegs sicher, sage ich dir, halbwegs sicher –, das ist die Klapse. Ich wollte dich fragen, ob du mich hinbringen kannst.»

Kristina ließ sich ihre Überraschung nicht anmerken. «Jetzt sofort?», fragte sie nur. Und als Angie diese Frage bejahte, versprach sie: «Ich bin gleich da, wenn du mir sagst, wo ich dich finde.»

«Lass uns am Bahnhof treffen», antwortete Angie ausweichend und beendete das Telefonat.

Kristina legte auf und sah Michel etwas ratlos an. «Soll ich mitkommen?», fragte er. Angie hatte so laut gesprochen, dass er wohl das meiste verstanden hatte.

«Lass mal», wehrte Kristina ab. «Auto fahren kannst du ja sowieso nicht mehr.» Sie warf einen langen Blick auf die Rotweinflasche, die sie gekauft und die er fast alleine geleert hatte.

«War ja nur ein Angebot», brummelte der Freund ein bisschen gekränkt.

Dann war sie auch schon aus der Tür.

Sie traf Angie vor dem Bahnhof Altona. Allein und sehr aufrecht stand die dürre Gestalt vor dem hellen Eingang der Passage, die zu den Gleisen führte. Kristina fuhr ihr Auto rechts heran, stieg aus und ging auf sie zu. Erleichtert registrierte sie, dass Angie ihren Einkaufswagen nicht dabeihatte. Sie hatte sich schon gefragt, wie sie das sperrige Gefährt in ihrem Fiat verstauen und wie sie es in der Psychiatrie wieder loswerden sollte.

Angie trug eine bauschige Winterjacke, die ursprünglich einem Mann gehört haben musste und ihr viel zu groß war. Obwohl es eine ungewöhnlich warme Oktobernacht war, hatte sie sich tief in das Kleidungsstück verkrochen, die Arme eng um den Oberkörper geschlungen. Sie sah aus, als würde sie frieren.

Etwas linkisch begrüßten sich die Frauen und gaben sich steif die Hand. Kein Außenstehender wäre auf die Idee gekommen, dass die beiden einmal Studentinnen im selben Semester gewesen waren. Sie sahen aus wie das, was sie in diesem Moment waren: eine chronisch psychisch Kranke und ihre gesetzliche Betreuerin.

«Steig ein», sagte Kristina. «Unterwegs können wir reden. Bis nach Ochsenzoll ist es ja noch ein ganzes Stück.»

Doch es wurde eine ungewöhnlich schweigsame Fahrt. Angie wollte offenbar nicht erzählen, was ihr Angst machte, und Kristina fragte sie nicht danach. Sie wusste, es kostete Angie unendlich viel Überwindung, freiwillig in die Klinik zu gehen. Wenn sie ihr jetzt nur eine einzige falsche Frage stellte, könnte die Stimmung schnell umschlagen.

Max-Brauer-Allee, Doormannsweg, Gärtnerstraße, Alsterkrugchaussee. Eigentlich hasste Kristina diese breiten und tagsüber immer verstopften Verkehrsschneisen durch die Stadt. Immerhin kamen sie jetzt auf diesen Straßen schnell voran.

Gegen Viertel nach eins betraten sie die in seltsam falbes Licht getauchte Eingangshalle der zentralen Notaufnahme im Klinikum Nord. Ein großer Mann im weißen Kittel steuerte auf sie zu – kein Arzt, sondern ein Pfleger, wie Kristina sofort erkannte.

«Was kann ich für Sie tun?», fragte er laut und dröhnend.

«Wir würden gerne einen Arzt …», setzte Kristina an.

«Name?»

«Wolland», antwortete Kristina leise. Ihr war schon klar, dass Angie nicht gern ihren Namen nennen würde.

«Die Diensthabende kümmert sich so bald wie möglich um

Sie!», verkündete der Pfleger. «Nehmen Sie Platz!» Er deutete mit der Hand auf das Ende des Raumes.

«Dann kann ich ja erst mal eine rauchen gehen», beschloss Angie und stapfte auf die große, gläserne Drehtür zu. Kristina folgte ihr nicht. Es sollte nicht aussehen, als bräuchte ihr Schützling eine Aufpasserin. Stattdessen nahm die Anwältin auf einem der braunen Plastikstühle Platz, die an der Stirnseite der Eingangshalle zu einer Reihe aneinandermontiert waren. Früher hatte es dort noch einen Aschenbecher gegeben, der stets ein geselliger Treffpunkt gewesen war. Jetzt verkündete ein Schild, dass das Rauchen überall in der Klinik verboten sei, und Kristina saß ganz alleine hier. Auf einem Tischchen lagen ein paar zerfledderte Illustrierte, aber die rührte sie nicht an.

Und während sie nichts anderes zu tun hatte, als zu beobachten, wie der Zeiger an der Wanduhr langsam vorrückte, begann sie sich an die Zeiten zu erinnern, in denen sie regelmäßig im Klinikum Nord ein und aus gegangen war.

Niemand außer ihr hatte damals noch daran geglaubt, dass es für Angie eine andere Perspektive gab als das Leben in einem psychiatrischen Wohnheim. «Diese Leute versanden eben», hatte ein freundlicher Oberarzt Kristina erklärt, als sie fragte, wie es denn nun mit seiner Patientin weitergehe. Er hatte dabei bedauernd mit den Schultern gezuckt. Angie hatte dumpf danebengesessen und vor sich hin gestarrt.

Der Psychiater hatte registriert, wie sehr diese Formulierung seine Gesprächspartnerin verstörte, und mit einem kurzen Blick auf die Patientin hinzugefügt: «Das muss nicht bedeuten, dass sie mit ihrem Leben weniger glücklich ist, als Sie oder ich es sind.»

Nein, hatte Kristina damals gedacht, das muss es nicht heißen. Aber wir beide können jedenfalls noch selbst entscheiden, womit wir uns unglücklich machen.

Erst nach und nach hatte sie begriffen, dass es nicht nur die

Medikamente waren, die ihre ehemalige Kommilitonin in diesem dichten, grauen Nebel von Gleichgültigkeit hatten verschwinden lassen. Angie hatte einfach aufgegeben und sich abgefunden mit einem Leben, in dem scheinbar alles geregelt war: ein Dach über dem Kopf, ein Bett und immer genug Zigaretten. Und sie wollte von dem, was Kristina ihr vorschlug, am Anfang auch gar nichts wissen: von der Möglichkeit, sich um einen Platz in einem ambulanten Betreuungsprogramm zu bewerben, in eine eigene Wohnung zu ziehen und sogar über ein bisschen Geld selbst zu bestimmen. Es hatte Monate gedauert, bis Kristina zum ersten Mal wieder dieses kurze, rebellische Blitzen in den Augen ihrer Freundin sah, das ihr von früher so vertraut war. Von da an wusste sie, dass Angie auf dem richtigen Weg war.

Wie lange würde man sie hier warten lassen? Durch die Glasscheibe neben der Drehtür war ein Grüppchen von Leuten zu erkennen, die draußen standen und rauchten. Angie bewegte sich wild gestikulierend mitten unter ihnen. Schließlich schob sie sich genau in dem Moment wieder in die Eingangshalle, als eine blasse Frau im weißen Kittel auf Kristina zusteuerte.

«Sind Sie Frau Wolland?», fragte die Ärztin. Ihr Haar war etwas zu blond, die Lippen ein bisschen zu rot. Beides zusammen ließ ihr Gesicht maskenhaft starr erscheinen.

Kristina nickte.

«Wie kann ich helfen?» Die Frau sprach mit einem leichten Akzent, den Kristina nicht einordnen konnte.

«Ich bin die gesetzliche Betreuerin. Aber worum es geht, erklärt Ihnen … die Patientin am besten selbst.» Diese hatte sich inzwischen neben die beiden anderen Frauen gestellt, als ginge sie das Ganze nichts an. Nach den ersten Worten der Ärztin hatte sich ihre Miene sichtbar verdüstert.

«Gut!», erklärte die Ärztin freundlich und wandte sich jetzt direkt an Angie. «Dann Sie folgen mir am besten in mein Sprechzimmer. Mit oder ohne Frau Wolland, ganz wie Sie es wünschen!» Sie wies zu einer Tür am anderen Ende des Flurs und setzte sich in Bewegung.

Angie packte Kristinas Arm mit ungewohnter Heftigkeit. «Lass uns hier abhauen», zischte sie ihr ins Ohr.

«Wieso das denn? Du bist freiwillig ... Es ist mitten in der Nacht! Und wir haben hier extra gewartet!»

«Weg hier!», flüsterte Angie eindringlich. «Bevor es zu spät ist. Sonst geh ich allein!»

Eigentlich wäre es ein Gebot der Höflichkeit gewesen, sich von der Ärztin zumindest mit ein paar entschuldigenden Worten zu verabschieden. Aber Angie hielt Kristinas Arm fest umklammert und drängte in Richtung Ausgang.

«Tut uns leid ... wir melden uns noch mal!», rief Kristina halbherzig über die Schulter und blickte kurz zur Psychiaterin zurück. Diese zuckte nur müde mit den Schultern. Wahrscheinlich war sie froh, dass sie einen Moment Ruhe bekam.

«Fahr mich nach Hause!», befahl Angie.

Die Rückfahrt nach Altona verlief wieder schweigsam.

«Sie sind überall, überall!!», brachte Angie als einzige Erklärung vor.

Kristina hatte keine Lust, darauf einzugehen. Das nächste Mal schicke ich ihr den psychiatrischen Notdienst, schwor sie sich im Stillen.

Vor Angies Haustür verabschiedeten sie sich knapp. «Wir sprechen uns morgen!»

3

«Frau Wolland, Rechtsanwältin?» Der Mann am Telefon klang jung und sehr amtlich.

Ceyda hatte ihn durchgestellt und nur knapp bemerkt: «Polizei. Irgendwas wegen Angie.» Kristina war sofort alarmiert gewesen.

«Ich bin Markus Wagner vom Polizeikommissariat Bergedorf. Sagt Ihnen der Name Angelika Gelterkind etwas? Ist die Dame Ihre Mandantin?»

Kristina seufzte ärgerlich: «Herr Wagner, Sie sind Polizist. Sie wissen, dass ich Ihnen darüber keine Auskunft geben darf.» Sie registrierte sofort, wie unwirsch sie klang. «Ich werde Sie jetzt nicht fragen, worum es überhaupt geht», fuhr sie etwas freundlicher fort. «Wenn Frau Gelterkind anwaltliche Unterstützung braucht, dann sollte ich das schon von ihr selbst erfahren.»

«Ist leider nicht möglich», erklärte der Polizist geschäftsmäßig. «Ich habe hier eine Todesermittlungssache. Zum Nachteil von Angelika Gelterkind.»

Unter Kristina tat sich ein großes schwarzes Loch auf. «Was sagen Sie da? Sie ist tot?»

«Ich fürchte schon.» Die Stimme des Kriminalbeamten war eine Spur weicher geworden. «Heute Vormittag haben spielende Kinder am Boberger See eine weibliche Leiche gefunden. Sie lag direkt am Badestrand. Portemonnaie, Personalausweis … Sie hatte alles dabei. Auch eine Ihrer Visitenkarten; deshalb rufe ich Sie jetzt an.»

«Das kann doch überhaupt nicht sein.» Kristina strich sich verwirrt eine ihrer dicken blonden Strähnen aus dem Gesicht. «Sind Sie sicher? Hat diese Person vielleicht ihre Papiere …»

«Möglich ist alles. Ich hab hier nur ein paar Angaben. Die Leiche ist einen Meter zweiundsiebzig groß. Dunkle Haare. Alter: Anfang bis Mitte vierzig. Die Frau war vollständig bekleidet. Sie trug eine graue, lange Hose und einen Daunenanorak. Meine Kollegen haben ein Foto gemacht, das kann ich Ihnen faxen. Wir geben es morgen früh an die Presse raus, wenn wir keine Angehörigen ermitteln können.»

«Ich bin ihre gesetzliche Betreuerin», erklärte Kristina leise.

«Sehr gut!», sagte Wagner. «Meine Kollegen hatten bereits vermutet, dass es sich um jemand aus dem Personenkreis der Obdachlosen handelt, dass Alkohol im Spiel war oder so.»

«Frau Gelterkind hat eine eigene Wohnung. Und mit Alkohol hat sie auch nichts zu tun», stellte Kristina wütend klar. Noch weigerte sie sich, von Angie in der Vergangenheitsform zu sprechen.

«Auf jeden Fall», fuhr der Beamte ungerührt fort, «werden Sie die Frau dann ja identifizieren können.»

Kristina sah aus dem Fenster. Sie bemerkte, wie etwas tief in ihr zu zittern begann. Am liebsten hätte sie einfach aufgelegt. «Weiß man schon, was passiert ist?», fragte sie stattdessen.

«Die Leiche ist unterwegs in die Gerichtsmedizin. Heute läuft da vermutlich nichts mehr.»

Hätte ich doch nur mit ihr noch gesprochen, dachte Kristina. Jetzt ist sie tot, und ich weiß nicht einmal, wovor sie Angst gehabt hat.

«Kannten Sie Frau Gelterkind gut?», erkundigte sich der Polizeibeamte. Zum ersten Mal klang er ein wenig teilnahmsvoll.

«Ich bin … war, wie gesagt, ihre gesetzliche Betreuerin. Seit elf Jahren. Aber privat kennen wir uns schon sehr viel länger.» Kristina schluckte.

«War sie behindert? Psychisch krank?»

«Im juristischen Sinne schon», erklärte Kristina. Sie hatte sich wieder etwas gefangen. «Mehr möchte ich dazu im Moment nicht sagen. Sie war jedenfalls nicht so verwirrt, dass sie freiwillig nachts am Boberger See herumlaufen würde. Schon gar nicht in der letzten Nacht …»

«Immer mit der Ruhe», beschwichtigte der Polizist. «Die Gerichtsmedizin wird zur Todesursache noch Feststellungen treffen. Wissen Sie, ob Angehörige verständigt werden müssen?»

«Ihre Mutter. Sie lebt auf der Straße. Eine Anschrift hat sie, soviel ich weiß, nicht.» Kristina wusste, dass sich die beiden Frauen ab und zu in einer der Suppenküchen getroffen hatten, die kostenlos Essen verteilten. Manchmal hatte sie sich gefragt, ob es Angie deshalb immer wieder zum Leben auf der Straße zog, weil das der Ort war, an dem sie aufgewachsen war. «Eventuell steht etwas in der Akte», fuhr Kristina fort. «Eine Adresse von jemandem aus der Familie. Ich glaube, es gibt da einen Cousin. Meine Mitarbeiterin kann die Angaben für Sie heraussuchen, wenn das bis morgen Zeit hat.»

«Ich denke, es besteht heute kein Handlungsbedarf mehr», stellte der Beamte förmlich fest. «Ich möchte Sie aber bitten, sich morgen früh mit mir in der Gerichtsmedizin zu treffen und die Identifizierung vorzunehmen. Sagen wir um zehn? Sie kennen die Anschrift?»

Kristina sah mechanisch in ihren Terminkalender und antwortete: «In Ordnung.» Dann gab ihr der Polizist noch das Aktenzeichen der Todesermittlungssache durch und legte auf.

Sie sah auf ihre Uhr. Halb sechs. Seit mindestens einer halben Stunde saß sie wie gelähmt an ihrem Schreibtisch.

Für einen kurzen Moment hatte sie einen seltsam unpassenden Anflug von Euphorie durchlebt. Ihr Körper bereitete sich darauf vor, einen schmerzhaften Schlag einzustecken, indem er ihr noch schnell ein paar Glückshormone schenkte. Doch gleichzeitig nahm vor ihren Augen ein Bild immer deutlicher Gestalt an: Angie in ihrer viel zu großen, völlig durchnässten Winterjacke, mit weit aufgerissenen Augen am Ufer eines Sees.

Beinahe lautlos betrat Ceyda den Raum. Sie schien zu ahnen, dass etwas Schlimmes passiert war.

«Alles in Ordnung bei dir? Ich wollte jetzt mal Schluss machen!»

Kristina fuhr hoch. «Nein, es ist keineswegs alles in Ordnung. Angie … sie ist heute Nacht gestorben.»

Ceyda starrte sie bestürzt an. «Was für ein Tag!» Im selben Moment schien sie zu bemerken, dass diese Reaktion nicht wirklich angemessen war. «Tut mir leid … Ach Mist, was ist denn passiert?»

Kristina warf ihr einen seltsamen Blick zu. «Keine Ahnung. Vielleicht erfahre ich morgen mehr. Tu mir den Gefallen – lass mich jetzt einfach in Ruhe.»

«Klar», erwiderte Ceyda betont sachlich. «Ich wünsche dir einen schönen … Kristina, pass einfach auf dich auf.» Dann zog sie die Tür vorsichtig hinter sich zu.

Nur wenig später verließ auch die Anwältin ihre Kanzlei. Einfach nur raus, dachte sie, ein bisschen laufen. Manchmal half das, ihre Gedanken zu ordnen. Im Grunde genommen aber wusste sie schon, wo sie hinwollte.

Das schmucklose, sechsstöckige Gebäude lag nur ein paar Schritte vom Altonaer Bahnhof entfernt. Wie froh sie damals gewesen war, als die Städtische Wohnungsbaugesellschaft nach langem Drängeln und Bitten dieses Apartment herausgerückt hatte! Angie war sofort einverstanden gewesen, ohne sich die Wohnung auch nur anzusehen.

Kristina griff unschlüssig in ihre Jackentasche. Sie hatte einen Schlüssel zu der Wohnung, schon seitdem Angie dort eingezogen war, doch sie hatte ihn noch nie benutzt. Ein einziges Mal war sie dort gewesen, nachdem Angie die vierzig Quadratmeter vom Verwalter übernommen hatte: um ein paar Teile, die sie mit ihrem Fiat aus dem Gebrauchtmöbelladen abtransportiert hatte, dort abzustellen. Damals hatte Angie ihr unmissverständlich erklärt, den

Rest schaffe sie schon allein. Und Kristina hatte sofort verstanden, dass hier eine Art von Privatsphäre begann, die Angie gegen jeden Eindringling verteidigte, weil sie so etwas noch nie zuvor in ihrem Leben besessen hatte.

Ein Mann kam aus dem Haus und hielt Kristina höflich die Tür auf. Das war ein Zeichen. Sie trat ein und stieg die fünf Stockwerke zu Fuß hinauf. Oben angekommen, sah sie sich etwas atemlos um. Von den sechs Eingängen auf dieser Etage kam aber nur einer in Frage: Es stand kein Name daran.

Sie kramte den Schlüssel heraus, schloss auf und betrat den winzigen Flur. Licht brauchte sie nicht. Zwar war es draußen mittlerweile fast dunkel, aber die Leuchtreklamen der Großen Bergstraße spendeten hier oben genügend Helligkeit.

Der winzige Flur mündete unmittelbar in das einzige Zimmer der Wohnung. Es verfügte über alles, was ein Mensch unbedingt brauchte: ein Bett, einen Tisch, einen Stuhl, einen Schrank und ein Regal. Eine Kochnische schloss sich direkt daran an.

Kristina schaute sich um. Auf dem Tisch lag kein Krümel. Das Bett war akkurat mit einer Tagesdecke abgedeckt. Es sah nicht so aus, als ob hier überhaupt jemand wohnte. Sie öffnete den Schrank: Pullover, T-Shirts, Unterwäsche – alles lag da in sauberen Stapeln geordnet.

Irgendwie passte diese ordentliche Kargheit überhaupt nicht zu der Vorstellung, die sie von Angies Wohnung gehabt hatte. Sie hätte sich nicht darüber gewundert, wenn die Wände mit chinesischen Schriftzeichen, Fotos von Haifischen oder Schokoladenverpackungen tapeziert gewesen wären. Wenn sich hier alte Zeitungen oder Kisten voll mit seltsamem Krimskrams gestapelt hätten. Sie hatte sich immer vorgestellt, dass Angie in ihrer Wohnung ein geheimes und verrücktes Leben führte, zu dem niemand Zutritt hatte. Aber das hier sah eher so aus wie das Zimmer im Wohnheim, aus dem Kristina sie vor elf Jahren herausgeholt hatte.

Es roch nach Altkleidersammlung und billigen Putzmitteln. Aber da war noch etwas anderes. Irritiert zog Kristina die Luft ein. Woher kam dieser zarte Duft von Zimt und frischen Blumen? Pflanzen waren nirgendwo zu entdecken. Sie öffnete die Tür zum Duschbad. Es war ein Parfum, wurde ihr plötzlich klar, und zwar nicht das billigste. Sie sah sich um. Die wenigen, preiswerten Pflegeprodukte, die auf dem Waschtisch standen, verströmten diesen Duft ganz bestimmt nicht.

Ein Telefon klingelte laut. Kristina fuhr erschrocken zusammen, fühlte sich plötzlich ertappt. Es dauerte einen Moment, bis sie realisiert hatte, dass es ihr eigenes Handy war. Rasch nahm sie es in die Hand und drückte die Rufannahmetaste.

«Wolland!», meldete sie sich in einem strengen Tonfall, um ihre eigene Beklommenheit zu überspielen.

«Michel hier.» Seine Stimme klang warm und freundschaftlich. «Wo steckst du denn die ganze Zeit? Ich hab es schon ein paarmal im Büro versucht!»

«Ich bin … Ach egal, erklär ich dir später.» Kristina sprach leise, als könnte jemand sie belauschen.

«Ich hab gedacht, du kommst mal ein bisschen früher nach Hause; ich habe nämlich gekocht», erklärte Michel fröhlich.

Sie starrte in den Spiegel über dem Waschtisch. Sich selbst konnte sie nur in Umrissen erkennen, als Schattenspiel vor dem fahlblauen Licht, in das die Wohnung getaucht war. An der unteren Ecke des Spiegels sah sie eine kleine, viereckige Aussparung. Sie trat näher an den Spiegel. Eine Visitenkarte war dort in den Rahmen gesteckt. Ohne nachzudenken, griff sie nach dem kleinen Stück Pappe und steckte es in ihre Jackentasche.

«Krizzy?», fragte Michel leicht irritiert. «Bist du noch dran? Alles in Ordnung?»

Sie hatte ihn beinahe vergessen. «Ich bin gleich da!», sagte sie schnell und legte auf, bevor er weiter nachfragen konnte.

Sie hatte es plötzlich eilig, Angies Wohnung zu verlassen. Vielleicht würde es ihr für diesen Abend noch gelingen, gegen die Niedergeschlagenheit anzukämpfen, die begann, sich wie Mehltau auf ihre Seele zu legen.

4

Als Kristina die Treppen zu ihrer Wohnung im vierten Stock hinaufstieg, war sie froh, dass sie heute Abend dort oben erwartet wurde. Michel war bestimmt nicht der Lebenspartner, den sie sich erträumt hatte; er trank eindeutig zu viel Rotwein und machte sich zu wenig Gedanken über seine Zukunft. Er war dort stehen geblieben, wo sie sich vor zwanzig Jahren getrennt hatten: ein ewiger Endzwanziger, dem angeblich noch alles offen stand. Aber heute hatte er intuitiv gespürt, was sie brauchte.

Sie war noch nicht oben angekommen, da riss er bereits die Tür auf. «Komm rein», begrüßte er Kristina und strahlte sie an. «Großes Festessen! Ich hab uns einen Gumbo gekocht!»

Er musste den halben Tag damit verbracht haben, Okraschoten, Meeresfrüchte, geräucherte Würste und kreolische Gewürze aufzutreiben. Um dann eine Bouillon zu kochen, eine braune Mehlschwitze herzustellen, alle Zutaten dazuzugeben, den Südstaaten-Eintopf mehrere Stunden lang sanft vor sich hin köcheln zu lassen und die Küche tadellos aufzuräumen. Was zu einem klassischen Gumbo gehörte und wie aufwendig seine Zubereitung war, hatte er Kristina schon einmal erzählt. Eine Flasche Wein hatte er auch besorgt. Es roch in der ganzen Wohnung nach Huhn und Meeresfrüchten, nach Fett und einer fremden Schärfe.

«Hab mir gedacht, du hast einfach zu viel Stress. Und ich kann ja auch mal was machen, wo ich hier schon ständig in deiner Wohnung rumhänge», erklärte er.

Erschöpft und unglücklich ließ sie sich in seine Arme sinken. «Es ist was passiert.»

Der Freund drückte sie einfach an sich. «Erzähl!»

Kristina rückte ein wenig von ihm ab. «Angie», sagte sie. «Du weißt ja: Gestern Nacht, als sie angerufen hat, bin ich noch mit ihr in die Klinik gefahren. Dann wollte sie dort aber doch nicht bleiben. Und jetzt ist sie tot – man hat sie am Boberger See gefunden. Es ist total unklar, wie sie dort hingekommen ist. Und warum …» Sie begann wieder zu zittern.

«O Mann», sagte Michel nur und strich ihr zärtlich übers Haar.

«Ich hätte besser auf sie aufpassen müssen. Sie hat mich sogar darum gebeten», klagte Kristina sich selbst an. Dann wand sie sich aus seinen Armen und ließ sich auf einen Stuhl sinken.

«Hey!», rief Michel ihr aufmunternd zu und machte sich am Herd zu schaffen. «Du musst dir echt nicht jeden Schuh anziehen. Du hast so viel für sie getan. Du hast sie mitten in der Nacht noch durch die Gegend gefahren; das hätte bestimmt kein anderer gemacht. Wenn sie dann … Du weißt doch noch gar nicht, was passiert ist, oder?»

Kristina zuckte müde mit den Schultern.

«Was wirst du jetzt tun?», fragte er weiter. «Bist du nicht ihre Anwältin oder so?»

«Ich war ihre Betreuerin, nicht die Anwältin. Morgen früh fahr ich in die Gerichtsmedizin … Vielleicht sagen sie mir dort mehr.»

«Dann verspeisen wir jetzt diesen Gumbo zu Ehren von Angie», erklärte er feierlich.

Sie merkte plötzlich, wie hungrig sie war, und langte sofort zu, als Michel das Essen servierte. Es schmeckte. Und sie beide redeten. So, als hätten sie das in den ganzen drei Monaten noch nicht ein einziges Mal getan.

«Erzähl mir was aus Brasilien», bat Kristina. «Irgendwas, was mich heute Abend ein bisschen ablenkt.»

Michels Augen leuchteten, als er über die Straßenkinder sprach, mit denen er in São Paulo gearbeitet hatte. Jungen und Mädchen, die erst fünf oder sechs Jahre alt und schon ganz auf sich allein gestellt waren. Die Kinder hatten ihn anfangs oft ausgetrickst, aber sie waren auch herzzerreißend in ihrem Zusammenhalt und ihrer Fürsorge füreinander. Michel hatte mit ein paar anderen Freiwilligen nach und nach ein kleines Zentrum für sie aufgebaut, in einem der ärmsten Stadtteile von São Paulo. Manchmal hatten sie dort mit allen Nachbarn Feste gefeiert, getanzt und Musik gemacht.

Kristina spürte, wie ihr durch die sanfte Schärfe des kreolischen Eintopfes langsam behaglich und warm wurde. Nachdem sie ihren dritten Teller geleert hatte, fragte sie: «Dieser Gumbo ist aber eigentlich kein brasilianisches Gericht, oder?»

«Nein, das Rezept stammt aus den amerikanischen Südstaaten. Aber ich hab's in São Paulo öfter für meine *Familiy* gekocht. Und die *Chicas* haben mir dabei geholfen.»

Irgendwas gefiel ihr nicht an dem Tonfall, in dem er das sagte. «Warum bist du eigentlich zurückgekommen?», wollte sie auf einmal wissen. Ihre Stimme klang plötzlich dünn.

Michel legte ihr einen Finger auf die Lippen. «Nicht heute Abend! Erzähl mir lieber noch ein bisschen von Angie. Du kriegst sie ja heute doch nicht aus dem Kopf.»

Und jetzt begann Kristina zu reden. Über die juristischen Seminare, in denen sie sich kennengelernt hatten: Angie, die jedes Mal brillierte, weil sie so viel wusste, und Kristina, die schüchterne Studienanfängerin. Über die scharfen Wortgefechte, die Angie sich mit ihren Dozenten geliefert hatte, während Kristina Mühe hatte zu verstehen, worum es überhaupt ging! Irgendwann war ihr klargeworden, dass diese hochbegabte, klarsichtige, stets in Schwarz gekleidete Kommilitonin auch deshalb so viel Zeit in den Bibliotheken verbrachte, weil sie kein anderes Zuhause hatte. Sie hatte angefangen, Angie ab und zu ganz selbstverständlich einen Kaffee und ein Franzbrötchen zu spendieren, immer unter dem Vorwand, dass sie ihre Hilfe brauchte, um irgendeine juristische Spitzfindigkeit zu verstehen. Und so hatte sich eine vorsichtige Freundschaft zwischen den beiden entwickelt.

Ganz beiläufig hatte Angie ihr eines Tages mitgeteilt, dass sie «für kurze Zeit» in der staatlichen Wohnunterkunft für obdachlose Frauen in der Notkestraße lebe. Und dass das auch nicht so schlecht sei, weil man dort gar nicht erst in Versuchung kommen würde, sich mit irgendwelchem überflüssigem Konsumkram zu belasten, mit Möbeln oder Kleidungsstücken und dem ganzen anderen Tand.

Angie war nach und nach immer radikaler in ihrer Kritik am Justizsystem geworden und hatte begonnen, selbst in den geduldigsten Dozenten nichts als persönliche Feinde und Verfolger zu sehen. Irgendwann war sie dann einfach von der Uni verschwunden. Kristina war in die Notkestraße gefahren und hatte nach ihr gefragt. Dort bekam sie die Auskunft, eine Angelika Gelterkind wohne hier schon lange nicht mehr.

Erst Jahre später sollte sie erfahren, was aus Angie geworden war. Kristina hatte ihr Büro als Anwältin in Altona gerade eröffnet, als der Sozialdienst des Klinikums Nord bei ihr anrief. Eine Patientin brauche anwaltliche Hilfe und habe ihren Namen genannt. Ob sie bereit sei vorbeizukommen?

Sie fuhr noch am selben Tag hin. Im Büro des Sozialarbeiters sagte man ihr, dass die Patientin, die nach ihr gefragt hatte, eine gewisse Angelika Gelterkind sei.

«Und dann hast du dich sehr für sie eingesetzt», stellte Michel fest. «Ich meine, du hast ja viel mehr für sie getan, als nur ihre gesetzliche Betreuung zu übernehmen. Weil du mal mit ihr befreundet warst? Oder weil sie zu deinen ersten Fällen gehörte?»

«Richtig, ich hab sie damals aus der Psychiatrie geholt», erzählte Kristina. «Und in dem Zusammenhang ist es auch ganz nützlich gewesen, dass ich Anwältin bin. Aber sie hat mich nicht darum gebeten. Ich konnte es einfach nicht akzeptieren, dass sie aufgegeben hatte … ausgerechnet sie! Sie war für mich im Studium so wichtig. Sie hat mir geholfen, dieses juristische Denken zu verstehen und es trotzdem kritisch zu sehen. Und später …» Sie brach den Satz ab und hing ihren Gedanken nach.

«Und später?», fragte Michel.

«Sie hat mir auch später immer das Gefühl vermittelt, dass es okay ist, was ich mache. Obwohl sie das Jurastudium geschmissen hat und ich brav alle Examen absolviert habe. Obwohl ich angefangen habe, Geld zu verdienen, und sie von Sozialhilfe lebte. Obwohl sie die radikalste Kritikerin der Justiz war und ich als Anwältin quasi dazugehöre. Trotz alldem hat sie mir immer signalisiert: Was du machst, ist okay. Weil es mein Weg war.»

«Ihr habt oft darüber gesprochen?»

«Nein, fast nie. Ich hab das einfach so empfunden. Und wenn ich wirklich mal Probleme hatte, war Angie da. Sie hatte einen siebten Sinn … Wir haben uns manchmal monatelang nicht getroffen, und plötzlich lief sie mir über den Weg und hat etwas gesagt, was haargenau zu meiner Situation passte. Manchmal habe ich das erst sehr viel später richtig verstanden.»

«Dann war sie so was wie eine Schutzpatronin?», fragte Michel. «Für dich als Anwältin?» Er drückte sich manchmal übertrieben pathetisch aus. Aber er hatte es ziemlich genau getroffen.

5

Noch immer roch es überall in der Wohnung intensiv nach dem Essen vom Abend zuvor. Jetzt fand Kristina diese Mischung aus tierischem Fett und scharfen Gewürzen unerträglich. Ihr war flau, und das lag nicht nur daran, dass sie ein bisschen zu viel getrunken hatte. Sie würde gleich ins gerichtsmedizinische Institut fahren müssen, um Angie zu identifizieren. Ceyda wusste Bescheid.

Kristina leerte ihren Kaffeebecher und kramte nach ihrem Autoschlüssel. Zur Universitätsklinik könnte sie zwar genauso gut mit dem Bus fahren. Aber sie wollte allein sein auf diesem Weg, geschützt durch das bisschen Privatsphäre, das der klapprige Fiat ihr bot. Michel war noch im Bad. Ohne sich von ihm zu verabschieden, zog sie die Wohnungstür hinter sich zu.

Das gerichtsmedizinische Institut lag auf der Rückseite des riesigen Geländes der Eppendorfer Klinik. Sie stellte ihr Auto direkt neben dem Krankenhausgelände ab. Beschauliche Einfamilienhäuser säumten die Wohnstraße, durch die täglich Leichenwagen fuhren. Auch das Institut für Rechtsmedizin hatte eine Art Vorgarten. Ein Plattenweg führte zum Eingang.

Sie klingelte. Die Tür sprang sogleich auf.

«Kommen Sie rein; Herr Wagner ist auch schon da!»

Die Ärztin, die sie begrüßte, war eine große Frau mit lustigen blonden Locken. Sie wirkte eine Spur zu aufgeräumt. Komisch, dachte Kristina, sie hat jeden Tag mit dem Tod zu tun und wirkt so, als würde ihr das gar nichts ausmachen. Vielleicht musste man so sein, um diesen Job zu ertragen.

«Sie sind Frau Wolland?», vergewisserte sich die Ärztin. «In der Todesermittlungssache Gelterkind?»

Kristina nickte nur stumm.

«Sehr gut, dass Sie gleich herkommen konnten. Mein Name ist Maren Rebenstein.»

Sie trug den weißen Kittel geöffnet. Ihrem Namensschild konnte Kristina entnehmen, dass sie einen Doktortitel hatte.

Gemeinsam betraten sie die Eingangshalle des Institutes. Ein junger Mann wartete dort auf sie.

«Wagner!», stellte er sich vor. «Wir haben telefoniert!» Seine blondierten Haare hatte er zum Igel hochgeföhnt, wahrscheinlich, um etwas größer zu wirken. Mit seiner ausgewaschenen Jeansjacke und den Turnschuhen trug er jene Art Freizeitkleidung, die Kristina schon bei vielen Polizisten in Zivil gesehen hatte. Er reichte ihr seine Hand. Sie erschrak, wie kräftig er zudrückte.

Die Ärztin wandte sich an Kristina. «Waren Sie schon mal hier? Kommen Sie damit klar, eine Tote zu sehen?»

«Es wird schon gehen», erklärte Kristina kurz. Doch in Wirklichkeit war sie sich nicht so sicher.

Die große Frau klapperte mit ihren Schlüsseln. «Dann kommen Sie beide einfach mal mit!»

Sie stürmte in ihren weißen Crocs die Treppe ins Untergeschoss hinab, nahm immer zwei Stufen auf einmal. Die beiden anderen folgten ihr etwas langsamer.

Es war spürbar kühler dort unten. Die Ärztin schloss eine Metalltür auf und lotste Kristina und den Polizisten dann durch mehrere Räume. An Tischen aus Chromstahl standen weiß gekleidete Männer und Frauen. Kristina bemühte sich, nicht hinzuschauen.

Dann blieben sie vor einem der Tische stehen. «Ich hab sie mir gerade schon mal etwas näher angesehen», teilte die Ärztin mit, und das klang beinahe entschuldigend. Sie schlug das Tuch, das die Leiche vollständig bedeckte, vorsichtig etwas zurück.

Angie sah sehr blass, sehr still und sehr friedlich aus.

Kristina spürte einen leichten Schwindel. «Das ist sie, kein Zweifel!», erklärte sie leise und schnell, mehr zu der Ärztin als zu Wagner gewandt.

«Sie sind ihre Anwältin?»

«Eher eine Freundin. Wir haben uns lange gekannt.»

«Tut mir leid», sagte Maren Rebenstein mitfühlend. «Schlimm, so was. Sie haben nicht damit gerechnet?»

«Womit?», fragte Kristina. «Weiß man denn schon, was passiert ist?»

«Wir haben in einem Schnelltest Spuren von Beruhigungsmitteln in ihrem Blut gefunden, genauer ausgedrückt von einem Benzodiazepin. Übrigens steckte auch ein angebrochenes Fläschchen eines solchen Medikamentes in ihrer Jackentasche. Sie war, wie Herr Wagner mir sagte, in psychiatrischer Behandlung?»

«Ja. Das heißt … nein, nicht ständig …» Kristina verstummte. Sie empfand es als respektlos, in Gegenwart der Toten darüber zu sprechen.

Die Ärztin schien zu merken, wie elend sie sich fühlte. «Kommen Sie», erklärte sie und zog das Tuch wieder behutsam über das Gesicht der Leiche. «Wir können uns auch in meinem Büro weiterunterhalten. Haken Sie sich bei mir unter – bevor Sie mir hier noch umkippen …»

Kerzengerade und ganz allein schritt Kristina ins Erdgeschoss zurück. Wagner folgte ihr.

«Ich kann also festhalten, dass Sie die Person als Angelika Gelterkind eindeutig identifiziert haben?», fragte der Polizist etwas förmlich, als sie in die Eingangshalle gelangt waren.

Kristina nickte. «Es besteht leider kein Zweifel.»

«Dann werde ich das so in die Akte aufnehmen und dem Staatsanwalt weitergeben. Und von Ihnen» – jetzt sah er Maren Rebenstein an – «bekommen wir dann auch noch einen Bericht.» Damit verabschiedete er sich.

Etwas unschlüssig blieb Kristina bei der Ärztin stehen.

«Ich hätte noch ein paar Fragen an Sie», sagte die Gerichtsmedizinerin. «Wenn Sie mögen, gehen wir am besten in mein Büro.» Sie fasste Kristina am Arm und schob sie sanft vor sich her, während diese noch immer um ihre Fassung kämpfte.

In dem kleinen Raum am Ende des Flurs reichte ihr die Ärztin erst einmal ein Glas Wasser über den Schreibtisch. Dann nahm sie das Gespräch dort wieder auf, wo sie es unterbrochen hatte.

«Sie sind also die gesetzliche Betreuerin. War Frau Gelterkind zuletzt Patientin der Psychiatrie?»

«Nein, aber sie wollte aufgenommen werden», antwortete Kristina. «Ich hab sie in der vorletzten Nacht ins Klinikum Nord gefahren. Als wir dort waren, hat sie es sich dann doch anders überlegt.»

«Was war denn die Grunderkrankung?»

«Das habe ich mich auch oft gefragt», erwiderte Kristina nachdenklich. «Sie war früher mal eine Langzeitpatientin der Psychiatrie. Aber das ist über zehn Jahre her. Damals haben die Ärzte von einer Störung aus dem schizophrenen Formenkreis gesprochen. Ich denke, sie wussten es auch nicht so genau.»

«Und in letzter Zeit?»

«Seitdem sie in ihrer eigenen Wohnung lebte … Ich weiß nicht, ob man sie als krank bezeichnen sollte. Klar, sie war sehr eigen, sehr besonders, aber sie kam mit ihrem Leben ganz gut klar.»

«War sie regelmäßig in ärztlicher Behandlung?»

«Leider nicht. Mir wäre es manchmal lieber gewesen.»

«Und als Sie Ihre Klientin zum letzten Mal gesehen haben – in der vorletzten Nacht –, war sie da psychisch auffällig?»

«Ich bin nicht sicher. Ich hatte in letzter Zeit nicht so viel Kontakt zu ihr.» Genau genommen, dachte Kristina schuldbewusst, hatte sie Angie in den letzten drei Monaten kein einziges Mal getroffen. Seit Michel in ihrem Leben aufgetaucht war. Sie fügte hinzu: «Auf jeden Fall hatte sie Angst, sie fühlte sich verfolgt …»

«… was ja nicht untypisch ist. Wissen Sie, ob sie im Klinikum Nord Medikamente bekommen hat?»

Kristina schüttelte den Kopf. «Sie ist nicht einmal bis ins Sprechzimmer gekommen.»

«Wer könnte ihr die Mittel sonst verordnet haben? Wenn die genauen Laborbefunde vorliegen, müssen wir eventuell prüfen, ob ein ärztliches Fehlverhalten vorliegt.»

«Ich kann mir vorstellen, dass sie zu Hause ein Beruhigungsmittel herumstehen hatte, aber sie hat Medikamente eigentlich immer abgelehnt … Sie stand Psychopharmaka sehr kritisch gegenüber.»

«Das wissen Sie genau?» Die Ärztin sah Kristina skeptisch an. «Aber sie hatte ein Beruhigungsmittel im Blut.»

«Als ich sie morgens um drei vor ihrer Haustür in Altona abgesetzt habe, wirkte sie jedenfalls kein bisschen benebelt. Irgendetwas muss danach passiert sein, aber ich kann mir überhaupt nicht erklären, was das gewesen sein könnte.»

«Auf jeden Fall hat man sie am selben Morgen am Boberger See tot aufgefunden», stellte Maren Rebenstein nüchtern fest. «Die Leichenstarre war noch nicht voll ausgeprägt. Der Tod ist vermutlich am frühen Vormittag eingetreten.» Ihre Stimme war freundlich und klar. «Frau Wolland, Sie sind möglicherweise die Letzte, die Frau Gelterkind lebend gesehen hat, und mir ist klar, dass diese Frage nicht angenehm für Sie ist: Können Sie sich vorstellen, dass Ihre Klientin suizidgefährdet war?»

Natürlich hatte Kristina in den letzten zwölf Stunden immer wieder darüber nachgegrübelt. Aber sie war sich sicher. «Ein Selbstmord war das ganz bestimmt nicht», erklärte sie. «Was mich viel mehr beschäftigt, ist die Frage, wovor sie Angst hatte.»

«Sie meinen, dass ihr jemand etwas angetan haben könnte?», fragte die Ärztin überrascht. «Wir haben bisher keinerlei Spuren von Gewaltanwendung entdeckt.»

Kristina hielt noch immer ihr Glas in der Hand, obwohl sie es in der Zwischenzeit längst ausgetrunken hatte. Sie dachte an Angie – wie sie mit diesem friedlichen, fremden Gesichtsausdruck auf einem kalten Metalltisch im Keller dieses Gebäudes lag. Ratlos sah sie die Ärztin an. «Sie werden durch die Obduktion ja vielleicht noch Genaueres über die Todesursache herausfinden.»

«Bis jetzt sind wir von der Staatsanwaltschaft nur mit einer äußeren Leichenschau beauftragt worden», erklärte die Ärztin. «Und so wie die Sache aussieht, glaube ich auch nicht, dass wir noch einen Auftrag zur Leichenöffnung bekommen. Nach unseren Erkenntnissen ist sie eines natürlichen Todes gestorben. So etwas passiert häufiger, als man denkt. Und dass sie nachts oder frühmorgens in diesem Naturschutzgebiet unterwegs war … Angesichts einer zuletzt unbehandelten psychischen Erkrankung ist das nicht unerklärlich. Der Leichnam wird wahrscheinlich bald zur Bestattung freigegeben.» Sie bemerkte Kristinas bestürzten Gesichtsausdruck und fügte behutsam hinzu: «Im Angesicht des Todes müssen wir manchmal einsehen, dass wir nur sehr wenig über einen Menschen gewusst haben.»

6

In der Kanzlei wartete jemand auf sie.

Der junge Mann trug sein aschblondes Haar sehr kurz geschnitten. Dunkle Lederjacke, Jeans, Turnschuhe. Nichts an seinem Erscheinungsbild fiel aus dem Rahmen – und doch war auf den ersten Blick klar, dass er nicht von hier war. Kein Türke, dachte Kristina, eher irgendwoher aus dem Osten.

Der Besucher hatte auf dem Stuhl Platz genommen, der an der

Stirnseite von Ceydas Schreibtisch stand. Er saß auf der Vorderkante, als ob er jederzeit aufspringen wollte.

Die Anwaltsgehilfin warf Kristina einen entnervten Blick zu. «Er hat behauptet, es sei dringend. Er will dich sofort sprechen.»

«Schon mal das Wort ‹Mobiltelefon› gehört?», fragte Kristina grantig.

«Habe ich selbstverständlich versucht», gab Ceyda zurück. «Leider vergeblich.»

«Sorry», murmelte Kristina. Sie hatte ihr Handy ausgeschaltet, bevor sie das gerichtsmedizinische Institut betreten hatte, und es dann einfach vergessen.

«Sie sind Anwältin von Angie, von Angelika Gelterkind?», fragte der junge Mann, der ziemlich gehetzt wirkte. «Ich habe Ihre Adresse von Angie bekommen ... Ich bin Freund von ihr.»

«Ich verstehe nicht ganz», sagte Kristina.

Er sah sie mit seinen großen, wasserblauen Augen fast flehentlich an. «Wissen Sie – wo ist Angie?»

«Kommen Sie mal für einen Moment mit in mein Büro», entschied Kristina. Sie führte den Fremden in ihr Arbeitszimmer und setzte sich an ihren Schreibtisch.

«Sie hat gesagt, wenn ich sie nicht antreffe, heute, soll ich zu Ihnen gehen», berichtete ihr Besucher, sobald er ihr gegenüber Platz genommen hatte.

«Erklären Sie mir erst einmal, wer Sie überhaupt sind?»

«Okay. Ich bin Alex, Alexander Bandow, ich wohne in Neu-Allermöhe. Wollen Sie Perso sehen?»

Kristina schüttelte stumm den Kopf. Flüchtig dachte sie, dass der Boberger See nicht weit entfernt von Allermöhe lag. «Es tut mir leid, Ihnen dies mitteilen zu müssen», sagte sie behutsam. «Aber Ihre Freundin ist leider verstorben. Gestern.»

Der junge Mann fiel sichtbar in sich zusammen. Er kippte nach vorn, stützte seinen Oberkörper auf die Arme und ließ seinen Kopf sinken. Für einen kurzen Moment sah er, leichenblass und gequält, zu ihr auf. «Woher wissen Sie … Wieso tot?»

«Sie ist gestern unerwartet verstorben. Mehr Auskünfte kann und darf ich Ihnen wirklich nicht geben.»

Er schlug die Hände vors Gesicht und murmelte etwas Unverständliches. Dann begann er, leise klagend, unentwegt zu wiederholen: «Alina, Alina, Alina, meine geliebte Alina …»

«Angie», korrigierte Kristina ihn streng. «Sie hieß Angie … Angelika, das wissen Sie doch!»

Der junge Mann starrte sie verwirrt an. «Angie tot? Nicht Alina?» Er kramte in seiner Hosentasche nach seinem Portemonnaie und zog ein kleines Foto heraus. «Alina!», erklärte er mit einem sehnsüchtigen Seufzer.

Auf dem Foto war eine blonde junge Frau zu sehen, die vergnügt in die Kamera lachte. Es war in irgendeinem Passbildautomaten aufgenommen worden. Kristina hatte das Mädchen noch nie gesehen. «Wer ist das?», fragte sie irritiert und verärgert.

«Alina ist Freundin von mir und Freundin von Angie. Ich suche sie überall. Und ich treffe Angie nicht mehr. Sie ist tot? Wenn es stimmt, was Sie sagen? Was ist passiert? Und wo ist meine Freundin?»

Weiß ich denn so wenig von dem Leben, das Angie geführt hat, dachte Kristina. Hatte sie Freundinnen und Freunde, die gerade mal halb so alt waren wie sie selbst? Nachdenklich griff die Anwältin in ihre Jackentasche. Zwischen ihren Fingern spürte sie ein Stückchen Karton – die Karte, die sie am Abend zuvor in Angies Duschbad vom Spiegel geklaubt hatte. Sie zog sie hervor: fremde Buchstaben, die sie nicht auf Anhieb entziffern konnte. Vermutlich kyrillisch.

«Kannst du das lesen?» Sie reichte ihrem Besucher das kleine Stück Pappe. Unwillkürlich hatte sie ihn geduzt.

«Selbstverständlich», erklärte er eifrig. «‹Zukunft der Liebe› steht da, und dann eine Adresse und Telefonnummer in Odessa. Und Öffnungszeiten.»

«Was ist das?», fragte Kristina. «Eine Bar? Oder eine Agentur, Heiratsvermittlung oder so was?»

Der junge Mann drehte die Karte unschlüssig um. Die Rückseite war leer. «Weiß ich nicht», antwortete er. «Sieht nicht aus wie Reklame. Kein Foto, sehr billig gemacht. Ist jedenfalls keine Bar: Öffnungszeiten sind elf bis zweiundzwanzig Uhr.» Er warf einen begehrlichen Blick auf Kristinas Computer. «Wenn Sie möchten, kann ich googeln.»

«Kommt nicht in Frage», erwiderte Kristina energisch. «Ich habe hier zu arbeiten.»

«Alina kommt aus Odessa – jedenfalls irgendwo da in der Nähe ist ihr Dorf, hat sie mir erzählt», sagte ihr Besucher unaufgefordert.

Das Parfum, dachte Kristina, dieser teure Duft in Angies Wohnung. Vermutlich stammte er von dem Mädchen. War sie dort gewesen, an jenem letzten Sonntagabend? Gab es einen Zusammenhang zwischen Angies Tod und dem Verschwinden dieser Alina?

«Sie wissen überhaupt nicht, wo Ihre Freundin jetzt sein könnte?», erkundigte sie sich.

«Nein, habe sie vor paar Tagen letztes Mal gesehen. Ihr Handy ist ausgeschaltet, ich habe es sehr oft versucht.»

«Hören Sie», erklärte Kristina langsam. «Ich denke, das, was Sie mir da erzählen, sollte die Polizei so schnell wie möglich erfahren. Wenn Sie wollen, können Sie von hier aus anrufen. Ich weiß, wer für diesen Fall zuständig ist.»

«Nicht Polizei», wehrte der junge Mann erschrocken ab. «Wenn Polizei sie findet, dann sie wird abgeschoben. Nach Ukraine. Sie hat keine … Ist illegal in Deutschland.»

«Herr Bandow!», sagte Kristina streng. «Es geht hier, wie Sie wissen, um einen Todesfall. Und Ihre Freundin ... Wenn Sie keinen Kontakt zu ihr bekommen, ist sie möglicherweise auch in Gefahr.»

Der junge Mann sah sie traurig an. «Aber ich muss Alina als Erster finden. Nicht Polizei.»

«Und dann?»

«Dann wir heiraten. Wir haben alle Papiere. Und Termin in Dänemark, nächste Woche. Als meine Frau sie darf hier leben. Dann wir reden mit Polizei.»

«Sie sind Deutscher?», fragte Kristina erstaunt.

«Ja, klar.» Etwas im Gesicht ihres Besuchers wurde hart. «Die ganze Familie ... Wir sind alle hiesige Staatsangehörige. Auch wenn die Deutschen uns Russen nennen.»

«Irgendwann wirst du dich entscheiden müssen», erklärte Ceyda verbiestert, nachdem Alexander Bandow das Büro verlassen hatte.

«Aha?», entfuhr es Kristina. Ärger mit ihrer Angestellten hatte ihr gerade noch gefehlt. «Worum geht's, wenn ich fragen darf?»

«Du wirst die Wahl haben, ob du mich behalten willst oder diese Büroräume!»

«Ceyda, nicht jetzt!», erwiderte Kristina entnervt. «Das ist momentan wirklich nicht der richtige Zeitpunkt ...»

«Es ist nie der richtige Zeitpunkt», entgegnete Ceyda, und ihre Augen funkelten. «Aber ich sitze immer noch in diesem zugigen Laden. Wenn jemand auf dich warten muss, hockt er stundenlang vor meinem Schreibtisch und hält mich von der Arbeit ab. Hallo? Habe ich vielleicht noch was anderes zu tun? Ausgerechnet jetzt, wo du sowieso kaum dazu kommst, auch nur das Nötigste zu erledigen?»

Kristina atmete tief durch. «Tut mir leid, Ceyda. Ich weiß, die Situation ist im Moment auch für dich belastend. Aber ich hab jetzt wirklich keinen Kopf, über diese Räume hier nachzudenken ... Lass uns die Diskussion vertagen.»

Ceyda stand auf. «Ich mach erst mal Kaffee», verkündete sie, jetzt deutlich freundlicher. «Willst du auch einen?»

Kristina nickte und holte ihren Becher aus ihrem Zimmer. Ihre Angestellte fuhrwerkte anschließend in der kleinen Küche herum, und bald darauf war das vertraute Zischen und Gurgeln der Kaffeemaschine zu hören.

Ceyda hatte das Signal sofort verstanden, so viel war klar. Sie war klug genug, jetzt nicht weiter auf dem Thema herumzureiten, aber sie würde darauf zurückkommen: Zum ersten Mal hatte Kristina angedeutet, dass sie bereit war, den Standort der Kanzlei in Frage zu stellen.

Sie hing allerdings an diesem ehemaligen Gemüseladen. Damals, als sie nach ihrem Anwaltsexamen auf der Suche nach einem bezahlbaren Büro war, waren ihr diese Räume geradezu ideal erschienen. Sie liebte den direkten Blick auf die Straße, das Gefühl, mitten unter den Leuten zu sein, deren Rechte sie als Anwältin vertrat. Aber ihr war auch klar, dass der Arbeitsplatz hinter der Schaufensterscheibe für ihre Mitarbeiterin eine Zumutung darstellte. Und wenn in ein paar Wochen der Winter kam, würde es wieder so kalt hier drin sein, dass Ceyda, die doch so viel Wert auf ein schickes Outfit legte, in dicken Winterstiefeln und Pulswärmern am Schreibtisch saß.

Ceyda kam mit einer Thermoskanne aus der Küche zurück. Kristina füllte ihren Becher und begann, vor dem Schreibtisch der Anwaltsgehilfin auf und ab zu wandern.

«Sag mal, du kanntest Angie doch auch ein bisschen?»

«Das wäre übertrieben.»

«Kannst du dir vorstellen, dass sie Feinde hatte? Dass sie in irgendwas Kriminelles verwickelt war? Dass jemand sie deshalb verfolgt hat?»

«Nein», erwiderte Ceyda nachdrücklich, «das kann ich nicht. Sie hatte ja nie Geld. Sie war verrückt, oder sagen wir besser: krank.

Und manchmal war sie sehr abgedreht. Aber sie würde niemandem was zuleide tun. Eher umgekehrt.»

«Was meinst du mit umgekehrt?»

«Na ja, dass sie sich total ausnutzen lässt … ließ.»

«Seh ich genauso», stimmte Kristina ihr zu und setzte ihre Wanderung durch den Raum fort. In dem großen Schaufenster stand eine Grünpflanze, die schon bessere Tage gesehen hatte. Nachdenklich begann sie, die kleinen braunen Blätter von den Ästen zu zupfen. «Gut. Stellen wir uns mal vor, dass sie sich ihre Verfolger nur eingebildet hat. Wäre ja nicht ungewöhnlich bei einer psychisch Kranken.»

«Stimmt», sagte Ceyda kurz. Ihre Skepsis war nicht zu überhören.

«Aber?», fragte Kristina.

«Aber du hast mir mal erklärt, dass Angies Psychosen immer ähnlich ablaufen. Sie bastelt sich erst ein buntes Kostüm, dann verlässt sie ihre Wohnung, packt alles, was sie braucht, in den Einkaufswagen, zieht durch die Gegend … und öfter mal kam sie dann auch hier vorbei.» Unwillkürlich hatte Ceyda in die Vergangenheitsform gewechselt.

«Das war aber in den letzten Jahren ziemlich selten der Fall.»

«Du hast es nicht immer mitgekriegt. Manchmal hab ich ihr einfach nur einen Becher Kaffee auf die Straße rausgereicht und ein bisschen mit ihr geredet. Sie tat mir leid.»

Kristina fragte sich, wie gut sie ihr eigenes Büro und ihre Angestellte eigentlich kannte. Ceyda verhielt sich normalerweise so, als würde sie eine Gestalt wie Angie kaum eines Blickes würdigen.

«Sie wollte nicht, dass du das mitkriegst», fügte ihre Mitarbeiterin jetzt beinahe schuldbewusst hinzu.

«Ist doch völlig okay. War sie denn in letzter Zeit noch mal hier?»

«Eben nicht. Ich glaub, ich hab sie nicht gesehen, seit ich aus der Türkei zurück bin. Also seit August.»

Kristina blieb mitten im Raum stehen, vollzog eine halbe Wendung und ließ sich auf das Sofa sinken, auf dem mehrere Aktenstapel lagerten.

«Ich bin so blöd», stöhnte sie. «Ich treff Angie mitten in der Nacht am Bahnhof. Sie wirkt kein bisschen verrückt auf mich. Ich fahr mit ihr in die Psychiatrie. Dann überlegt sie es sich anders, und ich setze sie brav wieder vor ihrer Haustür ab. Vor ihrer Haustür! Wenn sie psychotisch war, hat sie es normalerweise niemals zu Hause ausgehalten. Warum aber wollte sie in die Klinik, wenn sie sich genauso gut daheim ins Bett legen konnte? Ich hab sie nicht einmal danach gefragt.»

«Na ja, hätte sie ja auch mal von sich aus erzählen können», meinte Ceyda, «wenn sie dich schon mitten in der Nacht als Taxi einspannt.» Sie warf einen Blick auf ihre Chefin, die mit grauem Gesicht auf dem Sofa kauerte. Dann schnappte sie sich den Terminkalender. «Weißt du was? Ich glaube, du kannst mal ein paar Stunden Ruhe brauchen. Die zwei Besprechungen, die heute Nachmittag noch anliegen, sagen wir einfach ab. Und du fährst nach Hause und ruhst dich aus.»

Das fehlt mir gerade noch, dachte Kristina. Zu Hause drehe ich erst recht durch. Aber Ceyda hatte recht. Im Moment war sie hier im Büro nicht zu gebrauchen. Sie stand auf.

«Danke, Ceyda», erklärte sie. «Ich guck nur eben die Post und die Terminsachen durch. Und dann bin ich mal für den Rest des Tages weg.»

7

Kristina trommelte nervös auf ihr Lenkrad. Im dichten Nachmittagsverkehr kam sie nur langsam voran. Es waren noch keine sechsunddreißig Stunden vergangen, seit sie diese Strecke mit Angie im Auto gefahren war. Jetzt würde sie nie mehr die Möglichkeit haben, die Spannung aufzulösen, die während dieser letzten Begegnung zwischen ihnen entstanden war, dachte sie traurig.

Nachdem sie den Stau in der Tarpenbekstraße hinter sich gelassen hatte, rollte der Verkehr endlich flüssiger. Kristina wunderte sich jedes Mal aufs Neue, wie lang sich die Strecke durch die grünen Vorstadtsiedlungen hinzog, vorbei an Autohäusern, Supermärkten und ehemaligen Ausflugslokalen, bevor endlich die ersten Hinweisschilder auf die Klinik auftauchten. Man hatte Ochsenzoll, die Hamburger Landesirrenanstalt, vor über hundert Jahren mit Bedacht weit außerhalb der Stadt errichtet.

Die zentrale Notaufnahme war in einem mehrgeschossigen Klotz aus den siebziger Jahren untergebracht, der am Rande des Klinikgeländes lag. Der nüchterne Zweckbau bildete einen krassen Gegensatz zu den verspielten Backsteinvillen, die sich unter großen Bäumen im weitläufigen Krankenhauspark verloren. Kristina konnte auf den Parkplatz fahren, nachdem sie an der Schranke ein paar unverständliche Worte und «Anwältin!» in die Sprechanlage gerufen hatte.

In der Eingangshalle lief ihr gleich wieder der Pfleger über den Weg, der sie vorgestern Nacht in Empfang genommen hatte.

«Entschuldigen Sie …»

«Ja bitte!», schrie der Mann sie an.

Unwillkürlich senkte Kristina ihre Stimme. «Ich wollte fragen …»

«Können Sie etwas lauter sprechen?», bat der Pfleger. «Ich höre nicht so gut.»

«Erinnern Sie sich an mich ... von vor zwei Tagen? Können Sie mir sagen, welche Ärztin von Sonntag auf Montag Dienst hatte? So eine Blonde, vielleicht mein Alter ...»

«Dr. Dobrotilowa? Die Neue?»

Kristina nickte. «Die könnte es gewesen sein. Kann ich sie sprechen?»

«Ich bringe Sie hin», verkündete der Pfleger resolut. Mit dem Fahrstuhl fuhren sie in den dritten Stock. Dann standen sie bereits vor dem Sprechzimmer der Ärztin.

Der Mann klopfte nicht an, sondern hämmerte regelrecht gegen die Tür. Von drinnen erklang ein zaghaftes «Ja bitte?». Er riss die Tür auf, brüllte: «Besuch für Sie!», als handele es sich um eine Dienstanweisung, und dann war er auch schon weg.

Die Ärztin sah noch immer sehr müde aus. Auf ihrem Schreibtisch stapelten sich Papiere. Es roch nach kaltem Rauch. Als ahne sie, was ihre Besucherin dachte, sprang sie auf und riss ein Fenster auf.

«Entschuldigen Sie, natürlich herrscht Rauchverbot im ganzen Haus. Aber die Patienten ... Sie brauchen es manchmal. Ist übrigens wissenschaftlich erwiesen: Nikotin macht Medikamente besser verträglich. Zigaretten können auch den Verlauf einer Depression mildern. Die Patienten kommen zu mir, um zu rauchen. Und dann reden sie manchmal. Ich kann ... ich will es ihnen nicht untersagen.»

«Schon gut», murmelte Kristina.

Die Ärztin musterte sie aufmerksam. «Übrigens, ich bin sehr erfreut, Sie wiederzusehen, gnädige Frau. Ich hatte mich schon gefragt, was vorletzte Nacht vorgefallen war. Denken Sie, dass ich unangemessen auf Ihre Begleiterin reagiert habe?» Ihr Deutsch war perfekt, aber es wirkte ein wenig förmlich und altmodisch.

«An Ihnen lag es bestimmt nicht», erklärte Kristina. «Um es kurz zu machen: Die Patientin, mit der ich vorgestern bei Ihnen war, Angelika Gelterkind war ihr Name … Sie ist leider noch in derselben Nacht verstorben.»

Die Ärztin schreckte zusammen. Sie schien schockiert von dieser Mitteilung. Komisch, dachte Kristina, sie kannte Angie doch gar nicht.

«Was ist geschehen?», fragte Dr. Dobrotilowa leise.

«Man weiß es noch nicht genau. Sie wurde tot aufgefunden, ziemlich weit von ihrer Wohnung entfernt. Mit Medikamenten im Blut.»

Einen Augenblick war es totenstill in dem kleinen Raum. Dann sagte die Ärztin: «Ihr Zustand ist also falsch eingeschätzt worden!» Ihre Stimme klang bitter und anklagend.

Kristina war sich nicht ganz sicher, auf wen diese Bemerkung gemünzt war. «Ich weiß nicht … Darüber wollte ich mit Ihnen reden. Sie als Ärztin hatten ja in der Nacht keine Chance, sich ein Bild von ihr zu machen.»

Ihr Gegenüber seufzte tief auf. «Sie hätten mir mitteilen müssen, dass die Patientin gefährdet ist.»

«Wenn ich es geahnt hätte …», gab Kristina unglücklich zurück. «Ich weiß bis jetzt nicht, was das überhaupt für eine Gefahr war. Deshalb bin ich hier. Als wir vorletzte Nacht auf Sie gewartet haben, hat Frau Gelterkind draußen vor dem Haus mit ein paar Leuten geredet. Und danach war ihre Angst noch größer als vorher. Haben Sie eine Ahnung, wer das gewesen sein könnte? Wer läuft hier mitten in der Nacht herum?»

«Patienten», antwortete die Ärztin. «Menschen mit Problemen. Manche von draußen. Auch welche von hier drinnen. Manche wagen sich nur in der Dunkelheit vor die Tür. Wenn in der ganzen Klinik Nachtruhe herrscht. Sie wissen: Wir sind rund um die Uhr im Dienst. Sie kommen hierher, um mit uns zu sprechen oder sich Medikamente geben zu lassen.»

«Medikamente?», hakte Kristina nach. «Beruhigungsmittel und so?»

Die Ärztin nickte. «Die meisten haben natürlich eine feste Medikation. Aber dann kommen sie und erzählen, dass sie nicht schlafen können, dass sie etwas brauchen ... Manchen können wir dann auch helfen, bei anderen müssen wir es ablehnen.»

«Könnten Sie sich vorstellen, dass solche Mittel auch unter den Patienten gehandelt werden?», erkundigte sich Kristina vorsichtig.

«Natürlich bekommen wir nicht alles mit, was hier passiert. Aber ich glaube nicht, dass das eine große Rolle spielt. Die meisten Psychopharmaka, die wir verschreiben, sind keine angenehmen Drogen. Wir haben eher Probleme mit Patienten, die ihre Medikation verweigern oder heimlich nicht einnehmen.»

Stimmt, dachte Kristina. Das kannte sie auch von Angie. Die Vorstellung, dass ihre Freundin sich von anderen Patienten ein paar Pillen zusammengeschnorrt hatte, war abwegig. Sie wandte sich wieder der Ärztin zu. «Ich habe bis jetzt nicht verstanden, warum sie dann ganz plötzlich nach Hause zurückwollte. Wenn sie psychotisch war, war ihre eigene Wohnung sehr bedrohlich für sie.»

«Wissen Sie, ob sie Feinde gefürchtet hat – zu Hause, in ihren eigenen vier Wänden?», wollte die Ärztin wissen.

«Sie hat zeitweise gedacht, sie wird von versteckten Kameras beobachtet – alles, was sie sagt, wird abgehört und aufgezeichnet. Manchmal hat sie auch behauptet, dass jemand ihr Essen vergiftet, alle Lebensmittel, die sie in der Küche aufbewahrt. Sie war dann der Überzeugung, dass es eine Wahrheit gibt, die nur sie kennt und die sie unbedingt an die Öffentlichkeit bringen muss.»

«In der Klinik, in der ich ausgebildet wurde, in Litauen, hatten viele Patienten große Angst, dass jemand sie umbringen will», berichtete die Ärztin. «Dachten oft, der KGB steckte dahinter.»

«Wie kommen die Leute denn auf so etwas?»

«Das ist nicht sehr schwer zu verstehen. Psychotische Menschen haben Angst, sehr viel Angst … weil sie die Realität nicht mehr in klaren Grenzen wahrnehmen. Am schlimmsten ist diese Angst, wenn man nicht weiß, wovor man sich fürchtet. Also richten diese Patienten ihre Gefühle auf etwas, wovor sie sich schützen können. Das ist nicht einfach eine Einbildung, es ist ein psychologischer Prozess … ein Versuch, sich selbst zu retten. Es gibt ihnen die Möglichkeit, konkrete Maßnahmen zu ergreifen. So fühlen sie sich weniger ausgeliefert.»

Komisch, so hat mir das noch nie jemand erklärt, dachte Kristina. Sie sah die Ärztin mit neuer Aufmerksamkeit an. «Sie kommen aus Litauen?»

«Ja, ich bin dort aufgewachsen und habe in Vilnius studiert, aber meine Eltern sind Russen», antwortete die Ärztin. Hastig fügte sie hinzu: «Die psychiatrische Ausbildung war sehr gut, ich hatte eine gute Stelle in Litauen. Aber als Russin dort … Wir sind in der Minderheit. Eine sehr unbeliebte Minderheit. Die Leute haben kein Vertrauen. Und ohne Vertrauen kann man psychisch Erkrankte nicht gut behandeln.»

Einen Augenblick starrte Kristina sie verblüfft an. Und plötzlich verstand sie: Angie hatte mit Alexander Bandow zu tun gehabt, einem Russlanddeutschen. Und mit seiner Freundin Alina, die aus der Ukraine stammte. Dann war irgendetwas Bedrohliches passiert. Sie war auf der Flucht, wollte in die Klinik – und traf dort auf Dr. Dobrotilowa. «Vielleicht hatte sie deshalb Angst … Angst auch vor Ihnen», sagte Kristina nachdenklich. «Weil sie etwas über Ihre Herkunft erfahren hat? Vielleicht hat einer von den Patienten erwähnt, dass eine russische Ärztin Dienst hat? Und dann hat sie gedacht, alle stecken unter einer Decke … So etwas Ähnliches hat sie mir gegenüber gesagt, als wir in die Stadt zurückgefahren sind.»

«Glauben Sie das, ja?», fragte die Ärztin gereizt. «Glauben Sie, wir Leute aus Osteuropa sind nicht vertrauenswürdig? Alle Verbrecher? Klauen Ihre Autos, eröffnen Bordelle und bringen Menschen um?»

«Natürlich nicht», beschwichtigte Kristina erschrocken. «Aber Frau Gelterkind hatte Freunde, die aus Russland kamen … Ich habe keine Ahnung, wie das alles miteinander zusammenhängt.»

Die Psychiaterin sah sie kalt und abweisend an.

«Ich glaube nicht, dass Sie hier bei mir richtig sind», erklärte sie und stand auf. «Ich glaube, Sie sprechen besser mit der Polizei. Ich bin jederzeit zu Auskünften bereit, wenn ich helfen kann. Jetzt erlauben Sie mir, mich um meine Patienten zu kümmern.»

8

Für einen Moment blieb Kristina unschlüssig auf dem Parkplatz vor ihrem Auto stehen. Sie hatte diese Begegnung einfach vermasselt, so viel war klar, und das nahm sie sich selbst ziemlich übel. Diese Ärztin hatte wahrscheinlich ihr Leben lang damit zu kämpfen gehabt, dass man ihr wegen ihrer Herkunft nicht vertraute, und in genau diese Kerbe hatte sie jetzt auch noch gehauen. Dabei war Dr. Dobrotilowa bisher die Einzige gewesen, die Kristina nicht sofort erklären wollte, dass der plötzliche Tod einer psychisch Kranken doch eigentlich wenig überraschend sei. Und die Einzige, die ihr vielleicht hätte helfen können herauszufinden, mit wem Angie in den letzten Stunden ihres Lebens gesprochen hatte.

Wütend vergrub Kristina ihre Hände in den Jackentaschen. In diesem Moment begann ihr Handy zu zappeln. Rasch nahm sie den Anruf entgegen.

«Frau Wolland? Alexander hier … Sie wissen schon.» Seine Stimme klang gepresst.

«Herr Bandow! Gibt es etwas Neues? Haben Sie noch mal nachgedacht? Ob Sie nicht vielleicht doch mit der Polizei …?»

«Frau Wolland!», wiederholte er, jetzt in beinahe flehendem Ton. «Es ist was passiert. Können Sie kommen? Zu mir nach Hause? Selbstverständlich ich werde Sie bezahlen …»

«Das wird aber ziemlich teuer», gab Kristina mit einem Anflug von Ironie zurück. «Wie stellen Sie sich das vor? Ein Hausbesuch in Neu-Allermöhe? Heute Abend noch? Wenn es etwas zu besprechen gibt, kommen Sie lieber morgen früh in mein Büro.»

«Bitte! Ich weiß nicht, wen ich sonst anrufen soll …»

«Was ist denn passiert?»

«Unsere Wohnung», antwortete er. «Ich kann nicht beschreiben. Sie müssen sehen.»

Kristina gab auf. «Geben Sie mir die Adresse. Aber ich brauch ein bisschen Zeit.»

«Felix-Jud-Ring 32», sagte der junge Mann. «Und herzlichen Dank.» Er legte schnell auf, als fürchtete er, sie könnte es sich noch mal anders überlegen.

Kristina sah auf die Uhr. Fast sechs. Eigentlich hätte sie jetzt nach Hause gewollt, um erst einmal über alles nachzudenken. Außerdem wartete Michel vermutlich auf sie. Sie wählte ihre eigene Festnetznummer. Er nahm sofort ab.

«Krizzy!» Seine Stimme klang warm und fürsorglich.

«Ich wollte dir nur Bescheid sagen, dass es später wird. Ich muss noch nach Neu-Allermöhe.» Kristina bemühte sich, möglichst geschäftsmäßig zu klingen. «Im Zusammenhang mit Angie. Ein junger Mann, der heute Mittag in meinem Büro aufgetaucht ist, hat mich darum gebeten. Ein Russlanddeutscher. Wenn ich ihn richtig verstanden habe, ist bei ihm eingebrochen worden.»

«Klingt nach einem Job für die Polizei.»

«Ja, aber davon muss ich ihn wohl erst überzeugen …»

«Und zu dem Zweck willst du allein dorthin fahren? Heute Abend noch? Nach Neu-Allermöhe?»

«Die Sache lässt mir doch sowieso keine Ruhe», erwiderte Kristina unglücklich.

«Krizzy.» Michel klang jetzt ungewohnt entschlossen. «Das machst du nicht im Ernst allein. Du weißt überhaupt nicht, in was du da hineingerätst.»

«Dieser junge Mann wirkt ziemlich harmlos. Ich glaube, er wohnt noch bei seinen Eltern.»

«Und wenn es eine Falle ist?», fragte Michel. «Ich hab ja keine Vorurteile, aber die Russlanddeutschen sind nicht ohne. Da gibt's kriminelle Banden, Gewalt, Drogengeschäfte … Sag mal, wo bist du jetzt eigentlich?»

«Langenhorn!» Ihr wurde bewusst, wie kläglich sie klang.

«Paah.» Michel atmete hörbar aus. «Herzlichen Glückwunsch.» Er schien zu überlegen. «Hör zu: Du kommst jetzt nach Altona. In einer halben Stunde treffen wir uns am Holstenbahnhof. Und dann werden wir mal gemeinsam nachsehen, was da los ist.»

Wenige Augenblicke später ließ sich Kristina hinter das Lenkrad ihres Fiats sinken. Beinahe hätte sie vor Erleichterung angefangen zu heulen.

Um Viertel nach sieben standen sie endlich vor der richtigen Haustür in Neu-Allermöhe. Kristina war noch nie hier gewesen. Sie wusste nur, dass die komplette Siedlung in den neunziger Jahren neu errichtet worden war, mitten in den Marschlanden zwischen Hamburg und Bergedorf. Moderne Backsteingebäude reihten sich aneinander, ein bisschen gesichtslos, aber nicht unfreundlich. Wasserläufe und Grünanlagen durchzogen das Quartier. Es wirkte alles ein wenig wie aus einem Modellbaukasten zusammengestellt.

Kaum hatten sie geklingelt, sprang die Haustür auf. Der junge

Mann musste direkt neben dem Summer gestanden haben. Er erwartete sie im zweiten Stock auf dem Treppenabsatz; sein Gesicht war noch blasser, als Kristina es in Erinnerung hatte. Die Wohnungstür hinter ihm hing sichtbar schief im Rahmen. Jemand musste sie mit brachialer Gewalt aufgebrochen haben.

«Kommen Sie rein», sagte er leise, so als ließe sich das, was hier geschehen war, noch geheim halten. Er warf einen fragenden Blick auf Michel.

«Mein Mitarbeiter», erklärte Kristina kurz. Sie blickte an dem jungen Mann vorbei in den Flur der Wohnung, wo allerlei Zeug auf dem Fußboden verstreut lag.

«Ich zeige Ihnen als Erstes … Küche.» Er wies mit einer vagen Handbewegung zu dem Raum hin, der nur durch einen Rundbogen vom Flur abgeteilt war.

Es sah aus wie nach einem Erdbeben. Zwei Hängeschränke waren aus der Wand herausgerissen und auf den Fußboden geschleudert worden. Ihr Inhalt lag in Scherben überall im Raum verteilt, bedeckt von einer Schicht aus Haferflocken, Mehl, Kakao und Nudeln. Alexander schob mit seinen Schuhen einen schmalen Gang zum Küchentisch frei, der großflächig mit Marmelade beschmiert war.

«Was ist passiert?», fragte Kristina ratlos.

«Wohnzimmer … nicht besser», erklärte Alexander Bandow. «Sollten Sie auch sehen.» Eine Zuckerspur führte aus der Küche zu der Tür, die er jetzt vorsichtig aufschob: aufgeschlitzte Polstersessel, umgestürzte Regalwände, Bücher und CDs lagen in einem wilden Durcheinander auf dem Fußboden. Alles war nass.

Mit dem Habitus eines Hausbesitzers führte er die Begehung der Wohnung fort. Im Schlafzimmer sah es aus, als hätte es geschneit. Ein mächtiges Doppelbett, das fast den ganzen Raum ausfüllte, war über und über mit kleinen weißen Federn bedeckt.

Und dann: «Mein Zimmer!» Klappcouch, Kleiderschrank und

Schreibtisch standen unversehrt an ihrem Platz, an der Wand hing das Plakat einer russischen Rockband. Die Vandalen hatten die höchstens acht Quadratmeter große Kammer anscheinend übersehen.

«Das sieht ja hier schlimm aus», sagte Kristina, nachdem sie in den Flur zurückgekehrt waren. «Ist es übrigens okay, wenn ich dich duze?»

Alexander antwortete mit einem kurzen Kopfnicken und den Worten: «Sehr gern!»

«Hast du schon nachgesehen, ob irgendwas fehlt? Anlage, Fernseher, Geld, Schmuck?»

Er schüttelte den Kopf. «Glaube ich nicht.»

«Bist du sicher? Du wohnst doch nicht ganz allein hier? Wo sind deine Eltern?»

«Jetzt schon wohne ich allein ... Früher wir waren hier mit der ganzen Familie.»

«Und heute?»

Der junge Mann sah sie mit einem merkwürdig leeren Blick an. Er schien einen Moment zu zögern, ob er ihre Frage beantworten sollte. «Sind zurückgegangen nach Nowosibirsk. Haben hier ... kein Leben gefunden», erklärte er dann.

«Und du wolltest nicht mit zurück?»

«Ich bin hiergeblieben. Wegen Schule.» Er starrte grüblerisch auf das Schlachtfeld, das die Überreste seiner elterlichen Wohnung darstellte. Dann hatte er etwas entdeckt. Er setzte ein paar Schritte ins Wohnzimmer, zog vorsichtig einen Bilderrahmen zwischen den zersplitterten Holzplatten hervor und wischte die Glasscheibe mit seinem Ärmel ab. Das Foto zeigte ein paar riesige Plattenbauten, so wie man sie aus vielen osteuropäischen Ländern kannte.

«Heimat», sagte er beinahe zärtlich und reichte Kristina das Bild herüber. «Das ist, wo wir herkommen. Nowosibirsk. Gibt jetzt viel

Arbeit dort, schöne renovierte Wohnungen, gute Supermärkte. Gibt Nachbarn. Leben ist wärmer als hier.»

«Wärmer?», fragte Kristina. «In Nowosibirsk? Sibirien?»

Michel räusperte sich. Sie hatte ihn fast vergessen. Jetzt blickte er demonstrativ um sich herum.

«Wenn ich das hier richtig sehe», erklärte er, «ist das ein Fall für die Polizei.»

Der junge Mann sah ihn groß an, dann wandte er sich Kristina zu. «Können wir … alleine … unterhalten?», fragte er sie.

«Alexander», erwiderte Kristina seufzend, «etwas anderes habe ich auch nicht zu sagen: Hier wurde eingebrochen. Ich weiß nicht, was diese Leute hier gesucht haben und was sie von dir wollen. Aber du solltest sie anzeigen. Die Polizei muss die Spuren sichern. Du brauchst ein neues Türschloss. Ich hoffe, ihr habt eine Hausratversicherung. Die zahlen nur, wenn du Anzeige erstattest.»

Die Gesichtszüge des jungen Mannes verhärteten sich. Er blitzte die Anwältin wütend an. «Ich habe Ihnen bereits erklärt, warum ich nicht Polizei. Bitte, Sie sind meine Anwältin …»

«Dazu gehören immer noch zwei», gab Kristina kühl zurück. «Ich habe nicht vor, Sie anwaltlich zu vertreten. Ich bin hierhergekommen, weil Sie mich in einer Notlage darum gebeten haben.» Sie registrierte, dass sie wieder in das distanzierte Sie zurückgefallen war, und fuhr daraufhin in einem deutlich milderen Ton fort: «Aber wenn ich dir einen persönlichen Rat geben darf: Diese Leute scheinen gefährlich zu sein. Wenn du dich und deine Freundin Alina schützen willst, ist die Polizei die einzige richtige Adresse.»

«Alina sagt aber, Polizei ist das Schlimmste für sie.»

«Mag sein, dass sie das gesagt hat. Aber seitdem ist eine Menge passiert. Was glaubst du eigentlich, was ausgerechnet ich für dich tun kann? Soll ich jetzt etwa Detektiv spielen?»

«Ich brauche Hilfe», bat Alexander. Er sah plötzlich sehr jung aus.

Kristina schob sich entnervt eine ihrer dicken blonden Strähnen aus dem Gesicht. So kamen sie nicht weiter. «Vielleicht weiß ich einfach ein bisschen zu wenig über dich», erklärte sie schließlich. «Vielleicht erzählst du mir mal, was das mit dieser Alina auf sich hat. Und woher du Angie überhaupt kanntest.»

«Ich koche Tee», verkündete ihr Gastgeber. «Dauert nur kleinen Moment. Dann erzähle ich. Am besten Sie beide nehmen Platz in meinem Zimmer.» Mit Michels Anwesenheit schien er sich nun abgefunden zu haben.

Wie sie dort so mit Michel auf dem Klappbett in Alexanders Jugendzimmer in Neu-Allermöhe saß, kam Kristina sich vor, als spielte sie in einem typischen Sonntagabendkrimi mit: die Ermittlerin, ihr schwieriger Freund und ein ungelöster Kriminalfall. Aber im Moment war ihr nicht zum Lachen zumute. Sie hatte das Gefühl, immer tiefer in etwas hineinzugeraten, das sie immer weniger verstand.

Alexander kramte in der Küche herum. Sie fragte sich, wie er in diesem Chaos die nötigen Utensilien finden wollte, um Tee zu kochen. Und ob sie energisch genug klargemacht hatte, dass jede Stunde, die jetzt ohne Anzeige verstrich, die Chancen verschlechterte, den Einbrechern noch auf die Spur zu kommen.

Aber dann stand er schon nach kurzer Zeit mit einem Tablett in der Tür: eine Teekanne, drei winzige Gläser, eine Zuckerdose und Kekse. Alles wirkte perfekt.

«So, und jetzt mal von Anfang an!», forderte Kristina ihn auf.

Alexander sah sie traurig an. «Ich muss alles erzählen?»

«Ich fürchte schon, wenn ich dir irgendwie helfen soll … Falls ich das überhaupt kann.»

«Also gut. Wir sind vor zehn Jahren nach Deutschland gekommen. Meine Eltern hatten von vielen Bekannten gehört, die schon hier waren … Leben ist schöner in Deutschland, man bekommt gute Wohnung und Geld vom Staat, gute Schulen für die Kinder … Und bei uns zu Hause wurde es immer schwieriger zu überleben. Meine Eltern haben ganze Zeit versucht, hier etwas aufzubauen … aber es war schwer, und für mich auch. Mein Vater Sportlehrer, meine Mutter Physiotherapeutin, sehr gute Physiotherapeutin. Hier in Deutschland sie hatten nie eine Chance für guten Job. Ihre Ausbildung hier nicht anerkannt. Wir haben gelebt von Hartz IV, und manchmal hatte meine Mutter auch Job im Versandhaus. Dennoch sie haben gesagt: Wir haben nicht Ausbildung gemacht, nicht studiert, um Staat auf der Tasche zu liegen. Sie sind nicht gewohnt.»

«Und was war mit dir?»

«Ich gehe zwölfte Klasse. Für meine Eltern war sehr wichtig, dass ich Gymnasium besuche, also gymnasiale Oberstufe von Gesamtschule. Deine Chance, haben sie immer gesagt. Gute Ausbildung ist wichtigstes Kapital.»

«Und sie sind trotzdem nicht bis zu deinem Abitur hiergeblieben?»

«Mein Vater hat Anruf aus Nowosibirsk bekommen. Sie brauchen dort dringend Sportlehrer. Und auch für meine Mutter guten Job finden kein Problem. Wir haben uns alle zusammengesetzt. Ich habe gesagt: Ihr könnt fahren. Ich bin volljährig. Ich schaffe allein.»

«Damit waren sie einverstanden?»

«Mein Vater wollte es, meine Mutter war ganz und gar dagegen. Haben wir zwei Wochen diskutiert, haben sich meine Eltern furchtbar gestritten und hatte ich Angst, sie können sich nicht wieder vertragen. Sie trennen sich nach alldem, nach den Jahren in Deutschland … Da habe ich gedroht: Wenn ihr nicht zurückgeht, zusammen, dann gehe ich keinen Tag länger zur Schule. Sie wussten, es ist mir ernst. Und sie haben entschieden zu gehen.»

«Und wovon lebst du hier?»

«Ich bekomme Hartz IV. Und Wohngeld.»

«Für diese Wohnung?», fragte Kristina überrascht. «Ist die nicht viel zu groß für dich allein?»

«Weiß niemand, dass ich hier alleine …», erwiderte er. «Bitte, Sie teilen es nicht Behörde mit.»

«Keine Sorge, dazu habe ich keinen Grund. Also weiter: Du machst demnächst Abitur?»

«Nein, leider noch nicht …» Alexander stockte. «Ich habe es meinen Eltern nicht gesagt: Abitur war schon im Frühjahr in Frage gestellt. Als sie vor der Entscheidung standen, in die Heimat zurückzukehren. Aber sie hätten mir sowieso nicht helfen können. Und ich wollte nicht, dass sie hierbleiben, wegen mir, wegen Sorgen.»

«Kann ich verstehen. Und wie sieht es jetzt aus?»

«Ende der zwölften Klasse haben Lehrer gesagt: Ich muss Schuljahr wiederholen», erklärte Alexander niedergeschlagen. «Ich hatte gehofft, ich werde versetzt. Und wenn ich Abi nicht geschafft hätte, ich hätte jedenfalls Fachabitur.»

«Hast du das deinen Eltern erzählt?»

Der junge Mann schüttelte bekümmert den Kopf: «Im Sommer, ich habe sie besucht in Nowosibirsk; aber ich konnte ihnen nicht von Schule erzählen. Sie waren so glücklich, dass sie zurück waren und dass ich konnte in Deutschland weiterlernen. Nur noch ein Jahr, haben sie gesagt, und ganze Welt steht dir offen. Du hast deutsche Staatsbürgerschaft und russische, du kannst entscheiden – Deutschland, Russland. Geh, wohin du willst.»

«Ist es denn so schlimm, wenn es noch ein Jahr länger dauert?»

«Ich wollte nicht, dass sie enttäuscht sind. Ich wollte ihnen später erklären. Nach den Sommerferien ich war wieder zwölfte Klasse. Aber es war schwer. Neue Klasse, bin mit den Leuten nicht klargekommen. Die sind siebzehn Jahre alt und ich schon zwanzig. Ich habe immer noch Akzent und mache Fehler, die anderen sagen ‹Russe› zu mir. Und dann kamen wieder diese schweren Fächer, Deutsch und Englisch und so.» Er schluckte. Dann fügte er stolz hinzu: «Chemie, Physik, Mathe war ich ganz gut. Nur mit Sprachen. Ich kann es einfach nicht …»

«Das hört sich an, als hättest du die Schule geschmissen», mutmaßte Kristina.

«Nein, nein», wehrte Alexander ab. «Habe mich nur manchmal krankgemeldet. Jetzt sind Herbstferien. Danach ich gehe wieder …»

«Und was machst du, wenn du nicht hingehst?»

«Ich habe immer Entschuldigung geschrieben.»

«Das interessiert mich nicht. Ich meine: Womit verbringst du deine Zeit?»

«Ich bleibe zu Hause, oder ich fahre in die Stadt, weit weg, wo niemand mich kennt. Alle Leute hier haben Freunde in Nowosibirsk. Keiner soll meinen Eltern erzählen: Der Alexander steht spät auf und hängt in Stadtteil ab.»

«Da hängst du lieber in Altona ab», stellte Kristina nüchtern fest.

«Manchmal kann ich auch bisschen Geld verdienen. Koffer tragen und so. Auto auf Parkplatz einweisen oder Scheiben sauber machen.»

«Und dabei, am Altonaer Bahnhof, hast du Angie kennengelernt?»

«Es gibt da Fußgängertunnel … vielleicht Sie kennen. Da sind Händler und ein paar Leute, die treffen sich da; trinken, manche schlafen auch. Aber ich trinke nicht. Angie auch nicht. Wir haben gesehen. Wir haben gesprochen. Sehr viel.» Er sah Kristina traurig an. «Angie sehr intelligente, sehr gebildete Frau. Sehr interessant, sich mit ihr zu unterhalten.»

«Ja, das fand ich auch», stimmte Kristina ihm traurig zu.

«Und wo ist dann diese Alina aufgekreuzt?», fragte Michel etwas unvermittelt und zu laut.

«Angie und ich haben … jeden Tag getroffen; sind Freunde geworden», erzählte Alexander. «Dann, vor drei Monaten, habe ich

Alina erstes Mal gesehen am Bahnhof. Habe gleich gemerkt, dass sie nicht aus Deutschland ist. Sah so traurig aus, so alleine. Ich habe sie gefragt, ob sie Hilfe braucht … auf Russisch.»

«Woher wusstest du …?», erkundigte sich Kristina überrascht.

«War nur Gefühl. War richtig. Sie hat mir erzählt … sie kommt aus Ukraine. War ganz alleine in Deutschland, schon ein Jahr. Hatte Stelle als Au-pair hier, war aber zu Ende.»

«Au-pair, bist du dir da sicher?», fragte Michel misstrauisch. Alexander erzählte weiter, als habe er die Frage nicht gehört.

«Sie suchte Beratungsstelle … Für Familie, oder so ähnlich?»

«Pro Familia?», hakte Kristina nach. «Familienplanungszentrum? Das gibt es in Altona. Was wollte sie denn da?»

«Sie hatte Problem: Sie hatte Studienplatz in Hamburg bekommen. Aber ohne Aufenthaltserlaubnis kann sie sich nicht an der Universität einschreiben. Und ohne Immatrikulation keine Aufenthaltserlaubnis.»

«Aber für solche Probleme sind die im Familienplanungszentrum nicht da», stellte Kristina verwundert fest.

«Ja, klar», erklärte Alexander hart. «Für solche Probleme ist überhaupt niemand da. Wenn Alina Antrag stellen will, für Visum, um in Deutschland zu studieren, sie muss zurück in ihr Dorf. Dann muss sie um Termin bitten bei der Deutschen Botschaft in Kiew. Auf Termin muss sie warten, manchmal zwei Monate. Dann nach Kiew fahren mit der Bahn, das dauert eine ganze Nacht von Odessa. Und wenn irgendwelche Papiere fehlen … das Ganze wieder von vorn. Ist teuer, ist kompliziert. Aber Alina hat kein Geld. Sie hat keine Zeit. Sie kann es nur schaffen, wenn sie in Hamburg bleibt und nicht zurückmuss.»

«Das hat sie dir alles auf dem Bahnhof erzählt?»

«Nicht gleich. Aber wir sind Freunde geworden.» Dann fügte Alexander verträumt hinzu: «Und haben verliebt.»

«Und seid auf die Idee gekommen zu heiraten?»

«Einfachste Sache der Welt», meinte Alexander. «In Dänemark. Dort heiraten, hier zusammenleben. Zu zweit ist die Wohnung nicht zu groß, für Hartz IV ist das okay. Wir können alles legal machen. Wir sind Familie. Sie studiert. Ich gehe zur Schule. Wir sind glücklich. Ich erzähle meinen Eltern. Alles ist gut.»

«Aber dann ist etwas dazwischengekommen?», fragte Kristina behutsam.

Alexander sah aus, als würde er aus einem schönen Traum geweckt. «Wir haben noch auf Papiere gewartet, für Dänemark. Beglaubigte Kopie von Geburtsurkunde fehlte noch. Und Alina hat Angst gekriegt, jeden Tag mehr Angst, dass Polizei sie findet. Wollte nicht in meiner Wohnung schlafen – obwohl niemand wusste, dass sie bei mir ist. Nachbarn hätten bestimmt nichts gesagt, die wissen, wie das ist: Stress mit Behörden. Sie hat gesagt, lieber schläft sie draußen, an der Elbe, am Boberger See oder so. Es gibt viele Plätze. Aber es wurde immer kälter, und dann ist sie krank geworden. Immer blass. Zum Arzt geht nicht ohne Karte, ohne Krankenkasse. Da habe ich Angie gefragt, ob Alina für eine paar Tage bei ihr sein kann. Nur bis zu Hochzeit. Angie hat gesagt: kein Problem.»

«Und wann hast du sie zum letzten Mal gesehen?»

«Am Sonntag. Ich war mit Alina ein bisschen spazieren, aber sie war müde und wollte nach Hause, zu Angie, sich hinlegen. Spät am Abend hat Angie mich angerufen, hat gesagt, etwas ist passiert. Alina kann sich vielleicht ein paar Tage nicht bei mir melden, aber ich kann mich an Sie wenden: an Frau Wolland, Rechtsanwältin. Sie wissen über alles Bescheid.»

«Weißt du, von wo sie dich angerufen hat?»

«Vielleicht Telefonzelle oder so. Natürlich habe ich sofort versucht, Alina anzurufen. Aber Handy war abgeschaltet, seitdem Tag und Nacht. Ich habe so oft versucht. Das ist ganze Geschichte.» Der junge Mann sah Kristina flehentlich an. «Ich habe Angst, immer mehr. Ich muss Alina finden.»

9

Sie verließen die Wohnung am Felix-Jud-Ring erst gegen elf Uhr abends. So lange hatte Kristina gebraucht, um Alexander dazu zu überreden, die Polizei anzurufen. Schließlich hatte er das tragbare Telefon aus den Trümmern des elterlichen Wohnzimmers gefischt und die Nummer der Polizeizentrale gewählt, die Kristina auswendig wusste.

«Ich habe Einbruch anzuzeigen, in meiner Wohnung», teilte er dem zuständigen Beamten mit, zu dem er schließlich durchgestellt worden war. Er musste seine Adresse angeben und erzählen, wie und wann er die Straftat bemerkt hatte. Was am anderen Ende der Leitung gesprochen wurde, konnte Kristina nicht verstehen.

«Morgen früh erst?», fragte Alexander dann erstaunt. «Aber Tür ist aufgebrochen, wie soll ich –?»

«Gib mir mal den Hörer», unterbrach ihn Kristina. Sie erklärte dem Beamten am Telefon kurz und nachdrücklich, dass sie als Anwältin vor Ort sei, weil hier möglicherweise ein Zusammenhang mit einem Tötungsdelikt bestehe, das gestern Vormittag entdeckt worden sei. Das Aktenzeichen könne sie ihm durchgeben. Die Polizei habe ihrer Meinung nach unverzüglich am Tatort zu erscheinen und die Anzeige aufzunehmen.

«Der Vorfall scheint ja schon ein paar Stunden zurückzuliegen», erklärte der Beamte gedehnt. «Und jetzt hat es der Geschädigte plötzlich eilig? Ich werde versuchen, eine Streife vorbeizuschicken. Es kann aber ein bisschen dauern.»

«Geht das auch genauer?», erkundigte sich Kristina gereizt.

«Ich werd mal nachfragen. Bleiben Sie dran.» Wenige Augenblicke später meldete sich der Polizist zurück. «Circa hundertzwanzig Minuten schätzt die Einsatzzentrale.»

So lange wollte Kristina nicht warten. Es war ihr auch ganz recht, nicht dabei zu sein, da Alexander den Polizisten vermutlich doch nur die halbe Wahrheit erzählen würde. Er hatte zwar versprochen, seine ukrainische Freundin zu erwähnen. Aber sie hatte ihn nicht dazu bewegen können, den Ermittlern ihr Foto zu zeigen.

«Du glaubst dem doch kein Wort?», fragte Michel, als sie jetzt zusammen im Auto saßen.

«Was meinst du damit?»

«Au-pair! Studentin! Das ist ja wohl ein Witz!»

«Was meinst du denn? Wir kennen Alina doch nicht einmal.»

«Ich finde», erklärte Michel im Tonfall eines Experten, «der Fall sieht nach Rotlichtmilieu aus. Sexgewerbe. Da kommen ja viele aus der Ukraine.»

«Hast du ihr Foto gesehen? Ich finde, sie sieht aus wie ein ganz normales junges Mädchen.»

Michel atmete hörbar aus. «Das sind alles ganz normale junge Mädchen. Jedenfalls mal gewesen. Die sehn doch nur nach Sexbranche aus, wenn sie sich für ihren Job fertig machen.»

«Ich weiß nicht», entgegnete Kristina unschlüssig. «Und was glaubst du, wer Alexander ist – ihr Zuhälter vielleicht? Auf mich macht er einen eher naiven Eindruck.»

«Und wer hat dann seine Wohnung plattgemacht?», wandte Michel ein, der weiterhin beharrlich seinen Standpunkt vertrat. «Einfach so? Mitarbeiter der Ausländerbehörde? Sind das jetzt die Methoden hier in Deutschland?»

Kristina schwieg. Michel nervte sie mit diesem merkwürdig besserwisserischen Gehabe.

«Für mich sieht das nach einer Abrechnung im Milieu aus», fuhr er unbeirrt fort. «Diese Ukrainerin ist wahrscheinlich irgendwo abgehauen, und die Typen, die mit ihr Geld verdienen, wollen sie zurück. Vielleicht hat Alexander ihr bloß eingeredet, dass er in sie verknallt ist, und will sie auch auf den Strich schicken. Und jetzt haben ihre Loddel in seiner Wohnung ein paar Duftmarken gesetzt.»

«Woher willst du eigentlich so genau wissen, wie es in diesem Milieu zugeht?», fragte Kristina verärgert. «Du warst doch zwanzig Jahre überhaupt nicht in Deutschland.»

«Glaub mir, ich hab in Brasilien 'ne Menge Erfahrungen mit dem Milieu gemacht», erklärte Michel.

Kristina schwieg. Sie dachte an die Geschichte, die Alexander ihr erzählt hatte: Sie handelte von zwei verlorenen Kindern, die beschlossen hatten, einander zu retten. Und jetzt versuchte Michel, ihr eine ganz andere Interpretation aufzuzwingen. Plötzlich hatte sie das Gefühl, mit einem Fremden im Auto zu sitzen. Eigentlich hatte sie keine Ahnung, was er getrieben hatte, seit er aus Hamburg weg war, dachte sie. Aber ausgerechnet jetzt würde sie sich damit ganz sicher nicht beschäftigen.

Sie sprachen nicht mehr viel, bis Kristina den Fiat in eine Parklücke direkt vor ihrem Haus zwängte.

«Ich geh sofort schlafen», verkündete sie, kaum dass sie die Wohnung betreten hatten.

Michel nickte stumm. Er machte sich in der Küche noch eine Flasche Wein auf.

Aber natürlich lag sie noch lange wach. Irgendwann wälzte sich Michel zu ihr. Sie stellte sich schlafend. Er roch nach Rotwein und begann nach wenigen Atemzügen laut zu schnarchen. Sie schnappte sich ihre Bettdecke und zog auf ihr Sofa ins Wohnzimmer um. Als sie endlich wegzudämmern begann, verwandelten sich die Fragen, die in ihrem Kopf kreisten, zu seltsamen, düsteren Rätseln. Angie, Alexander, Alina, dachte sie immer wieder – was hatten die drei wirklich miteinander zu tun? Warum musste die eine sterben und die andere verschwinden? Und warum fingen alle ihre Namen mit A an?

10

Er saß am Küchentisch und starrte in den Garten. Für heute hatte er sich krankgemeldet. Seiner Frau hatte er gesagt, er fühle sich nicht wohl. Sie fragte ohnehin nicht nach. Und lag auch schon wieder im Bett.

Der Junge war im Kindergarten. Er hatte ihn wie immer hingebracht.

Ärgerlich wischte er ein paar Krümel vom Tisch. Wann hatte es eigentlich angefangen, dass seiner Frau der Haushalt aus dem Ruder gelaufen war? Seit wann war sie vom Frühstück mit dem Jungen so angestrengt, dass sie sich danach wieder hinlegen musste? Warum freute alles, was er ihr zu bieten versuchte, sie überhaupt nicht? Was taten andere Männer für ihre Frauen?

Diese Mädchen waren anders. Sie steckten voller Energie; sie zwitscherten wie Vögel, wenn sie sich miteinander unterhielten; sie lachten und zeigten sich Fotos von ihren Familien. Sie freuten sich über kleine Geschenke; sie waren dankbar, wenn er etwas für sie tat. Und viele von ihnen würden bestimmt alles darum geben, mit einem Mann wie ihm in einem Haus wie diesem zu leben.

Er stand auf, trat ans Fenster und starrte in den kleinen Garten, in dem sie als Erstes einen riesigen Sandkasten angelegt hatten. Der Junge spielte niemals darin, aber es waren dort Berge von Spielsachen aufgehäuft.

Er trommelte an die Scheibe. Es war richtig gewesen, es gab für sie alle keine andere Lösung.

Zum hundertsten Mal an diesem Vormittag ging er zu seiner Aktentasche, angelte sein Diensthandy heraus und sah auf das Display. Dabei hätte er das leise «Klingklong» ja längst gehört.

11

Bis zum Mittag saß Kristina im Landgericht fest: eine Strafsache, die sie erst kurz vor der Verhandlung übernommen hatte.

Ihr Mandant war ein unscheinbarer Mittvierziger. Sein Haar war aschblond, die Gesichtsfarbe fahl; man sah ihm an, dass er nicht viel vor die Tür kam. In seinem gelernten Beruf als Kfz-Schlosser, das wusste Kristina, fand er schon lange keine Anstellung mehr. Für die Verhandlung hatte er sich feingemacht. Es war ihm anzusehen, dass er sich in dem dunklen Anzug unbehaglich fühlte.

Auf die Idee, eine Anwältin aufzusuchen, war der Mann erst gekommen, als ihm das Wasser schon bis zum Hals stand: Er war in erster Instanz zu sechs Monaten Gefängnis verurteilt worden. Ohne Bewährung. Und da er wegen einer anderen Geschichte bereits eine Bewährungsstrafe erhalten hatte, bedeutete das letzte Urteil, dass ihm nun auch der Widerruf dieser Strafaussetzung zur Bewährung drohte. Er würde für anderthalb Jahre ins Gefängnis müssen, und das wegen einer Tat, bei der eigentlich niemand zu Schaden gekommen war.

Jetzt saß er neben Kristina im Gerichtssaal. Seine Hände kneteten unentwegt das Papier, mit dem er zum Termin vorgeladen worden war; und er hatte sichtlich Mühe, seine Füße still zu halten. Der Anwältin fiel es schwer, sich neben diesem Nervenbündel auf die Verhandlung zu konzentrieren. Aber sie war auch froh über die Ablenkung. Im Moment konnte sie sowieso nichts wegen Angie tun. Sie konnte nur darauf hoffen, dass die Polizei die Vorgänge um Angies Tod jetzt endlich ernst nahm und mit den Ermittlungen begann.

So lief, was sich an einem inzwischen schon Monate zurückliegenden Freitagvormittag zugetragen hatte, wie ein Film in mehreren Versionen vor ihr ab: Zwei Zeugen, beide Mitarbeiter in der Warenausgabe eines großen Elektronik-Fachmarktes, behaupteten in fast gleichlautenden Formulierungen, der Täter habe einen sehr kurzen Moment ihrer Unaufmerksamkeit genutzt, um einige Kartons mit Flachbildschirmen zu entwenden, die frisch angeliefert auf der Rampe des Warenlagers gestanden hatten. Ein Polizist, auch er wurde noch mal als Zeuge gehört, hatte ihn nach wenigen Kilometern gestoppt und das Diebesgut im Kofferraum seines Kombis sichergestellt. Der Täter hatte, wie sodann festgestellt wurde, eins Komma drei Promille Alkohol im Blut und war sofort seinen Führerschein los. Ob er in diesem Zustand überhaupt schuldfähig war, sollte ein Gutachten klären: Der Gerichtspsychiater holte weitschweifig aus, um zu begründen, warum der Mann zwar angetrunken, aber dennoch voll schuldfähig gewesen sei.

«Also, dann wollen wir mal», wandte sich der Richter schließlich beinahe väterlich an den Angeklagten. «Ihre Anwältin hat mitgeteilt, dass Sie zur Sache aussagen wollen?»

Der Mann begann zögernd zu sprechen. Dann registrierte er, dass ihm hier etwas widerfuhr, was in seinem Leben selten vorkam: Man hörte ihm zu. Und so begann er seinen Auftritt auf dieser kleinen Bühne sichtlich auszukosten.

Er war an jenem Tag zum Elektronik-Fachmarkt gefahren, erzählte er, um einen Staubsauger zu erwerben: ein Sonderangebot, das ihm, der auf Sauberkeit in seiner Wohnung achte, wegen verschiedener technischer Details als außerordentlich günstig erschien. Um seine Ware in Empfang zu nehmen, musste er zur Warenausgabe gehen. Dort habe man ihn aber stundenlang einfach ignoriert.

«Stundenlang?», fragte der Richter. «Also wirklich länger als eine Stunde?»

«Ich hab nicht auf die Uhr geguckt.»

«Sie hatten es nicht eilig?»

«Mit uns können sie es ja machen», erklärte der Angeklagte wütend. «Nur weil wir Zeit haben und auf Sonderangebote angewiesen sind … Die lassen uns doch absichtlich warten.»

«Okay», sagte der Richter begütigend. «Und was haben Sie dann getan?»

«Ich hab gedacht, wenn ich den Kram, der da steht, in mein Auto packe, wachen die vielleicht mal auf und kümmern sich um mich.»

«Es ist aber nichts passiert? Und dann sind Sie mit dem vollgepackten Auto davongefahren?»

Der Angeklagte nickte mit dem Kopf. «Ich wollte die Dinger überhaupt nicht haben! Ich kann die bei mir in der Wohnung ja gar nicht aufstellen. Also, ich hätte die sowieso zurückgebracht –»

«Oder die Flachbildschirme jemandem überlassen, der sie zu Geld macht?», unterbrach ihn der Richter. Kristina wollte schon protestieren, doch der Vorsitzende fuhr fort: «Aber dazu ist es ja nicht gekommen.» Dann bat er den Staatsanwalt und Kristina um ihre Plädoyers.

Gegen Viertel nach zwölf war die Verhandlung beendet. Die Urteilsverkündung wurde vom Richter auf Freitagmorgen, neun Uhr, festgesetzt.

Als Kristina in ihrer Kanzlei ankam, hatte sie, bis auf einen hastigen Kaffee am Morgen, noch nichts zu sich genommen. Sie nahm sich vor, als Erstes schnell etwas essen zu gehen. Aber Ceyda sah sie vorwurfsvoll an, als warte sie schon seit Stunden auf ihre säumige Chefin.

«Jede Menge Anrufe», erklärte die Anwaltsgehilfin knapp und wies auf einen Stapel Notizzettel, «darunter drei, die ich dir nicht ersparen kann.»

«Aha», antwortete Kristina. «Erzähl.»

«Erstens: Dieser Kriminalbeamte namens Wagner will dich dringend sprechen. Er hat sich gestern Nachmittag gemeldet und heute früh schon wieder. Zweitens: Eine Frau Dr. Rebenstein aus der Gerichtsmedizin bittet um Rückruf.»

«Interessant. Und drittens?»

«Drittens hat dieser Russe von gestern hier angerufen. Total merkwürdig: Er will heute Abend mit dir in ein Konzert gehen.»

«Er ist übrigens Deutscher, ein Spätaussiedler», korrigierte Kristina ihre Anwaltsgehilfin und ärgerte sich gleich danach über sich selbst. Diese kleine Belehrung hätte sie sich sparen können. «Danke, Ceyda», fuhr sie fort. «Gib mir die Nummern. Ich kümmer mich drum.»

Dann zog sie sich in ihr Büro zurück. Als Erstes wählte sie die Nummer von Maren Rebenstein. Die Pathologin ging nicht ans Telefon, aber Kristina erreichte eine Sekretärin, die versprach, die Ärztin werde so schnell wie möglich zurückrufen.

Dann rief Kristina Wagner an.

«Haben Sie schon von dem Einbruch in Neu-Allermöhe gehört?», fragte sie den Polizisten, bevor dieser überhaupt zu Wort kommen konnte. «Ich bin mir ziemlich sicher, dass es einen Zusammenhang mit unserem Fall gibt.» Doch er wusste von nichts. Kristina schilderte ihm den Vorfall in groben Zügen. «Kümmern Sie sich darum? Sprechen Sie mit Ihren Kollegen?»

«Wird erledigt», erklärte der Beamte leidenschaftslos. «Aber eigentlich, das habe ich auch Ihrer Mitarbeiterin schon mehrmals mitgeteilt, hab ich um Ihren Rückruf gebeten, weil Sie mir die Anschrift eines Angehörigen heraussuchen wollten.»

«Oh, tut mir leid, das war mir entfallen», log Kristina. «Ich erledige das und melde mich gleich noch mal.»

Kaum hatte sie aufgelegt, klingelte ihr Telefon.

«Rebenstein hier.» Die Ärztin klang ein wenig atemlos. «Frau Wolland, vielleicht können Sie uns behilflich sein: Wir suchen Kontakt zu einem Angehörigen von Frau Gelterkind …»

«Das ist nicht ganz einfach», sagte Kristina. «Darf ich fragen, worum es geht?»

«Uns ist bei der Untersuchung der Frau etwas aufgefallen, und das könnte für die Familie interessant sein.»

Kristina spürte ihr Herz schlagen. «Ich war, wie Sie wissen, ihre gesetzliche Betreuerin. Vielleicht ist das auch für mich von Bedeutung?»

«Sicher», antwortete Maren Rebenstein. Es hörte sich an, als hätte sie schon darüber nachgedacht. «Aber Ihnen darf ich darüber keine Mitteilung machen. Selbst wenn Frau Gelterkind alle Ärzte Ihnen gegenüber von der ärztlichen Schweigepflicht entbunden hätte – eine solche Erklärung wäre über ihren Tod hinaus nicht gültig. Ich habe mich da schlaugemacht.»

«Verstehe.» Kristina wusste, dass die Gerichtsmedizinerin recht hatte.

«Aber wenn Sie für mich einen Kontakt zum Beispiel zu den Eltern der Toten herstellen», fuhr Maren Rebenstein fort, «dann können die selbstverständlich frei darüber entscheiden, wen sie über das Ergebnis der Obduktion informieren.»

«Ich kann versuchen, ihre Mutter zu finden», sagte Kristina. «Sie hat, soviel ich weiß, keinen festen Wohnsitz. Sie ist die einzige unmittelbare Angehörige, von der ich weiß. Geschwister gibt es nicht. Danke erst mal, dass Sie mich informiert haben. Und danke für Ihr Engagement.»

Sie beendete das Gespräch, stand auf, trat ans Fenster und steckte ihre Hände in die hinteren Taschen ihrer Jeans. Sie schaute auf die Balkone an der Rückfront des gegenüberliegenden Gebäudes. Es wurde Herbst, und das Leben zog sich allmählich in die Wohnungen zurück. Es waren keine Wäscheständer mehr zu sehen und auch keine bunten Blumenkästen.

Eigentlich hatte sie es schon seit vorgestern Abend gewusst. Und dennoch hatte sie es die ganze Zeit vor sich hergeschoben: Es wäre ja kein Problem gewesen, die Telefonnummer irgendeines entfernten Verwandten aus der Akte von Angelika Gelterkind herauszusuchen und diese an den Polizeibeamten weiterzugeben.

Aber es war nicht richtig. Angie hatte eine Mutter, und wahrscheinlich war es nicht einmal schwierig, sie zu finden. Kristina würde ihr mitteilen müssen, was passiert war, und davor graute ihr. Aber es führte kein Weg daran vorbei. Zumindest das war sie Angie schuldig.

12

Der Eingang zur «Markthalle» lag an einer vielbefahrenen Straße zwischen dem Hauptbahnhof und den Deichtorhallen. Man betrat das Veranstaltungszentrum über ein verwinkeltes, düsteres Treppenhaus, in dem alte Konzertplakate klebten. Kristina war lange nicht mehr hier gewesen, aber es sah noch genauso aus wie vor zwanzig Jahren, und es roch auch noch so: nach Bier, Urin und Zigaretten. Ein paar junge Leute standen rauchend davor. Von Alexander war nichts zu sehen.

Grüppchen von jungen Leuten strömten aus allen Richtungen herbei. Es waren vorwiegend Mädchen, und fast alle waren blond und sehr schick angezogen. Sie schienen sich alle untereinander zu kennen, begrüßten sich fröhlich zwitschernd in einer Sprache, die Kristina weder verstand noch erkannte. Manche hatten Fahnen oder Transparente dabei.

Sie fühlte sich fremd hier, in ihrer Jeans und dem dunklen Jackett, mit dem sie heute früh ins Gericht aufgebrochen war. Es wäre knapp zu schaffen gewesen, vor dem Konzert zu Hause vorbeizufahren und etwas anderes anzuziehen. Aber das hätte bedeutet, auf Michel zu treffen, und das wollte sie lieber vermeiden. Sie hatten sich nach dem abrupten Ende ihres gemeinsamen Abends noch nicht wiedergesehen. Sie hatte ihn also lieber angerufen, um ihm zu sagen, dass Alexander mit ihr zum Konzert einer ukrainischen Popgruppe gehen wollte, und das natürlich nicht zum Vergnügen. Michel hatte seltsam gereizt auf diese Mitteilung reagiert, und sie hatte ihn gar nicht erst gefragt, ob er mitkäme.

Kristina hatte das Gespräch schnell beendet. Sie war genug damit beschäftigt, die Geschehnisse des Nachmittages zu verarbeiten. Die Suche nach Angies Mutter hatte nicht lange gedauert: Kristina hatte sie ziemlich schnell in einem Tagestreff für Wohnungslose gefunden und schon auf den ersten Blick erkannt.

Erika Gelterkind hatte im Cafébereich der Einrichtung ganz allein an einem großen Tisch gesessen und Kristina angesehen, als habe sie schon auf sie gewartet. Mit ihren scharfen Gesichtszügen und dem sehr kurzen grauen Haar wirkte sie erstaunlich jung, eher wie eine ältere Schwester der Toten.

Kristina hatte sich zu ihr gesetzt und, ohne darüber nachzudenken, ihre Hand ergriffen. «Angie», hatte sie nur gesagt.

Die Frau nickte. «Ich weiß Bescheid. Sie ist tot.» Dann entzog sie der Anwältin ihre Hand.

«Wie haben Sie es erfahren?», fragte Kristina vorsichtig und ein wenig erschrocken.

«Ich weiß es», erwiderte die Frau. Ihre Stimme klang dumpf, als brauche sie ihre ganze Kraft, um weiterzusprechen. «Wo ist sie? Ich will zu ihr. Ich will sie sehen.»

«Ich fahre mit Ihnen in die Gerichtsmedizin», bot Kristina an. Angies Mutter nickte fast unmerklich und ging dann mit ihr zum Auto.

Schweigsam und sehr aufrecht saß sie auf dem Beifahrersitz. Sie hat das Einzige verloren, was ihr Leben bisher mit Hoffnung erfüllt hat, dachte Kristina. Erika Gelterkind musste noch sehr jung gewesen sein, als sie Mutter wurde. Dennoch hatte sie alles für ihr Kind getan, was in ihrer Macht stand. Und sie hatte niemals aufgehört, daran zu glauben, dass ihre Tochter es schaffen würde: ihr Studium abzuschließen, einen Beruf zu ergreifen, eigenes Geld zu verdienen. Sie war glücklich gewesen, als Angie eine eigene Wohnung bezog, aber sie hatte diese niemals betreten.

Maren Rebenstein empfing die beiden Frauen in der Eingangshalle des gerichtsmedizinischen Institutes. Die Ärztin bat sie erst einmal in ihr Büro.

«Frau Gelterkind, ich möchte Ihnen zunächst mein herzliches Beileid zu diesem großen Verlust aussprechen», sagte sie warm und freundlich zu Angies Mutter. «Wir wissen inzwischen ein bisschen mehr über die Todesursache. Wenn Sie mit mir allein darüber sprechen wollen ...»

Die Frau schüttelte nur den Kopf.

«Ihre Tochter ist wahrscheinlich an einer Überdosis Medikamente gestorben», erklärte Maren Rebenstein sehr sachlich. «Oder besser gesagt: an einer fatalen Kombination von zwei Substanzen. Wir können aber nicht eindeutig sagen, ob ihr Tod beabsichtigt war.»

«Benzodiazepine?», fragte Kristina «Daran stirbt man ja wohl nicht. Und was noch?»

«Stimmt», bestätigte die Ärztin. «Die zweite Substanz, die im Spiel war, heißt Fentanyl, ein Schmerzmittel. Wir haben Abbauprodukte davon in ihrem Blut gefunden. Die normalen Drogentests zeigen das Zeug nicht an. Aber nach unserem ersten Gespräch habe ich noch einige gezielte Untersuchungen vorgenommen.»

«Ein Schmerzmittel?», wunderte sich Kristina. «Davon habe ich noch nie etwas gehört.»

«Fentanyl ist auch kein Medikament, das Sie oder ich in der Apotheke bekommen würden. Es ist ein Opiat und gehört zum Krankenhausbedarf; es wird vor allem bei Operationen eingesetzt und darf nur auf Betäubungsmittelrezept verschrieben werden. Chronisch Schmerzkranke wenden es auch in Form eines Pflasters an – das klebt auf der Haut und gibt den Wirkstoff kontinuierlich ab. Leider häufen sich in letzter Zeit Berichte, dass das Zeug auch in der Drogenszene kursiert: Drogenabhängige kochen die Pflaster aus und spritzen sich die Lösung, und das ist ausgesprochen gefährlich.» Die Pathologin warf einen Blick auf Erika Gelterkind. Sie schien sich nicht sicher, wie viel Information sie der Frau zumuten konnte. Das Gesicht von Angies Mutter hatte sich vollkommen verschlossen, so als ginge sie das alles nichts an.

«Und Sie haben festgestellt, dass die Dosis in ihrem Blut tödlich war?», fragte Kristina.

«Das lässt sich nicht so einfach bestimmen», erklärte die Ärztin abwägend. «Welche Menge jemand verträgt, ist individuell verschieden. Drogenkonsumenten haben zum Teil eine sehr hohe Toleranz, und wenn Fentanyl mit einem Benzodiazepin kombiniert wird, ist die Wirkung noch weniger berechenbar.»

«Sie glauben aber doch nicht, dass sie dieses Fentanyl freiwillig zu sich genommen hat?»

«Wir haben merkwürdigerweise weder Spuren einer Injektion noch Reste eines Pflasters gefunden. Frau Gelterkind müsste die Tropfen geschluckt haben …»

«Aber warum hätte sie das tun sollen? Schmerzen hatte sie bestimmt nicht.» Kristina spürte, wie ihr Herz zu rasen begann.

«Das wissen wir natürlich nicht. Immerhin konnten wir prüfen, ob sie in letzter Zeit öfter Drogen konsumiert hat. Das lässt sich mit einer Haaranalyse monatelang zurückverfolgen.»

«Und?», fragte Kristina.

«Negativ. Keine Spuren von Betäubungsmitteln oder Benzodiazepinen. Sie war völlig clean, bis auf diese Nacht vor ihrem Tod.»

Angies Mutter starrte aus dem Fenster und schwieg. Kristina fühlte sich, als hätte ihr jemand einen Schlag in die Magengrube versetzt. «Für mich bedeutet das, dass sie Opfer eines Verbrechens geworden ist», sagte sie leise. «Jemand muss sie gezwungen haben, diese Droge zu nehmen.»

«Das zu beurteilen ist Sache der Ermittlungsbehörden», erwiderte die Gerichtsmedizinerin nüchtern. «Aber wie gesagt: Wir haben keine Spuren äußerer Gewalteinwirkung gefunden.»

«Ich will meine Tochter sehen. Allein.» Es war der erste Satz, den Angies Mutter sprach.

«Selbstverständlich», erklärte die Ärztin. Sie schien erleichtert, dass erst einmal alles gesagt war. «Wir haben hier einen Raum, in dem Sie in Ruhe Abschied nehmen können. Ich habe die Tote dort aufbahren lassen.»

«Ich warte dann so lange draußen», teilte Kristina Angies Mutter mit. «Und fahre Sie wieder in die Tagesstätte zurück. Oder wohin Sie sonst wollen.»

«Nein danke», lehnte Erika Gelterkind das Angebot ab, und jetzt klang ihre Stimme hart und klar. «Ich komme schon zurecht.»

Kristina klaubte hastig ihre Visitenkarte aus dem Portemonnaie. «Wenn ich irgendetwas für Sie tun kann …»

Angies Mutter nahm die Karte, würdigte sie aber kaum eines Blickes. Das Gespräch war für sie beendet. Kristina wagte es nicht, ihr die Hand zu reichen. Erst als sie das Büro der Ärztin bereits verlassen hatten, fügte Erika Gelterkind noch etwas hinzu: «Wenn Sie wirklich was für meine Tochter tun wollen, Frau Anwältin, dann finden Sie raus, wer das getan hat.»

Große Plakate wiesen auf den bevorstehenden Auftritt von *Okean Elzy* hin. Inzwischen hatten sich mehrere hundert junge Leute vor dem Gebäude gesammelt. Muskulöse Männer mittleren Alters standen direkt im Aufgang des Gebäudes. Sie wirkten lauernd und unnahbar, während sie die Menge der Wartenden musterten.

Plötzlich tippte Kristina jemand von hinten auf die Schulter. Sie fuhr herum. Es war Alexander.

«Wo kommst du denn plötzlich her?»

«War schon drinnen. Habe nachgesehen, ob ich Alina irgendwo finde.»

«Erklär mir doch bitte erst einmal, was wir hier wollen.»

«*Okean Elzy* ist beste Rockgruppe in Ukraine, schon seit vielen Jahren. Super Musik, auch in Russland beliebt. Alina ist großer Fan von ihnen. Ich habe ihr Ticket geschenkt, vor drei Wochen, zu unserer Verlobung. Sie hatte seitdem Karte immer bei sich. Wir wollten zusammen hin.»

«Und jetzt glaubst du im Ernst, dass du sie hier wiedertriffst?» Kristina war verblüfft

Über Alexanders Gesicht huschte ein kurzes, hoffnungsfrohes Leuchten. «Ist Chance. Vielleicht ich sehe auch Freundinnen von ihr. Die etwas wissen.» Er griff in die Tasche seiner Lederjacke und überreichte Kristina ein Ticket. «Das ist für Sie.»

«Danke», sagte Kristina und warf einen Blick auf die Karte. Fünfunddreißig Euro. Ganz schön teuer. «Das geb ich dir gleich wieder.»

«Kommt nicht in Frage», erklärte er knapp und geschäftsmäßig. «Um Alina zu finden, nichts zu teuer.»

Wieder registrierte sie diesen harten Zug um seinen Mund, der nicht recht zu dem unglücklichen, verliebten jungen Mann passte, der er eben noch gewesen war. «Und warum soll ich überhaupt mitkommen?», wollte Kristina wissen. «Was erwartest du von mir?»

«Wenn ich Alina finde, sie braucht Anwältin. Wegen Aufenthalt und vielleicht noch wegen anderen Sachen.»

Kristina rückte unwillkürlich einen halben Schritt von ihm weg. «Alexander, vergiss nicht, warum ich mich mit dieser Sache befasse. Mir geht es um Angie. Ich will wissen, was mit ihr passiert ist. Es ist nicht mein Job, euch beide aus irgendeinem Schlamassel rauszuholen.»

Alexander tat einfach so, als habe er den Einwand nicht gehört. Es war kurz vor acht. Plötzlich kam Bewegung in die Wartenden. Alles drängte die Treppen hinauf in den Veranstaltungsraum, der, als Kristina und Alexander oben ankamen, schon ziemlich gut gefüllt war. Links und rechts der großen Tanzfläche konnte man auf hohen Podesten stehen oder sitzen. Kein schlechter Platz, dachte Kristina; von dort aus würden sie den Saal jedenfalls überblicken können. Sie kletterte einige der hölzernen Stufen hoch, die zu einem der Podeste hinaufführten. Alexander blieb ihr dicht auf den Fersen.

Die meisten Zuschauer blieben gleich unten auf der Tanzfläche. Es wurde dunkel, und die Musiker betraten die Bühne. Mit den ersten Gitarrenakkorden zuckten Scheinwerfer auf und tauchten die Bühne in blaues und gelbes Licht. Das Publikum geriet sofort in Bewegung, klatschte, stampfte und jubelte, als der Sänger ans Mikrophon trat. Ukrainische Fahnen wurden entrollt und geschwenkt.

Jeder hier im Saal schien jede Zeile aus dem Repertoire der Band zu kennen; von Anfang an begleitete den Sänger ein Chor aus Hunderten von Stimmen. Kristina mochte die Musik, die sauberen, klaren Rhythmen und die kehlige Stimme des Bandleaders. Alles, was sie hier hörte, war ihr vertraut und doch irgendwie fremd. Etwas Wehmütiges lag in dieser Musik, etwas, das Sehnsucht in ihr weckte. Sie genoss es, für ein paar Augenblicke ein Teil der schwitzenden, stampfenden, euphorischen Menge zu sein.

Plötzlich stieß Alexander sie in die Seite. «Da!», brüllte er ihr ins Ohr und zeigte irgendwo auf die Tanzfläche. «Habe Freundin gesehen.» Er sprang die paar Stufen hinunter und tauchte in die Menge der Tanzenden ein. Kristina versuchte, ihn im Auge zu behalten, aber das war schwierig. Gelegentlich meinte sie, sein Profil für ein paar Sekunden im Blick zu haben. Doch in dem halbdunklen Raum war es schnell wieder verschwunden.

Und dann sah sie ihn plötzlich, nur wenige Meter vor ihr am Rande der Tanzfläche. Aufgeregt gestikulierend sprach er auf ein blondes Mädchen ein, das Kristina nur von hinten sah. War das Alina? Dann verlief das Wiedersehen nicht sehr harmonisch. Jetzt packte er die junge Frau mit beiden Händen an den Schultern, als wollte er sie schütteln. Doch sie wand sich aus seinem Griff und drehte sich weg. Jetzt blickte sie in Kristinas Richtung und presste wütend ihre Lippen zusammen. Es war eindeutig nicht Alina. Für einen kurzen Moment beleuchtete einer der rotierenden Scheinwerfer ihr Gesicht. In diesem Augenblick sah Kristina die blanke Angst in ihren Augen.

Dann wurde das Mädchen von der Menge verschluckt. Alexander versuchte ihr anscheinend zu folgen: Kristina verlor ihn schnell aus den Augen. Sie fühlte sich ernüchtert, die Musik war ihr plötzlich fremd und viel zu laut. Ungeduldig hoffte sie auf eine Pause.

Als es im Saal schließlich hell wurde und alles nach draußen drängte, entdeckte sie den jungen Mann am Ausgang zum Treppenhaus. Aufmerksam musterte er den Strom der verschwitzten Konzertbesucher, die jetzt nach draußen drängten. Kristina kämpfte sich zu ihm durch.

«Gibt's was Neues? Wusste dieses Mädchen etwas über Alina?»

«Sie hat gesagt, dass Alina will zurück nach Odessa. Vielleicht heute schon, oder morgen.»

«Sie hat sie gesehen in den letzten Tagen?»

«Glaube schon. War sehr laut. Ich glaube, sie darf mir nicht sagen … Sie kommt auch aus Ukraine.»

In diesem Augenblick sah Kristina das Mädchen. In Begleitung eines kräftig wirkenden Mannes, der es untergehakt hielt, bewegte es sich auf den Ausgang zu. «Da ist sie», bemerkte sie überflüssigerweise. Die junge Frau sah Alexander mit unbewegter Miene an. Genauer gesagt: Sie sah direkt durch ihn hindurch. Nichts deutete darauf hin, dass sie ihn kannte, dass sie vor ein paar Minuten noch mit ihm gesprochen hatte. Aber auch er machte keinerlei Anstalten, sie anzusprechen, als sie sehr nah an ihm vorbeischritt.

«Was war das denn jetzt?», fragte Kristina verblüfft.

«Weiß nicht», gab Alexander mürrisch zurück. «Sie hat mir gesagt, ihr Freund darf nicht sehen, dass wir sprechen … Ist ziemlich eifersüchtig.»

Allmählich hatte sich der Saal geleert. Unschlüssig stand Kristina mit Alexander am Ausgang. «Hast du verstanden, was Alina vorhat? Warum sie plötzlich nach Odessa will? Ich dachte, sie hat Angst, dass man sie in die Ukraine abschiebt.»

«Vielleicht sie geht freiwillig. Wenn sie aus freien Stücken ausreist, kann sie neues Visum bekommen. Nach Heirat mit mir ist das Familienzusammenführung.»

«Aber warum sollte sie dir das dann nicht sagen, sondern einfach so verschwinden?», fragte Kristina verwundert.

Er zuckte nur mit den Schultern. «Ich fahre zu Flughafen!», verkündete er dann entschlossen. «Nach Konzert.»

«Wie, heute Abend noch?»

«Ja klar. Ich kann dort ein bisschen schlafen. Morgen früh um sechs fliegen die ersten Maschinen. Vielleicht auch nach Kiew. Ich werde Alina sehen, wenn sie dort ist.»

Kristina schwieg. Sie wusste nicht mehr, was sie glauben sollte. War Alexander wirklich ein verliebter Gymnasiast, der um jeden Preis versuchte, seine Liebste wiederzufinden – ein Mädchen, das vielleicht etwas ganz anderes im Sinn hatte als die Hochzeit mit ihm? Oder war er aus anderen Gründen hinter ihr her? Aber was hätte er dann für einen Grund, eine Anwältin mit in dieses Konzert zu schleppen?

«Wie auch immer», sagte sie unschlüssig, «das hier ist nicht meine Baustelle. Ich mache jetzt mal Feierabend für heute.»

Sie beschloss, zu Fuß nach Hause zu gehen. Es war noch nicht spät, und den zweiten Teil des Konzerts konnte sie sich schenken. Sie würde zwar über eine Stunde bis nach Altona laufen, und die Strecke war nicht besonders reizvoll. Aber sie wollte in Ruhe nachdenken.

Ihr Weg führte direkt durch das sogenannte Kontorhausviertel. Rechts von ihr lag der gewaltige Sprinkenhof, schräg gegenüber ragte die schiffsartige Spitze des Chilehauses auf. Pelikane, Pinguine und Bären aus glasiertem Backstein saßen auf den Fensterwölbungen im Erdgeschoss und blickten sie düster an. Ein grellfarbenes Transparent daneben verkündete, dass hier noch Büroflächen zu vergeben waren. Die Straßen, die altertümlich klingende Namen wie Kattrepel, Fischertwiete und Schopenstehl hatten, waren um diese Zeit bereits menschenleer. Die Frühstückscafés und preisgünstigen Mittagsrestaurants, die sich hier dicht aneinanderreihten, hatten alle schon zu.

Wenn sie nach Hause kam, würde Michel dort auf sie warten. Sie würde mit ihm in der Küche sitzen und erzählen – von dem Nachmittag mit Angies Mutter und dem Konzert der ukrainischen Band. Vielleicht würden sie jetzt ein bisschen besser miteinander reden können. Vielleicht hatte er doch nicht so unrecht gehabt mit seiner Skepsis gegenüber Alexander und der rührseligen Story, die der junge Mann ihnen am Abend zuvor aufgetischt hatte.

Sie hatte es trotzdem nicht eilig, nach Hause zu kommen. Seltsam, dachte sie, wie oft hatte sie sich in den letzten Jahren gewünscht, dass da jemand wäre, der sich für ihren Alltag, für ihre Arbeit und manchmal auch für ihre Sorgen interessierte. Jemand, der ihr half, wenn sie schwierige Entscheidungen treffen musste, der die Dinge einfach mal von einer anderen Warte sah. Jetzt saß so jemand bei ihr zu Hause. Und sie lief ganz allein durch die Hamburger Innenstadt, um das Zusammentreffen mit ihm noch ein bisschen hinauszuzögern.

Auf dem Domplatz schimmerten geheimnisvoll wirkende, leuchtende weiße Kunststoffquader über einer großen Rasenfläche.

Sie dachte an die ersten Wochen nach Michels Rückkehr. Es war ihr vorgekommen, als würde ein alter Traum plötzlich in Erfüllung gehen. Am Flughafen hatte es keine fünf Minuten gedauert, bis sie einander wieder so vertraut gewesen waren wie früher. Es war keine Frage mehr gewesen, ob sie ihn mit zu sich nach Hause nahm. Sie hatten ein paar berauschend schöne Tage und Nächte miteinander verbracht. Und dann war es irgendwie selbstverständlich gewesen, dass sie wieder ein Paar waren.

Kristina hatte nicht gewagt, Michel zu fragen, wie lange er eigentlich in Deutschland bleiben würde. Anfangs, weil sie einfach nicht darüber nachdenken wollte – weil sie hoffte, ihre Begegnung werde seinem und ihrem Leben ganz von selbst eine neue Wendung geben. Später, als die Stimmung zwischen ihnen angespannter wurde, war es zu spät, um diese Frage noch unbefangen stellen zu können: Sie hatte Angst, damit einen Sprengsatz zu legen, dessen Wirkung sie nicht mehr kontrollieren könnte.

Sie mochte Michel, so viel war klar. Sie wusste aber nicht mehr so genau, ob sie ihn liebte. Zur Liebe gehörten gegenseitige Achtung und Vertrauen, dachte sie, und damit hatte er ihr es in den letzten Monaten verdammt schwergemacht. Sie hatte ein paarmal ein mulmiges Gefühl gehabt, wenn er sich mal wieder nur schwammig und ausweichend über sein Leben in Brasilien geäußert hatte. Vielleicht hat er dort eine Frau, dachte Kristina, vielleicht sogar eine Familie. Vielleicht hat er sich nur mal eine Auszeit gegönnt und hat das Ticket für seinen Rückflug schon in der Tasche.

Sie überquerte den Rathausmarkt und lief über die Schleusenbrücke in Richtung Poststraße. Sie musste sich jetzt auf das Wesentliche konzentrieren. Morgen früh würde ein neuer Tag mit neuen Aufgaben beginnen, und bis dahin wollte sie sich eine Meinung zu dem Fall bilden und sich ein paar Gedanken darüber machen, was sie möglicherweise tun konnte, um der Wahrheit über Angies Tod näherzukommen. Auch wenn Angies Mutter keine anwaltliche

Vollmacht unterschrieben hatte, so hatte sie doch das Gefühl, dass sie bei der Begegnung mit Erika Gelterkind ein Mandat übernommen hatte.

Alles ist möglich, dachte Kristina. Wer weiß, was Alexander wirklich mit Alina verband. Er war Russlanddeutscher, er ging nur noch sporadisch zur Schule. Vielleicht hatte er irgendetwas mit Drogen zu tun. Vielleicht stammten die Medikamente, die Angie umgebracht hatten, sogar aus solchen Kanälen. Vielleicht hatte er Schulden. Vielleicht war er als Freier im Rotlichtmilieu unterwegs gewesen, hatte dort das Mädchen kennengelernt und versucht, sie auf eigene Faust aus dem Sexgewerbe zu holen. Oder umgekehrt: Er war es, der sie auf den Strich geschickt hatte. Vielleicht steckte auch ein Eifersuchtsdrama hinter der ganzen Sache, ein anderer Mann.

Sie war am Gänsemarkt angelangt. Wenn sie jetzt den Valentinskamp hochlief, kam sie zu den großen Gerichtsgebäuden. Von dort aus ging es die Feldstraße entlang und quer durchs Schanzenviertel. In einer halben Stunde konnte sie zu Hause sein.

Wenn das hier durchgestanden ist, nahm sie sich vor, würde sie mit Michel reden. Sie würde ihm sagen, dass sie in ihrem Leben auch wieder ein bisschen Klarheit brauchte. Sie würde ihn fragen, ob er vorhatte, in Deutschland zu bleiben, oder ob in Brasilien jemand auf ihn wartete. Und wenn sie überhaupt eine Chance auf eine gemeinsame Zukunft hatten, würde sie entscheiden müssen, ob sie ihre kleine Wohnung auf Dauer mit ihm teilen wollte. Aber mit Michel gemeinsam etwas anderes suchen, ein Leben als Paar beginnen, das sich die Miete teilt und gemeinsam Möbel aussucht? Das konnte sie sich nicht vorstellen.

Als sie von der Max-Brauer-Allee in die Schnellstraße einbog, spürte sie die ersten Tropfen. Dann fiel der Regen plötzlich wie ein Sturzbach vom Himmel. Sie umklammerte ihre Aktentasche und begann zu rennen, doch schon nach wenigen Metern war sie bis auf die Knochen durchnässt. Wie gut, dass gleich eine heiße Dusche auf sie wartete und trockene Sachen. Vielleicht auch noch ein Glas Rotwein mit Michel.

Atemlos stieg sie die vier Treppen hoch und schloss die Wohnungstür auf. Im Flur war es dunkel und still. Hatte Michel sich etwa schon schlafen gelegt? Sie warf einen Blick in ihr Schlafzimmer und schaltete dann das Licht ein. Erst nach einem kurzen Augenblick wurde ihr bewusst, dass sich in dem Raum etwas verändert hatte: Sein Rucksack war weg.

In der Küche lag ein Zettel mit ein paar gekritzelten Zeilen auf dem Tisch.

Hey, Krizzy,
ich bin erst mal weg.
Glaub mir, es ist besser so.
Mach Dir keine Gedanken.
Ich melde mich.
Michel

13

«Morgen, Chefin», sagte Ceyda betont munter, als Kristina um kurz nach neun durch die Tür des Ladenraums kam und einen flüchtigen Gruß murmelte. Ihr war dabei vollkommen bewusst, dass sie furchtbar aussah.

«Alles in Ordnung bei dir?» Ihre Angestellte musterte sie besorgt.

«Alles so weit okay», wehrte die Anwältin ab. «Aber der Tag gestern war hart. Ich musste noch mal in die Gerichtsmedizin, und zwar diesmal zusammen mit Angies Mutter.» Sie wollte sich möglichst schnell in ihr Zimmer zurückziehen, aber Ceyda war noch nicht fertig.

«Verstehe», erklärte sie schnippisch, obwohl es dafür eigentlich keine rechte Veranlassung gab. «Ist alles ein bisschen viel im Moment. Für mich übrigens auch: Dies hier ist nämlich ein Anwaltsbüro. Mit ein paar Fristen, die heute ablaufen. Mit ein paar Mandanten und gegnerischen Anwälten, die dich seit Tagen dringend sprechen wollen. Und mit einer Anwaltsgehilfin, die versucht, das alles so gut wie möglich im Griff zu behalten. Aber langsam weiß ich nicht mehr, was ich den Leuten sagen soll.»

Kristina seufzte. Ceyda hatte recht, aber das machte die Sache nicht besser.

Es hatte die ganze Nacht geregnet. Irgendwo neben ihrem Schlafzimmer waren Wassertropfen laut prasselnd auf Metall geschlagen und hatten jeden Versuch, auch nur für ein paar Augenblicke die Augen zu schließen, zunichtegemacht. Ein paarmal war sie drauf und dran gewesen, aufzustehen und zum Flughafen zu fahren, in der verrückten Hoffnung, Michel am frühen Morgen in der Abflughalle zu finden. Aber was hätte sie ihm sagen sollen? «Bitte bleib!», oder: «Lass uns reden!»? Schon allein die Vorstellung, in der Abflughalle auch noch Alexander über den Weg zu laufen, hielt sie davon ab. Wenn jemand plötzlich aus deinem Leben verschwindet, dachte Kristina, hast du keine Ruhe mehr, bis du weißt, was passiert ist.

«Ich muss erst mal ein dringendes Telefonat führen», erklärte sie matt. «Und dann kümmere ich mich um alles, was du mir hinlegst. Versprochen.» Ohne ihren Mantel auszuziehen, ging sie in ihr Büro und machte die Tür hinter sich zu. Eigentlich wollte sie nur ihre Ruhe haben.

Ihre Mitarbeiterin steckte ihren Kopf wenig später noch mal durch die Tür. «Dieser Wagner hat übrigens eben angerufen», meldete sie. «Er lässt dir ausrichten, dass er den Fall ans Landeskriminalamt abgegeben hat. Mordkommission. Der zuständige Beamte dort heißt Olschewski oder so ähnlich, er wird sich bei dir melden.» Ohne eine Antwort abzuwarten, zog sie die Tür wieder zu.

Die kurze Mitteilung hatte eine seltsame Wirkung auf Kristina. Sie spürte plötzlich einen Kloß im Hals und das Bedürfnis loszuheulen. Mordkommission. Das bedeutete: Auch Polizei und Staatsanwaltschaft gingen jetzt davon aus, dass Angie einem Gewaltverbrechen zum Opfer gefallen war. Der ganze Fall würde noch mal richtig aufgerollt, mit allen kriminaltechnischen Schikanen. Die Mordkommission hatte Zeit und Personal genug, Angies Tod aufzuklären. War es jetzt eigentlich noch nötig, dass eine kleine Anwältin aus Altona Detektiv spielte?

Sie nahm den Mantel, den sie auf einem Stuhl abgelegt hatte, und hängte ihn um ihre Schultern. Gegen ihr Frösteln half das nur wenig. Sie würde Ceyda bitten, ihr einen sehr starken Kaffee zu machen. Irgendwie musste sie versuchen, diesen Tag durchzustehen.

Vor ihr lag ein Stapel von bestimmt zwanzig Akten. Ceyda hatte auf kleinen Klebezetteln vermerkt, was zu tun war: «Frist verlängern!» Oder: «Auf Schreiben des gegn. Anwaltes antworten!» Sie machte sich an die Arbeit.

Gegen Viertel nach elf klopfte die Anwaltsgehilfin das nächste Mal an ihre Tür, öffnete sie und sagte: «Besuch für dich. Die Kripo ist da. Die beiden haben sich vorhin schon angekündigt, aber ich dachte, ich lass dich erst mal in Ruhe.»

Kristina lehnte sich zurück. «Gib mir noch zwei Minuten», bat sie. «Und biete ihnen etwas zu trinken an.» In der Bürotoilette warf sie sich zwei Handvoll kaltes Wasser ins Gesicht und fuhr sich mit einer Bürste durchs Haar. Das half nur wenig gegen das Gefühl, dass man ihr ansah, wie dünnhäutig sie war.

Einen Augenblick später betraten die zwei Männer ihr Büro.

Der Ältere der beiden drückte ihr kraftvoll die Hand und stellte sich als Marek Olschewski vor. Den Namen seines Kollegen, den er ebenfalls erwähnte, vergaß sie gleich wieder. Olschewski kam ohne Umschweife zur Sache: Er bat sie um eine Zusammenfassung der Geschehnisse, von denen sie unmittelbar Kenntnis habe, und zückte sein Notizbuch.

«Sie haben Frau Gelterkind also gegen drei Uhr morgens bis zu ihrer Haustür gebracht», hob er hervor, nachdem Kristina ihren Bericht beendet hatte. «Ist Ihnen dort irgendetwas aufgefallen? War noch jemand anders auf der Straße unterwegs?»

Kristina versuchte sich zu erinnern. «Nein, vor dem Haus habe ich niemanden gesehen.»

«Und ein Auto? Hatten Sie den Eindruck, dass Frau Gelterkind von jemandem erwartet wurde?»

«Natürlich nicht.»

«Haben Sie beobachtet, wie sie ihr Haus betreten hat?»

«Hören Sie, ich war todmüde, und ich hatte damals überhaupt keinen Anlass anzunehmen, dass sie verfolgt wurde.»

«Nein?», fragte Olschewski etwas spitz. «Haben Sie nicht eben selbst erwähnt, dass Sie nicht glauben, dass die Frau unter Wahnvorstellungen litt?»

Kristina stöhnte unglücklich auf. «Die Situation hat sich inzwischen vollständig geändert. Frau Gelterkind ist tot, möglicherweise Opfer eines Verbrechens ... Aber damit habe ich an jenem Abend in keiner Weise gerechnet: Sonst hätte ich sie doch nicht einfach vor ihrer Haustür aus dem Auto gesetzt.»

Olschewski tippte mit dem Kugelschreiber auf sein Notizbuch. «Wir sollten die Spurensicherung möglichst bald in die Wohnung von Frau Gelterkind schicken ...»

«Ich war schon dort, und zwar am Montagabend», sagte Kristina. «Es sieht nicht so aus, als hätte sich jemand gewaltsam Zugang verschafft.»

Der Kriminalbeamte sah sie überrascht an. «Sollten Sie die Ermittlungen nicht lieber der Polizei überlassen?»

«Zu dem Zeitpunkt hat niemand ernsthaft ermittelt. Ich habe einen Schlüssel zu der Wohnung und wollte einfach nachsehen, was dort los ist …»

«… und haben dabei vermutlich wertvolle Spuren vernichtet und andere hinterlassen», stellte der Ermittlungsbeamte leicht verärgert fest. «Wir werden Ihre Fingerabdrücke abnehmen müssen. Bekomme ich von Ihnen einen Wohnungsschlüssel? Bei der Toten wurde nämlich keiner aufgefunden.»

«Was Ihre Kollegen offenbar nicht weiter irritiert hat», gab Kristina patzig zurück. «Ist ja auch nicht zu erwarten, dass eine psychisch Kranke eine eigene Wohnung hat.» Sie hatte keine Lust, sich von diesem Kriminalbeamten laufend ins Unrecht setzen zu lassen. Olschewski sah ungerührt zu, wie sie sich beim Versuch, Angies Schlüssel vom Bund zu lösen, fast einen Fingernagel abbrach.

«Unsere Kollegen von der Spurensicherung sind zurzeit am Boberger See beschäftigt», erklärte er dann. «Wir kämmen das Gelände systematisch durch. Leider erst jetzt. Nach dem Regen heute Nacht wird nicht mehr allzu viel zu finden sein. Ich denke, unsere Leute sollten sich dann die Wohnung von diesem Bandow ebenfalls noch einmal genau ansehen. Auch wenn die Kollegen vom Einbruch schon dort waren. Wissen Sie, wo sich der Mann im Moment aufhält?»

«Er hatte vor, noch in der Nacht zum Flughafen zu fahren, in der vagen Hoffnung, seine Freundin dort anzutreffen und aufhalten zu können.»

«Gute Idee. Wenn sie erst mal über die Grenze ist, werden wir Probleme haben, sie als Zeugin wieder hierher zu bekommen», kommentierte der Ermittler. Er sah Kristina scharf an. «Noch besser wäre es gewesen, wenn Sie uns sofort mitgeteilt hätten, dass die junge Frau drauf und dran ist, Deutschland zu verlassen.»

«Tut mir leid», erwiderte Kristina, «aber Ihren Kollegen, Herrn Wagner, schien das alles bisher überhaupt nicht zu interessieren.» Sie registrierte, wie Ärger in ihr aufstieg. «Im Übrigen würden Sie sich im Moment vermutlich nicht einmal mit dem Fall befassen, wenn ich die Polizei nicht mehrfach darauf hingewiesen hätte, dass hier eine Straftat vorliegen könnte.»

Mit unbewegter Miene zückte Olschewski sein Mobiltelefon. «Ich werd mal den Kollegen am Flughafen Bescheid sagen.» Kurz und knapp gab er ein paar Angaben durch. Dann sah er auf seine Uhr. «Die Wohnung von Bandow muss sofort versiegelt werden. Ich schicke jemanden hin. Den Mann bringen wir kurzfristig woanders unter. Hat der ein Handy?»

Kristina schrieb dem Ermittler die Nummer auf einen Notizzettel.

«Danke. Und falls er sich bei Ihnen meldet: Bitten Sie ihn, mich umgehend anzurufen. Oder morgen früh ins Präsidium zu kommen. Sagen wir um zehn.» Die beiden Männer verabschiedeten sich. «Übrigens», fügte Olschewski hinzu, als er schon fast durch die Tür war, «die Leiche von Frau Gelterkind ist vom Staatsanwalt freigegeben. Ich hab gehört, sie soll Mittwoch bestattet werden. Interessiert Sie ja vielleicht auch. Schönen Tag noch.»

Ihr Handy lag auf dem Schreibtisch. Als es leise zu brummen begann, schlug Kristinas Herz schneller. Für einen kurzen Moment hoffte sie, es wäre Michel. Sie warf einen Blick auf das Display und erkannte die Nummer.

«Alexander! Die Mordkommission war bis eben hier. Die wollen dich dringend sprechen –»

«Habe Alina nicht gefunden», fiel er ihr ins Wort; er klang etwas gehetzt. «Und denke, sie kommt auch nicht mehr zu Fuhlsbüttel. Flugtickets viel zu teuer. Ich habe bei Reisebüro nachgefragt und auch bei Flughafenpolizei.»

«Wieso bei der Polizei?», fragte Kristina erstaunt.

«Wenn sie kein Geld für Ticket hat, die Polizei übernimmt das für sie. Aber sie muss den Betrag später zurückzahlen.»

«Alina wird als wichtige Zeugin polizeilich gesucht. Die Polizei würde sie wohl eher davon abhalten, das Land zu verlassen», erklärte Kristina.

«Ich glaube, sie ist schon weg», meinte Alex. «Vielleicht mit Bus. Ist viel billiger.»

«Umso wichtiger ist es, dass du dich bei der Polizei meldest. Ich geb dir mal die Nummer. Die wollen sich auch noch mal deine Wohnung ganz genau ansehen.»

«Ich bleibe nicht, ich fahre nach Odessa», erwiderte Alexander. «Es gibt Billigflug von Lübeck nach Kiew. Heute Nachmittag, kostet nur dreißig Euro. Von dort geht Nachtzug bis Odessa. Ich kann morgen früh da sein. Alina hat dort Freunde, sie hat Familie irgendwo in der Nähe. Ich werde sie finden.»

«Alexander! Ich weiß gar nicht, ob du Hamburg verlassen darfst. Ich bin auch immer noch nicht sicher, ob du mir wirklich alles erzählt hast.»

«Mir hat niemand verboten wegzufahren. Ich habe schon Ticket, sitze im Bus vom ZOB. Besser, ich finde Alina in Ukraine, als ich rede hier mit Polizei.»

Kristina schwieg. Sie wusste nicht, was sie von dem jungen Mann halten sollte.

«Frau Wolland?», fuhr Alexander fort. «Wenn Sie mir helfen wollen und Alina …»

«Du brauchst Geld», sagte sie und hoffte, sie würde es schaffen, nein zu sagen. Sie würde einen wichtigen Zeugen, einen möglicherweise sogar Tatverdächtigen, bestimmt nicht auch noch finanziell dabei unterstützen, das Land zu verlassen. Das nicht.

«Nein, ist nicht nötig. Ich brauche nur Information von Ausländerbehörde. Wer ist zuständig für ihren Fall? Kann Alina nach

Deutschland zurückkommen? Als Touristin? Oder als meine Frau? Können Sie anrufen und herausfinden?»

«Ich weiß doch noch nicht einmal, wie Alina mit Nachnamen heißt.»

«Karylenko. Danke! Ich melde mich wieder.» Dann beendete er einfach das Gespräch.

Sie versuchte sofort, ihn zurückzurufen. Aber er nahm nicht mehr ab.

Sie erhob sich. Ein paar Minuten lang stand sie grübelnd am Fenster. Sollte sie Olschewski anrufen und ihm sagen, wo er seinen Zeugen finden konnte? Auf dem Lübecker Flughafen, gebucht auf einen Billigflug nach Kiew? Noch hatte er genug Zeit, einen Lübecker Kollegen hinzuschicken und Alexander an der Abreise zu hindern.

Kristina legte ihre Hände auf den Rücken und lehnte ihre Stirn an das kühle Glas. Im Moment gab es niemanden, der ihr bei dieser Entscheidung helfen konnte.

14

Manche ihrer ausländischen Mandanten sprachen noch immer vom «Bieberhaus», wenn sie zur Ausländerbehörde mussten. Doch in dem historischen Sandsteingebäude am Hauptbahnhof saß dieses Amt schon lange nicht mehr, wie Kristina wusste. Die Behörde war in einen unwirtlicheren Teil der Stadt umgezogen, wenn auch dem Zentrum immer noch nah.

Als Kristina sich dem Gebäude näherte, fiel ihr auf, dass sich hier in der Amsinckstraße kaum jemand zu Fuß bewegte. Klotzige Bürohäuser säumten den vierspurigen Autobahnzubringer. Eine

Reihe neuer Betriebe hatte sich in den letzten Jahren in dem von Schnellstraßen zerschnittenen Gewerbegebiet angesiedelt: Billighotels, Möbel-Outlets, Lagerräume für Privatleute und Erotik-Clubs. Dazwischen lagen einige Grundstücke immer noch brach.

Der gelb-rote Klinkerbau, in dem die Behörde nun untergebracht war, schob sich wie ein Schlachtschiff in die Stadt hinein. Auf seinem Dach thronte ein breiter Rundturm, der einer Kommandobrücke glich. Die schwebende Dachkonstruktion über diesem Turm sollte vermutlich verspielt wirken; das allerdings war nicht so richtig geglückt. Kristina überlegte eine Weile, woran sie das Gebäude erinnerte. Dann ging es ihr auf: Es war vermutlich von denselben Architekten entworfen wie die «Neue Flora», das Musicaltheater am Holstenbahnhof, vor dem sich nachmittags Reisebusse voller gutgekleideter Touristen entluden.

Hierher aber kam bestimmt niemand, um für ein paar Stunden dem grauen Alltag zu entfliehen. Die Wände der großen Eingangshalle waren hellgrün gefliest wie in einer öffentlichen Bedürfnisanstalt. Als gelte es, das Gebäude regelmäßig von allen Spuren des menschlichen Elends zu desinfizieren, das täglich hier hereingespült wurde.

Nur wenige Wartende saßen auf den Bänken, die meisten hatten kleine Kinder dabei. Draußen, hinter den Milchglasscheiben, donnerten Lkws vorbei. Wahrscheinlich fuhren nicht wenige in die Länder, aus denen die Menschen stammten, die als Bittsteller hierhergekommen waren.

An einem Resopaltisch hockte ein Beamter mit stumpfem Gesichtsausdruck. Kristina sprach ihn an. «Aufenthaltssachen für Menschen aus der Ukraine … Bin ich hier richtig?»

«Zweiter Stock», sagte der Mann stoisch. Er wies mit seinem Kopf ans Ende des Raums.

Der Aufgang in die oberen Stockwerke war gesichert wie eine Staatsgrenze. An den durch Panzerglas geschützten Kontrollkabinen, den stählernen Gittern und massiven Drehkreuzen kam niemand ohne Erlaubnis vorbei. Die Anlage sah aus, als müsse sich die Behörde vor einem Massenansturm feindseliger Eindringlinge schützen. *Zugang zu Warteraum 1 und 2 nur für Antragsteller mit maximal einer Begleitperson* stand auf gelben Zetteln, die mit Tesafilm an die Wände geklebt waren. Kristina fragte sich, ob die Menschen, für die diese Aushänge bestimmt waren, den Text darauf überhaupt verstanden.

Niemand kontrollierte. Sie konnte ungehindert einen schmalen Durchlass neben den Absperrungen passieren und in den zweiten Stock hinaufsteigen. Der Warteraum, in den sie dort gelangte, war etwas kleiner als der im Erdgeschoss. Auf Stuhlreihen saßen, stumm und aufgereiht wie in einer Schulklasse, Menschen aus aller Herren Länder, vor allem junge schwarze Männer und Frauen mit Kopftüchern. Vorne an einem Pult hatte ein Uniformierter Platz genommen, der aufpasste. Irgendwo aus den Tiefen des Gebäudes hörte man einen Mann durchdringend schreien und schluchzen. Unter den Wartenden kam Unruhe auf, aber niemand sprach auch nur ein Wort.

Kristina wandte sich an den Beamten. «Ukraine?», fragte sie nur. Sie wollte ihm keine Chance geben, sie abzuwimmeln, indem sie ihr Anliegen erklärte.

Der Mann sah sie nur flüchtig an. «Passport?», fragte er.

Kristina reichte ihm ihren Anwaltsausweis.

«Wartenummer ziehen. Platz nehmen. Sie werden aufgerufen», wies er sie an. Dann notierte er ihren Namen auf einer Liste, die vor ihm lag.

Eine gute Stunde später war sie dran. Sie betrat das Büro eines Mannes, dessen Namen sie flüchtig am Türschild gelesen hatte: Rüdiger Niemann. Zwei Schreibtische standen sich in dem Raum gegenüber, aber nur einer davon war besetzt.

Der Beamte kauerte schmal und ein wenig blass hinter seinem

Computer. Sein Jeanshemd hatte er ordentlich in die Hose gesteckt, sein Haar war schon etwas schütter, sein Gesicht aber faltenlos, beinahe immer noch kindlich. Mittlere Beamtenlaufbahn, dachte Kristina; wahrscheinlich hat er sich nach dem Job in der Ausländerbehörde nicht gerade gesehnt.

«Was kann ich für Sie tun?», fragte der Beamte höflich.

«Kristina Wolland mein Name», stellte sie sich vor. «Ich bin Rechtsanwältin. Ich komme im Auftrag eines jungen Mannes, eines Deutschen, der momentan nicht in Hamburg ist. Es geht um seine Verlobte, eine junge Frau aus der Ukraine.» Sie hoffte, dass sich der Beamte keine Vollmacht von ihr vorlegen ließ.

«Und?»

«Die junge Frau hat Deutschland kürzlich verlassen. Ihre Aufenthaltsgenehmigung ist abgelaufen, und wir vermuten, dass sie polizeiliche Zwangsmaßnahmen vermeiden wollte. Aber nun wird sie als Zeugin in einem Ermittlungsverfahren gebraucht, und die Frage ist, ob sie wieder einreisen kann.»

Der Beamte sah sie verständnislos an. «Es ist Angelegenheit von Polizei und Staatsanwaltschaft zu klären, ob eine Zeugin auf dem Wege der Amtshilfe vor Ort vernommen werden kann. Oder ob zu diesem Zweck ein Visum zur Einreise in die Bundesrepublik Deutschland erteilt werden muss. Ich wüsste nicht, was der sogenannte Verlobte damit zu tun hat.»

«Er ist auf der Suche nach ihr in die Ukraine gereist. Sie weiß noch nichts von der ganzen Sache.»

«Handelt es sich um einen Vorgang im Rotlichtmilieu?», erkundigte sich Niemann. Jetzt schien ihn der Fall zu interessieren.

«Es geht um eine Todesermittlungssache. Möglicherweise steckt ein Tötungsdelikt dahinter.»

«Und was ist Ihr Auftrag als Anwältin in dieser Angelegenheit, wenn ich fragen darf?»

«Die Mutter der Verstorbenen hat mich beauftragt», antwortete

Kristina. «Ihr Interesse ist es vor allem, dass der Tod ihrer Tochter aufgeklärt wird. Die beiden jungen Leute waren mit der Toten befreundet und wissen einiges, was für die Ermittlungen von Bedeutung sein könnte. Deshalb wäre es mir lieb, wenn die beiden möglichst bald nach Deutschland kommen.»

«Oh, verstehe», murmelte Niemann. «Dann will ich mal sehen, ob ich etwas herausfinde. Wie war der Name noch mal?»

«Ich heiße Wolland, Kristina Wolland.»

«Nein, ich meine diese Ukrainerin ...»

Kristina war sich sicher, dass sie ihren Namen noch nicht genannt hatte. Sie zögerte kurz. «Alina», sagte sie dann. «Alina Karylenko.»

«Okay», sagte Niemann nur. «Okay. Ich seh mal eben nach.» Er hämmerte eine Weile auf der Tastatur seines Computers herum und starrte auf den Bildschirm, während sich auf seiner Stirn feine Schweißtropfen bildeten.

«Negativ; ich finde nichts», erklärte er schließlich mit einem Seufzer. «Aber wenn ich Ihnen noch einen Rat geben darf: Überlassen Sie diese Dinge der Polizei. Diese Leute lügen ja das Blaue vom Himmel herunter.»

Für einen Moment hatte Kristina das Gefühl, dass er selbst nicht die Wahrheit sagte. Er hatte etwas auf dem Bildschirm gesehen, aber er wollte ihr diese Information nicht geben.

«Was wäre eigentlich, wenn die jungen Leute heiraten?», fragte sie beiläufig. «Zum Beispiel in Dänemark? Dürfte sie dann nach Deutschland einreisen?»

«Nicht so ohne weiteres», antwortete Niemann in einem strengen Tonfall. «In diesem Fall müsste sie zunächst ein Visum zur Familienzusammenführung beantragen, und das kann sie auch nach einer Eheschließung nur in ihrem Heimatland tun. Wenn sie dort zur deutschen Botschaft geht – in diesem Fall also in Kiew – und ein Visum beantragt, wird geprüft, ob hier etwas gegen sie vorliegt. Wenn sie freiwillig ausgereist ist und die Kosten der Ausreise selbst getragen hat, kann die Möglichkeit einer erneuten Einreiseerlaubnis geprüft werden.»

Er hatte begonnen, mit den Fingern seiner rechten Hand auf den Tisch zu trommeln. Unwillkürlich starrte Kristina auf die gepflegten Fingernägel, die ein rosa Faltblatt auf seinem Schreibtisch traktierten. *Carina e.V.* stand darauf; das konnte sie lesen, obwohl die Worte, aus ihrer Perspektive gesehen, auf dem Kopf standen.

Niemann hatte ihren Blick bemerkt. «Es gibt eine ganz tolle Organisation», erklärte er. «Christlich geprägt, vor allem ehrenamtliche Helfer ... Leute, die sich wirklich auskennen, auch im Rotlichtmilieu. Wissen Sie, es gibt so viel Leid unter diesen Mädchen, die nach Deutschland kommen und hier unter die Räder geraten! Da ist es gut, wenn auch mal ganz unbürokratisch geholfen werden kann, selbst dort, wo wir von Amts wegen keinen Spielraum haben. Dieser Verein hat gute Kontakte in viele Herkunftsländer: Weißrussland, Moldawien, Ukraine und so weiter.»

«Interessant», meinte Kristina. «Kann ich mir das Faltblatt mal ansehen?»

Niemann reichte es ihr über den Tisch. «Behalten Sie es! Wir haben hier genug davon.»

Kristina verabschiedete sich.

Als sie schon in der Tür stand, räusperte sich der Beamte und sagte, beinahe ein wenig verlegen: «Eins haben Sie mir jetzt noch nicht verraten: Darf ich fragen, wer da zu Tode gekommen ist?»

«Ich kann Ihnen nur sagen, dass die Betroffene ganz sicher nichts mit dem Sexgewerbe zu tun hatte», erwiderte Kristina. «Sie war einfach nur eine Frau, die Alina Karylenko für ein paar Tage bei sich in der Wohnung aufgenommen hat.»

«Soso», murmelte Niemann und schüttelte bekümmert den Kopf, «das ist ja wirklich nicht schön.»

Sobald sie das Gebäude durch die Drehtür verlassen hatte, warf Kristina einen Blick auf ihr Handy. Ein Anruf in Abwesenheit –

ihre Knie wurden weich. Michel? Der Anrufer hatte seine Nummer unterdrückt, stellte sie enttäuscht fest.

Sie starrte in den dichten Verkehr, der auf der Amsinckstraße an ihr vorbeibrandete. Sie würde jetzt in ihr Büro fahren und all die Angelegenheiten bearbeiten, die sie in den letzten Tagen sträflich vernachlässigt hatte. Wie gut, dass es noch Aktenstapel gab, die auf sie warteten.

15

Der Richter hatte sein Urteil gesprochen.

«So, und jetzt gehen wir beiden Hübschen erst mal was trinken und feiern!», verkündete der Angeklagte und strahlte Kristina an. «Sie sind selbstverständlich mein Gast!»

Die Anwältin stand mit ihrem Mandanten auf dem Flur des Landgerichtes. Es war Freitagvormittag, zehn nach neun, und der glücklich Verurteilte war noch einmal mit einer Bewährungsstrafe davongekommen. Vor Erleichterung wäre ihr der Mann fast um den Hals gefallen.

Für einen Moment ließ sie sich von seiner Freude mitreißen. «Herzlichen Glückwunsch – und machen Sie was draus!» Sie schüttelte ihm die Hand und schob den Mann gleichzeitig ein wenig von sich weg. Dann stellte sie klar: «Tut mir leid, zum Feiern müssen Sie sich jemand anderen suchen. Ich hab Termine und muss weiter. Melden Sie sich Montag in meinem Büro, dann besprechen wir die weiteren Schritte.»

Sie war mit dem Auto zum Gericht gekommen und hatte es eilig. Der Fiat stand auf dem Bürgersteig in der Karolinenstraße, und sie hatte keine Lust, ihr Auto gegen viel Geld im Autoknast in Rothenburgsort auszulösen. Außerdem wollte sie so schnell wie möglich ins Landeskriminalamt fahren und persönlich mit Olschewski sprechen. Wenn sie es sich mit dem Mordermittler nicht völlig verderben wollte, musste sie ihm jetzt vorsichtig beibringen, dass Alexander das Land inzwischen verlassen hatte.

Sie hatte Glück. Das Auto war noch da. Während sie startete und wendete, begann sie sich an ihren letzten Besuch im Hamburger Polizeipräsidium zu erinnern: An einem langen, heißen Sonntagnachmittag hatte sie im Büro des Staatsschützers Henning Fredermann gesessen und mit ihm gemeinsam darüber gegrübelt, warum ein junger Mann aus einem ehemals besetzten Haus am Elbhang verschwunden war. Fredermann, dachte sie ein bisschen wehmütig, war damals ganz anders vorgegangen als Olschewski, und er würde es auch in diesem Fall tun. Er würde versuchen, die Beziehungen zwischen Angie, Alexander und Alina genau aufzudröseln, und er würde mit Kristina zusammen alle erdenklichen Aspekte in Ruhe durchsprechen. Fredermanns Überzeugung war es, dass man einen Fall nur lösen konnte, wenn man die Menschen verstand, die daran beteiligt waren. Und dass das oft wichtiger war als die ausgeklügeltste Kriminaltechnik.

Und dann lief sie dem Staatsschützer direkt in die Arme, als sie die große Eingangshalle des Polizeigebäudes betrat.

«Frau Anwältin! Welche Freude, Sie in diesen heiligen Hallen zu begrüßen!», schnaufte der Beamte, wie immer leicht außer Atem.

«Herr Fredermann!» Kristina wurde für einen Moment ganz leicht und warm. «Gerade hab ich an Sie gedacht!»

«Sehr erfreulich, Verehrteste. Und da, darf ich hoffen, haben Sie sich gleich auf den Weg zu mir gemacht?»

Kristina seufzte. «Leider nein. Ich habe einen Termin bei Ihren Kollegen von der Mordkommission.»

«Ein neues Mandat? Ich hoffe, meine Kollegen behandeln Sie so zuvorkommend, wie Sie es verdient haben.»

Sie musste lachen. Fredermann ließ mal wieder seinen ganzen Charme spielen. Zwar war sie sich nicht sicher, wie viel Ironie im Spiel war. Aber es tat gut, einen Moment mit ihm zu plaudern wie mit einem guten alten Freund. «Nein, ich bin als Zeugin hier. Ich war die gesetzliche Betreuerin des Opfers – eine alte Kommilitonin und Freundin von mir.»

«Schlimme Sache, so was», seufzte er mitfühlend. «Ahnt man, was dahintersteckt?»

«Es ist eine ziemlich wirre Geschichte. Eventuell eine Auseinandersetzung im Rotlichtmilieu. Vielleicht aber auch was ganz anderes.» Kristina sah den Beamten an. «Ich wünschte, Sie könnten die Ermittlungen übernehmen!»

«Klingt aber nicht gerade nach einem Fall für den Staatsschutz», erwiderte Fredermann. «Und wir sind nur gut in den Feldern, in denen wir uns wirklich auskennen. Haben Sie Vertrauen! Meine Kollegen von der Mordkommission arbeiten sehr sorgfältig. Und sie haben auch die Mittel dazu.»

«Ich hoffe es», sagte Kristina etwas unschlüssig. «Und jetzt muss ich da wohl mal hin.»

«Melden Sie sich, wenn ich in irgendeiner Weise helfen kann», bot Fredermann ihr an. «Sie wissen, ich bin jederzeit für Sie da.»

Olschewski sah demonstrativ auf die Uhr, als sie um drei Minuten nach zehn sein Büro betrat. «Da sind Sie ja endlich! Ich hoffe, Sie haben mir den jungen Mann gleich mitgebracht?»

«Leider nein –», begann Kristina zu antworten, aber Olschewski sprach ohne Punkt und Komma weiter. «Dieser Bandow geht nämlich nicht an sein Handy. Zu Hause ist er bisher auch nicht aufgetaucht; wir beobachten die Wohnung. Der junge Mann scheint seine Gründe zu haben, den Kontakt mit uns zu meiden.»

«Er ist in Odessa. Oder irgendwo auf dem Weg dorthin.» Kristina sagte es so beiläufig, wie es ging.

«Wie, in Odessa? Der war doch gerade noch in Hamburg. Und nun setzt sich unser Zeuge mal eben ins Ausland ab?» Olschewski sah sie irritiert an. «Und Sie haben das nicht verhindert?»

«Nein, das habe ich nicht.» Sie merkte, dass ihre Antwort gereizt klang. «Ich habe keinerlei Handhabe, Herrn Bandow vorzuschreiben, wo er sich aufhalten soll. Ich könnte ihm allenfalls einen Rat geben, wenn er mein Mandant wäre. Das ist er aber nicht.» Sie hatte sich vorgenommen, die Wahrheit zu sagen, aber jetzt fühlte sie sich von dem Ermittler in die Ecke gedrängt. «Er hat mich gestern angerufen, aber da war er schon fast in Kiew. Von dort aus wollte er seine Reise mit der Bahn in Richtung Odessa fortsetzen.»

«Dann werden sich meine Kollegen jetzt erst einmal Zutritt zu seiner Wohnung verschaffen», verkündete der Kriminalbeamte missmutig.

«Tut mir leid, ich bin ein paar Minuten zu spät!» Eine Frau mit grauem, raspelkurzem Haar stand in der Tür und lächelte Kristina gewinnend an.

Olschewski stellte die Frau sogleich vor. «Meine Kollegin Inka Brandes, zuständig für Straftaten gegen die sexuelle Selbstbestimmung. Ich dachte, ich bitte sie gleich mal dazu.» Danach wies er mit dem Kopf auf Kristina. «Das ist Frau Wolland, Rechtsanwältin. Ich hatte gedacht, sie bringt uns unseren Zeugen gleich mit. Aber der hat es inzwischen vorgezogen, in die Ukraine abzudampfen.»

«Da ist er ja nicht der Erste», merkte die Polizistin trocken an und gab Kristina die Hand. «Tag, Frau Wolland, freut mich, Sie kennenzulernen.» Ihr immer noch strahlendes Lächeln stand in einem merkwürdigen Gegensatz zu dem ernsten, beinahe kalten Ausdruck in ihren Augen.

«Ich schildere mal eben den Fall», erklärte Olschewski. «Eine Frau, Mitte vierzig, chronisch psychisch krank, ist am Montag am Boberger See tot aufgefunden worden. Kaum anzunehmen, dass sie sich aus freien Stücken dorthin begeben hat. Was für dich, Inka, vielleicht interessant ist: Bei der Frau hat ein Mädchen aus der Ukraine Unterschlupf gefunden. Sie ist angeblich als Kindermädchen, als sogenanntes Au-pair, nach Deutschland gekommen, hat aber keine Aufenthaltsgenehmigung mehr. Wir müssen davon ausgehen, dass sie plante, eine Scheinehe mit einem jungen Russlanddeutschen einzugehen, um ihren Aufenthalt hier zu legalisieren. Die junge Frau ist seit dem Tod ihrer Wohnungswirtin unauffindbar. Am Dienstagabend erstattete ihr sogenannter Verlobter Anzeige: Seine Wohnung wurde von Einbrechern verwüstet. Für mich hört es sich nach einer Abrechnung im Rotlichtmilieu an. Was denkst du?»

«Dazu kann ich so natürlich noch nichts sagen», antwortete die Polizistin. «Aber es klingt ein bisschen danach, als wären da mal wieder die Wareniki am Werk.»

«Wer ist das?», wollte Kristina wissen. «Ein Familienverband?»

«Soweit wir wissen, handelt es sich dabei um eine Gruppe von Männern aus der Ukraine, aus Weißrussland und Moldawien. Keine Ahnung, wie die zu dem Namen ‹Wareniki› kommen – das ist nämlich ein osteuropäisches Nudelgericht und nicht gerade ein Symbol der Männlichkeit. Die Jungs mischen jedenfalls kräftig im Sexgewerbe mit, in der Regel können wir ihnen aber kaum Straftaten nachweisen. Sie agieren gewalttätig, wenn ihnen jemand in die Quere kommt – aber auch nur dann. Ihre Opfer sind in der Regel viel zu verängstigt, um Anzeige zu erstatten oder vor Gericht als Zeugen aufzutreten. Außerdem kriegen wir diese Männer kaum zu fassen. Keiner von denen bleibt lange in der Stadt.»

«Und die Mädchen?», fragte Kristina. «Sie werden zur Prostitution gezwungen?»

Die Kommissarin überlegte einen Augenblick. «Da sind wir uns nicht so sicher. Die wenigen, mit denen wir mal sprechen konnten, waren junge, gebildete, selbstbewusste Frauen, die anscheinend genau wussten, was sie hier wollten: viel Geld verdienen, um sich damit ein Leben in ihrer Heimat aufzubauen. Oder einen deutschen Mann finden, der sie heiratet.» Sie wandte sich wieder an Olschewski. «Ist der Russlanddeutsche der Polizei schon mal aufgefallen? Und die Ukrainerin? Irgendwelche Erkenntnisse?»

Olschewski warf einen Blick in seine Notizen. «Alexander Bandow, zwanzig Jahre alt, deutscher Staatsbürger, nicht vorbestraft», referierte er. «Geht noch zur Schule. Über das Mädchen, Alina Karylenko, haben wir wenig: keine Vorstrafen, noch nicht mal ein Bußgeld oder einen Platzverweis.»

«Einen Platzverweis? Wofür hätte sie den denn bekommen können?», fragte Kristina.

«Zum Beispiel für Straßenprostitution in Sankt Georg», antwortete Inka Brandes. «Das ist zwar in diesem Stadtteil verboten, wird aber in einem gewissen Ausmaß geduldet. Gegen die Ausländerinnen gehen die Kollegen allerdings etwas schärfer vor. Klingt rassistisch, hat aber seine Gründe: Sie wollen verhindern, dass die Szene völlig aus dem Ruder läuft.»

«Wir haben bei der Organisation nachgefragt, die Au-pair-Mädchen in Hamburg vermittelt», berichtete Olschewski. «Alina Karylenko ist dort bekannt. Ihr Einsatz in Deutschland ist ordnungsgemäß abgelaufen. Bis Ende Juni war sie bei einer Familie in Harburg beschäftigt, danach hätte sie in die Ukraine ausreisen müssen. Aber das kontrollieren die natürlich nicht.»

«Wenn sie auf den Strich gegangen ist und in Schwierigkeiten war … Solche jungen Frauen wenden sich öfter mal ans ‹Café Platzverweis› in der Danziger Straße», dachte Inka Brandes laut nach. «Aber von den Mitarbeiterinnen dort bekommen wir keine Auskunft.»

Ihr Kollege runzelte die Stirn. «Wir ermitteln hier wegen Mordverdacht. Vielleicht können die Damen und Herren Sozialarbeiter mal eine Ausnahme von ihren hehren Prinzipien machen?»

«Ich kann's versuchen. Übrigens arbeiten dort nur Frauen», gab seine Kollegin zurück. «Es ist schon in Ordnung, dass sie auf Verschwiegenheit bestehen. Sonst kriegen die überhaupt keine Vertrauensbasis mit den Frauen hin.»

Kristina zog das Faltblatt, das sie in der Ausländerbehörde bekommen hatte, aus ihrer Tasche. «Und diese Organisation? Sagt die Ihnen etwas? Die scheinen sich speziell um junge Frauen aus Osteuropa zu kümmern.»

Die Polizistin warf einen flüchtigen Blick darauf. «Carina e. V.? Aus dem Verein werde ich nicht so ganz schlau. Gibt sich hochmoralisch, aber was wirklich dahintersteckt – keine Ahnung. Ich hab jedenfalls noch nie etwas davon gehört, dass die einer Frau konkret geholfen hätten. Woher haben Sie denn diesen Flyer?»

«Von einem Mitarbeiter der Ausländerbehörde. Ich habe gestern mit ihm über den Fall gesprochen.»

«Aha?» Olschewski sah sie scharf an. «Könnten Sie die Leitung der Ermittlungen allmählich wieder an uns abgeben? Wäre es zumindest machbar, dass wir uns da absprechen? Was ist eigentlich Ihr Mandat in dieser Sache?»

Kristina wurde rot und ärgerte sich darüber. «Tut mir leid», erklärte sie dann, «ich hätte es gleich erwähnen sollen: Erika Gelterkind, die Mutter der Toten, hat mich beauftragt, ihre Interessen in dem Ermittlungsverfahren wahrzunehmen. In diesem Zusammenhang schien es mir relevant, mich nach dem aufenthaltsrechtlichen Status der Zeugin Alina Karylenko zu erkundigen.»

«Das hätten Sie einfacher haben können», knurrte der Ermittler. «So haben Sie vermutlich nur erfahren, dass das Einwohner-Zentralamt an der Amsinckstraße gar nicht zuständig ist. Wenn das Fräulein als Au-pair nach Deutschland einreist, hat es sich beim zuständigen Bezirksamt zu melden.»

Kristina fragte sich, warum Niemann ihr das nicht gesagt hatte. Und warum Olschewski sie wie ein dummes Schulmädchen behandelte. Sie versuchte, sich ihren Ärger nicht anmerken zu lassen, indem sie das Thema wechselte.

«Diesen Verein Carina e. V. – Sie halten den für ein bisschen fragwürdig?», fragte sie Inka Brandes.

«Das wäre zu viel gesagt», entgegnete die Beamtin zögerlich. «Auf diesem Feld tummeln sich alle möglichen Gestalten, und nicht alle sind leicht zu durchschauen. Es gibt, wie Sie sicher wissen, brave Familienväter, die regelmäßig zu Prostituierten gehen. Manche mögen besonders gern Mädchen, die ganz tief im Elend stecken. Wenn sie Drogenprobleme haben, wenn sie illegal in Deutschland sind, wenn sie HIV-infiziert sind – das finden die besonders prickelnd. Und es gibt andererseits alleinstehende Männer, die sich gern als Retter der verlorenen Seelen aufspielen. Die nehmen ab und zu ein Mädchen bei sich zu Hause auf, in einigen Fällen sogar, ohne sexuelle Dienstleistungen zu verlangen. Sozialfreier nennt man diese Typen in der Szene. Vielleicht sind auch bei Carina e. V. ein paar von der Sorte unterwegs. Vielleicht sind das aber auch einfach brave Bürger, die unter dem Vorwand, im Rotlichtmilieu Gutes zu tun, mal ein bisschen durchs Schlüsselloch gucken wollen.»

Kristinas Gedanken drifteten für einen Augenblick weg. Zu Michel, wie er über seine «Chicas» geredet hatte. War er etwa auch einer von dieser Sorte? Bitte nicht, dachte sie.

«Jedenfalls», schaltete Olschewski sich jetzt wieder ein, «bilden diese Ukrainerin und ihr Verlobter momentan den wichtigsten Ansatzpunkt für unsere Ermittlungen. Ich darf Sie bitten, Frau Wolland, uns zeitnah zu unterrichten, wenn Sie etwas von den beiden hören!»

«In Ordnung», murmelte Kristina. Sie fühlte sich, als habe sie gerade eine weitere schlechte Zensur bekommen.

«Ich geb Ihnen mal meine Karte», erklärte Inka Brandes aufmunternd. Sie holte eine Visitenkarte hervor und kritzelte etwas auf die

Rückseite. «Das ist meine Mobilnummer. Melden Sie sich gerne, wenn Sie noch Fragen haben.»

Sie hatte Glück. Fredermanns Tür stand offen. Der Staatsschutzbeamte saß an seinem Schreibtisch und blickte Kristina an, als habe er die vergangene halbe Stunde nur damit verbracht, auf sie zu warten.

«Nehmen Sie Platz, Verehrteste.» Er wies auf den Platz gegenüber seinem Schreibtisch. «Was kann ich für Sie tun?»

«Wenn ich das wüsste», antwortete Kristina. Es klang beinahe kläglich. «Jetzt bin ich seit fast zwanzig Jahren Anwältin. Und plötzlich passiert es mir gleich zweimal hintereinander, dass ich ganz persönlich in einen Kriminalfall involviert bin.» Vielleicht, dachte sie, würde es ihr helfen, den ganzen Fall noch mal mit dem besonnenen Ermittler durchzusprechen.

Aber Fredermann hatte offenbar mehr Interesse an einem persönlichen Plausch. «Darf ich mich zunächst nach Ihrem persönlichen Befinden erkundigen?», fragte er.

«Es hält sich in Grenzen», erwiderte Kristina. «Dieser Todesfall geht mir ziemlich nahe. Ich fürchte, ich hätte ihn verhindern können.»

Der Staatsschützer sah sie aufmerksam an. «Das letzte Mal, als wir zusammensaßen», bemerkte er scheinbar zusammenhanglos, «erwarteten Sie gerade Besuch. Aus Übersee.»

Kristina stiegen die Tränen in die Augen. Intuitiv hatte Fredermann den wunden Punkt getroffen.

«Du liebe Güte, ich wollte Ihnen keinesfalls zu nahe treten!», rief er erschrocken.

«Schon gut», erklärte Kristina, «Sie können ja nicht wissen … Die Kurzfassung geht so: Ja, und mein Besuch hat in den letzten drei Monaten bei mir gewohnt. Bis vorgestern Abend. Jetzt habe ich noch nicht einmal mehr eine Telefonnummer von ihm.» Es war eigentlich völlig unpassend, ausgerechnet Fredermann ihr Herz auszuschütten. Aber nun war es passiert.

«Das tut mir leid», sagte der Ermittler sanft. «Und wenn ich Ihnen meine unmaßgebliche Auffassung mitteilen darf: Ein Mann, der Sie verlässt, ist entweder ein Vollidiot, oder er muss schon sehr zwingende Gründe haben. Hatte er etwas mit dem Todesfall zu tun?»

Kristina schüttelte den Kopf. «Überhaupt nicht. Vermutlich war ich in den letzten Tagen einfach ziemlich unerträglich. Mich hat die Sache sehr mitgenommen.» Und dann erzählte sie endlich alles, was passiert war.

Fredermann nahm ein Blatt Papier und kritzelte etwas, das Kristina nicht lesen konnte. «Vor drei Monaten», betonte er dann, «hat diese junge Frau aus der Ukraine beschlossen, nicht wieder nach Hause zu fahren. Fällt Ihnen was auf? Vor drei Monaten ist Ihr Bekannter nach Deutschland zurückgekehrt. Kannten sich die beiden? Gibt es da einen Zusammenhang?»

«Die beiden hatten nun wirklich nichts miteinander zu tun!», protestierte Kristina.

«Ganz wie Sie meinen», erwiderte Fredermann und zog eine feine Linie auf dem Papier. «Weiter ist da dieser Alexander. Er wurde Opfer eines Wohnungseinbruchs, möglicherweise im Zusammenhang mit dem Tod Ihrer Bekannten. Früher hätte man gesagt: Ihres Mündels. Gefällt mir eigentlich ganz gut, dieser Ausdruck. Tatort eins und Tatort zwei liegen ziemlich nah beieinander. Sehe ich das richtig?»

Kristina nickte. Fredermann malte weiter auf dem Papier herum. «Drittens: Der Tod trat durch Verabreichung eines Narkosemittels ein, das in Krankenhäusern Verwendung findet. Und in der Drogenszene. Haben Sie eine Ahnung, ob irgendjemand aus dem Umfeld des Opfers zu so etwas Zugang hat?»

Kristina schüttelte den Kopf.

«Der Russlanddeutsche vielleicht?», hakte der Staatsschutzbeamte nach. «Hat er was mit Drogen zu tun?»

Kristina zuckte mit den Schultern. «Ich weiß es nicht. Ich durchschaue ihn einfach nicht, das ist ja das Problem …»

«Verstehe!», erklärte Fredermann streng. «Dann wollen wir diese Frage vorerst beiseitelegen.» Er legte seinen Kopf schief. «Ohne Ihnen zu nahetreten zu wollen, meine Beste, Sie wissen doch bestimmt, wo sich Ihr Freund in der fraglichen Nacht aufgehalten hat.»

Kristina wurde rot. «Er war natürlich bei mir.»

«Wovon lebt er? Was macht er tagsüber so?», fragte Fredermann weiter.

«Er hat ein bisschen Geld – er braucht nicht viel», antwortete Kristina hastig. Michel trug stets ein Bündel Geldscheine in seiner Hosentasche mit sich herum. Sie hatte nicht den Eindruck, dass es in den letzten Monaten viel dünner geworden war. Aber er gab ja auch nicht viel aus.

«Liebe Frau Wolland», sagte Fredermann besänftigend, «es geht hier nicht darum, irgendjemanden zu verdächtigen. Wir veranstalten nur ein paar Gedankenspiele …»

«Aber Michel – das ist völlig absurd», behauptete Kristina. Doch in Wirklichkeit war sie sich plötzlich nicht mehr so sicher. Klar, er war am Sonntagabend bei ihr gewesen, wo sonst. Aber sie selbst war in der Nacht mehrere Stunden mit Angie unterwegs gewesen, und bei ihrer Rückkehr hatte er schon im Bett gelegen. Dann war sie am nächsten Morgen viel zu spät und seltsam benommen aufgewacht. Konnte es sein, dass auch sie ein Medikament im Blut gehabt hatte? Verwirrt schüttelte sie den Kopf.

«Was raten Sie mir denn jetzt?», fragte sie den Ermittler etwas mutlos.

«Sie werden Geduld brauchen», erwiderte Fredermann. «Vielleicht sogar viel Geduld. Aber das fällt Ihnen ja nicht schwer, Verehrteste. Lassen Sie die Polizei ihre Arbeit machen. Und halten Sie selbst die Augen offen – na ja, das tun Sie ja sowieso. Die Sache wird sich früher oder später sehr wahrscheinlich aufklären. Aber so etwas geschieht selten von heute auf morgen.»

Kristina war nicht ganz sicher, ob er damit Angies Tod meinte oder die Rolle, die Michel in ihrem Leben spielte. Fredermann faltete das Blatt Papier, das er mit allerlei Pfeilen und Notizen bedeckt hatte, sorgfältig zusammen und reichte es ihr über den Tisch.

«Nehmen Sie das mal mit. Vielleicht hilft es Ihnen. Und versuchen Sie, übers Wochenende ein bisschen zur Ruhe zu kommen. Sie werden Ihre Kraft noch brauchen.»

16

Freitagabend. Das war sein Abend.

Freitags ging er immer zum Sport und danach mit seinen Freunden ein Bier trinken. Das sagte er jedenfalls seiner Frau. Und bevor er wegging, packte er eine Tasche mit Sportklamotten zusammen.

Die Kleidungsstücke waren jedoch nie verschwitzt, wenn er sie wieder mit nach Hause brachte, und sein Handtuch blieb stets unberührt. Aber er hatte sich ja schon lange angewöhnt, seine Sachen selber zu waschen. Sie merkte es nicht. Es war ihr auch egal, wo er hinging, solange er immer wieder zurückkam.

Aber heute war Freitag, und er hatte keine Lust, vor die Tür zu gehen. Alles, was er tun konnte, würde ihn an sie erinnern. Er versuchte, nicht an den letzten Freitagabend zu denken. Ihren Freitagabend. Versuchte, nicht an ihre warme, weiche Haut zu denken. Nicht an das Gefühl, das keine Ähnlichkeit gehabt hatte mit irgendetwas von dem, was er jemals gekannt hatte. Nicht an die Unbefangenheit, mit der sie zu ihm unter die Decke kroch, ihm über die Wangen strich. Und nicht an diesen Ausdruck in ihren Augen, der ihm klüger erschien als alles, was er bisher gesehen hatte.

Er könnte jetzt zu den anderen fahren. Sie würden dort sitzen, wie immer, sie würden ihm zuprosten, sie würden ihm etwas vorschlagen für diesen Freitagabend. Sie wussten schon, was er suchte – was er brauchte. Es war immer gut gewesen, immer wie eine Art Zahltag, wie die Belohnung für all das, was er die ganze Woche über leistete. Und ertrug.

Aber es würde jetzt nicht mehr dasselbe sein. Nie mehr. Es gab keinen Zahltag mehr. Im Augenblick war ihm die Vorstellung eher lästig. Er wusste auch gar nicht, ob er es noch konnte: eine schnelle Nummer mit irgendeinem Mädchen. Im Grunde genommen war man froh, wenn man es hinter sich hatte.

Seine Frau kam die Treppe herunter. Sie hatte es tatsächlich geschafft, den Jungen in den Schlaf zu bringen. Es war eben Freitag, das wusste sie; und das wusste auch das Kind.

«Gehst du nicht weg?», fragte sie. Sie klang fast ein wenig enttäuscht.

«Nein, heute kein Sport», antwortete er. «Vielleicht mach ich nie wieder Sport.» Er drehte sich zu ihr um und schloss sie in seine Arme. Etwas überrascht, etwas widerstrebend, ließ sie es über sich ergehen.

17

Es war sehr still an diesem Samstagvormittag in der Küche der kleinen Altbauwohnung im vierten Obergeschoss in Altona. Und Stille war ungefähr das Allerletzte, wonach Kristina sich jetzt sehnte. Sie hatte sich eine große Kanne Kaffee gekocht und das meiste davon auch schon getrunken. Sie hatte die *taz* durchgeblättert, aber sie konnte sich auf keinen Artikel konzentrieren. Nicht einmal bei den Kleinanzeigen mit all den WG-Angeboten, Wüsten-Wanderwochen und Wochenendseminaren, die sonst zu ihrer liebsten Samstagslektüre gehörten, blieb sie hängen. Sie fragte sich, wie sie dieses Wochenende überstehen sollte.

Draußen hing ein bleigrauer Himmel über der Stadt. Für einen kurzen Augenblick trat sie auf den Balkon. Ein kalter Wind blies ihr entgegen. Sie ging schnell wieder rein.

Auf dem Küchentisch lag, noch zusammengefaltet, Fredermanns Zettel. Sie nahm das Blatt und strich es glatt. Mehrere Namen standen darauf – die von Angie, Alexander, Alina, Michel und auch ihrer. «Fr. Wolland» hatte Fredermann geschrieben. Kristina lächelte schwach. Immer korrekt bleiben, dachte sie; der Beamte würde es noch nicht einmal in so einer schematischen Darstellung wagen, sie einfach «Kristina» zu nennen.

Die Namen wurden durch feine Linien miteinander verbunden. Daneben hatte Fredermann kurze Kommentare geschrieben, etwa «wohnt bei» oder «hilft» oder «liebt?». Auch einige Ortsnamen waren verzeichnet: «Altona», «Allermöhe» und «Boberger See».

Kristina starrte ratlos auf das Blatt.

Alina wohnt bei Angie. Michel wohnt bei Fr. Wolland. Fr. Wolland hilft Angie. Fr. Wolland hilft Michel. Fr. Wolland hilft Alexander. Ziemlich viel, was Fr. Wolland tut, dachte sie.

Aber das brachte sie jetzt auch nicht weiter. Fredermann hatte ein beeindruckend komplexes Geflecht von Beziehungen aufgezeichnet. Aber es war nicht zu erkennen, wer darin die Fäden zog und wer wie eine Marionette herumdirigiert wurde.

Sie erinnerte sich daran, wie ihr vor Jahren mal ein kleiner Stein in die Windschutzscheibe geflogen war. Damals hatte sie noch einen uralten Renault gefahren. Erst hatte sie nur einen kurzen, harten Schlag gehört. Und dann war das Glas vor ihren Augen in Sekundenschnelle zerbröckelt; es blieb zwar in seiner Form, löste sich aber in ein feines Mosaik aus Hunderten kleiner Splitter auf. Eben noch hatte sie die Straße klar vor sich gesehen. Jetzt konnte sie nur noch rechts rausfahren und anhalten. So ähnlich fühlte sie sich jetzt auch. Sie konnte nur rechts rausfahren und anhalten.

Sie nahm einen Stift und schrieb noch ein paar zusätzliche Namen auf das Blatt. «Erika Gelterkind» und «Ceyda» zum Beispiel. Die beiden hatten ganz sicher nichts mit der Sache zu tun, und sie kannten einander auch nicht. Aber Kristinas Verhältnis zu diesen beiden Frauen war in den letzten Tagen ziemlich gespannt gewesen.

Warum hatte Erika Gelterkind sie beauftragt, den Mörder ihrer Tochter zu finden, während sie jeden näheren Kontakt mit Kristina fast unverhohlen ablehnte? Und warum war der Ton zwischen der Anwältin und ihrer Angestellten neuerdings so seltsam gereizt? Übersah sie etwas? War sie blind für die Konflikte, in die sie auf Schritt und Tritt hineingeriet?

Vielleicht habe ich Ceyda all die Jahre nicht ernst genug genommen, dachte Kristina niedergeschlagen. Es ging ja nicht nur um den Raum, in dem die Anwaltsgehilfin ihre Arbeit machen musste. Vielleicht hatte sie ihr einfach insgesamt zu wenig Respekt gezollt. Und jetzt war sie möglicherweise auf dem Absprung, weil sie einen besseren Job in Aussicht hatte.

Ceyda war gerade mal neunzehn gewesen, als sie zum ersten Mal durch ihre Bürotür hereingeschneit kam. Ein attraktives junges Mädchen mit einem mittelmäßigen Schulabschluss, der schon zwei Jahre zurücklag. Sie hatte sich erst mal mit Kneipenjobs durchs Leben geschlagen, um dann zu beschließen, doch noch eine Ausbildung zu machen.

Die junge Frau mit den sorgfältig lackierten Fingernägeln, die schon im ersten Gespräch viel von ihrer türkischen Großfamilie erzählt hatte, war Kristina anfangs eher fremd gewesen. Dennoch hatte sie schon nach ein paar Minuten entschieden, es mit ihr zu versuchen. Vielleicht hatte sie geahnt, dass Ceyda und sie sich in mancher Hinsicht perfekt ergänzten. Kristina versuchte, es sich vorzustellen – das Büro ohne ihre türkische Mitarbeiterin, die allen Besuchern mit Freundlichkeit, aber auch mit ein wenig Strenge gegenübertrat. Die darauf achtete, dass ihre Rechnungen pünktlich gestellt und vor allem auch bezahlt wurden. Die stets den Überblick hatte, was dringend zu erledigen war und wann sie Mandanten oder Prozessgegner höflich, aber bestimmt vertrösten konnte. Kristina hatte sich wohl viel zu wenig bewusstgemacht, dass aus ihrer Auszubildenden längst eine kompetente und lebenskluge Mitarbeiterin geworden war. Eine, deren Meinung zu hören sich immer lohnte.

Ihr Telefon schrillte. Sie fuhr zusammen. Schnell hob sie ab.

«Gelterkind, Erika», sagte eine Frauenstimme sehr formell. Kristina brauchte einen Moment, um zu begreifen, dass es Angies Mutter war. «Ich wollte Ihnen mitteilen, dass die Bestattung meiner Tochter am Mittwoch um zehn Uhr dreißig auf dem Ohlsdorfer Friedhof stattfindet. Kapelle drei.»

«Vielen Dank», antwortete Kristina beklommen. «Kann ich irgendwas dazu beitragen? Ich würde mich auch an den Kosten …»

«Ich komme zurecht», erwiderte die Anruferin kurz angebunden. «Ich wollte nur Bescheid geben. Falls Sie teilnehmen möchten: bis dann also.»

Dann legte sie grußlos auf.

Am Nachmittag klingelte das Telefon ein zweites Mal. Kristina saß gerade an ihrem Computer und versuchte nicht das erste Mal, Michel ein paar Zeilen zu schreiben. Eine Mail war ihre einzige Chance, ihn überhaupt zu erreichen. Wo auch immer er jetzt war, er würde sicher früher oder später ins Internet gehen.

Als Kristina den Anruf entgegennahm, hörte sie, wie von sehr weit weg Alexander ins Telefon schrie: «Ich bleibe nicht in Odessa. Ich fahre nach Bilhorod-Dnistrowskyj. Dort gibt es Haus für Frauen, die zurückkommen aus Europa, und Organisation, die hilft. Haben Sie schon Ausländerbehörde –?»

«Alexander!», fiel Kristina ihm scharf ins Wort. «Wohin bitte fährst du?» Sie sah sich nach einem Stift um. «Erzähl erst mal, was los ist! Hast du von Alina gehört?»

«Ich war bei dieser Adresse von Visitenkarte – ist Beratungsstelle», berichtete Alexander jetzt etwas ruhiger. «Frauen dort haben gesagt, ich soll nach Bilhorod-Dnistrowskyj fahren. Das ist Stadt, etwa achtzig Kilometer von hier, Richtung moldawische Grenze. Dort gibt es Haus für Mädchen in ihrer Lage …»

«Was für eine Beratung ist das denn? Und bitte sag noch mal genau, wie der Ort heißt!», bat Kristina. «Aber langsam, ich schreibe das mit. Wie kommst du eigentlich dorthin?» Ärgerlich registrierte sie, dass sie viel zu viele Fragen auf einmal stellte.

«Ich fahre mit Marschrutka», antwortete Alexander.

«Womit bitte?»

«Kleine Busse, fahren überallhin, sehr billig. Aber bitte, was ist mit Ausländerbehörde? Ich habe ukrainische Telefonkarte, kann nicht lange sprechen!»

«Kompliziert. Sie muss auf jeden Fall erst mal zur Botschaft in Kiew, wenn sie wieder nach Deutschland einreisen will. Der Beamte dort hat natürlich gefragt, ob Alina … Mal ehrlich: Hat sie irgendwo gearbeitet? In einer Bar in Sankt Georg oder so? Hatte sie irgendwas mit dem Rotlichtmilieu zu tun?»

«Sie ist meine Verlobte!» Er wirkte ehrlich empört. «Ich erlaube nicht, dass irgendjemand beleidigt …»

«Alexander! Ich will nur die Wahrheit wissen! Was ist das für eine Beratung in Odessa? Dieses Haus, wo du jetzt hinfährst – das ist doch für Mädchen, die sich prostituiert haben?»

Für einen Moment war es ganz still am anderen Ende der Leitung.

«Hallo? Bist du noch da?»

«Ja, bin noch da. Ich will nicht, dass Sie schlecht über meine Verlobte denken. Alina war Au-pair in Hamburg. Ganz sicher. Und will studieren. Auch sicher. Aber natürlich sie musste Geld verdienen. Ich weiß nicht genau, was sie gemacht hat. Sie hat mir mal gesagt: In Ukraine gehen viele Studentinnen mit Touristen, mit reichen Ukrainern … Sie brauchen Geld für Klamotten, für Schminksachen, für iPhone. Sie hören auf, wenn sie guten Mann haben, kein Problem. Oder wenn sie gute Stelle haben, in ihrem Beruf.»

«Wann kommst du zurück?», fragte Kristina. «Du musst der Polizei alles sagen. Ihr habt Angie da reingezogen. Jetzt tu wenigstens was dafür, dass ihr Tod aufgeklärt wird.»

«Telefonkarte ist gleich zu Ende!», rief Alexander. «Ich melde mich. Morgen vielleicht …» Dann brach die Verbindung ab.

Eine Weile starrte Kristina auf den Zettel, auf dem sie den Namen der Stadt notiert hatte: Bilhorod- und was noch? Sie setzte sich wieder an ihren Computer und gab ein, was sie hatte mitschreiben können.

Bilhorod-Dnistrowskyj hatte sie schnell gefunden. Die Stadt lag, wie Alexander gesagt hatte, westlich von Odessa am Ufer einer riesigen Lagune. Wenige Kilometer weiter mündete der Fluss Dnister ins Schwarze Meer. Die Stadt hatte auch einen Eintrag bei Wikipedia: Ihre Hauptsehenswürdigkeit war die historische Festung Akkerman. Schon 1903 hatte es eine Bahnverbindung von dort nach Leipzig gegeben.

Und natürlich fand sie auch ein paar Informationen über die Beratungsstelle «Zukunft der Liebe», wo sich ehrenamtliche Helferinnen um Frauen kümmerten, die man in die westliche Welt oder nach Istanbul verschleppt und zur Arbeit in Bordellen oder Sex-Clubs gezwungen hatte.

Kristina klickte von einer Seite zur nächsten und begann ganz allmählich in eine Welt einzutauchen, von der sie bislang wenig gewusst hatte. Sie fand Zeitungsartikel über Studentinnen, die in Kiew gegen die Sexindustrie protestierten. Gegen Tourismusunternehmen zum Beispiel, die ganze Busladungen westlicher Männer ins Land karrten, indem sie ihnen Sex zu Schleuderpreisen versprachen. Sie stöberte in Foren, in denen sich Männer über die Vorzüge von blonden, langbeinigen und anschmiegsamen ukrainischen Frauen austauschten und sich gegenseitig Reisetipps gaben. Sie las über die Armut in den ländlichen Regionen von Moldawien und der Ukraine, über Dörfer, die einfach von der Landkarte verschwanden, weil es dort keine Arbeit und keine Zukunft mehr gab. Hunderttausende von jungen Frauen, die dort irgendwo aufgewachsen waren, lebten nun verstreut in ganz Europa – als Wanderarbeiterinnen, Kindermädchen, Putzfrauen, Kellnerinnen, Fabrikarbeiterinnen, Erntehelferinnen oder Prostituierte.

Sie fand auch ein paar Berichte über das Haus in Bilhorod-Dnistrowskyj. Es war von einem russisch-orthodoxen Priester eingerichtet worden, als Zufluchtsort für Frauen, die aus der Prostitution aussteigen wollten. Wenn sie aus dem Ausland zurückkehrten, hatten sie oft kein anderes Zuhause mehr. Viele von ihnen hatten Kinder, die irgendwo bei Verwandten untergebracht waren. Außerdem brauchten viele von ihnen ärztliche Hilfe, und zwar mehr, als das marode staatliche Gesundheitssystem der Ukraine ihnen bieten konnte.

Das Haus wurde durch private Spenden finanziert, las Kristina, und die kamen zum größten Teil aus Deutschland. Besonders engagiert, so stand es in einem kleinen Report über einen Hilfstransport in die Schwarzmeerregion, sei eine Organisation aus Hamburg: Carina e. V.

Kristina starrte perplex auf den Bildschirm. War es ein Zufall, dass ihr dieser Verein schon wieder begegnete? Oder hatte der Mitarbeiter im Einwohner-Zentralamt ihr einfach nur einen ziemlich guten Tipp gegeben, wo sie auf ihrer Suche nach Alina nachfragen konnte?

Über Carina e. V. war im Internet nicht allzu viel zu finden. Feste Öffnungszeiten schien das Büro des Vereins nicht zu haben. Kristina wählte die angegebene Telefonnummer und hörte ein Tonband mit der Mitteilung, dass der Verein werktags von sechzehn bis achtzehn Uhr erreichbar sei.

Und dann fand sie noch einen Hinweis auf eine Tagung, die 2007 in Kiew stattgefunden hatte: *Drug, Prostitution and HIV*. Auch Vertreter von Carina e. V. waren dabei gewesen. Kristina klickte die Teilnehmerliste an und überflog die Namen der Gäste aus Deutschland.

Es dauerte nur ein paar Sekunden, bis sie auf Rüdiger Niemann stieß: Der Mann aus der Ausländerbehörde war zugleich Erster Vorsitzender von Carina e. V. Warum hatte er ihr das nicht gesagt? Sie nahm sich vor, die Teilnehmerliste noch einmal genau durchzusehen, und scrollte ganz nach oben.

Plötzlich begann ihr Herz zu rasen. Ganz oben auf der Liste stand es: *Michael Althaus, Straßenkinderprojekt, São Paulo/Berlin.* Michel. 2007 war er zusammen mit Rüdiger Niemann in Kiew gewesen, mit diesem etwas verklemmten, eigenartigen Mitarbeiter der Ausländerbehörde, der sich in seiner Freizeit um Mädchen kümmerte, die auf die schiefe Bahn geraten waren. Sie stand auf und begann in ihrer Wohnung umherzuwandern. Du Mistkerl, dachte sie, wo bist du? Ich muss dich dringend mal sprechen. Ich versteh allmählich überhaupt nichts mehr.

Spätestens jetzt hätte sie ihn am liebsten angerufen. Aber Michel hatte kein Handy, jedenfalls hatte er keins gehabt, solange er seine Tage in ihrer Wohnung verbrachte. Sich eine eigene Mobilnummer anzuschaffen, dachte Kristina grimmig, wäre ja schon ein erster Schritt gewesen, sich in Deutschland auch nur irgendetwas vorzunehmen.

Vielleicht hatte Fredermann doch recht, und es gab Zusammenhänge, die sie bisher nicht einmal in Erwägung gezogen hatte? Konnte es sein, dass auch Michel mittendrin hing in dieser merkwürdigen Verquickung von Orten, Zeiten und Menschen? Von Personen, die alle irgendwie mit dem Sexgewerbe zu tun hatten – als Opfer, als Täter, Behördenmenschen oder Sozialhelfer? Vielleicht hatte ihr Freund ja gute Gründe dafür gehabt, in Deutschland keinerlei elektronischen Fußabtritt zu hinterlassen. Kein Handy, keine EC-Karte, kein Konto in Deutschland. Nur ein Bündel Geldscheine in seiner Hosentasche.

Vielleicht hatte er aber auch einfach ein ganz anderes Leben geführt, als sie es sich immer vorgestellt hatte. Damals, vor zwanzig Jahren, hatte er jede Art von Sozialklempnerei, wie er es ausdrückte, zutiefst abgelehnt. Inzwischen war er vielleicht selber einer von ihnen geworden. Ob er seinen Dienstherrn in Berlin besucht hatte, bevor er nach Kiew gereist war? Ob er überhaupt regelmäßig in Deutschland gewesen war, vielleicht sogar manchmal in Hamburg? Ob er dabei nie den Wunsch verspürt hatte, sich bei ihr zu melden? Und warum war er ausgerechnet jetzt wieder bei ihr angekommen wie ein Weltenbummler, der nicht mehr besaß als seinen Rucksack? Warum verschwand er an genau dem Tag, an dem die Mordkommission die Ermittlungen aufnahm, wieder aus ihrem Leben?

Müde und verwirrt starrte sie auf den Monitor ihres Computers. Dann fiel ihr die Visitenkarte ein, die Inka Brandes ihr gegeben hatte. Sie hatte ihre Handynummer darauf notiert. Mit irgendjemandem musste Kristina jetzt reden.

18

«Fassen wir zusammen», sagte die Kommissarin, lehnte sich etwas zurück und verschränkte die Arme hinter dem Kopf. Inka Brandes trug eine Lederhose und einen schicken grauen Wollpullover mit kleinen Stoffapplikationen. Ihre Jacke hatte sie lässig über den Stuhl gehängt, den Helm in die Ecke gestellt. Sie war mit dem Motorrad ins Landeskriminalamt gekommen und hatte keinen Zweifel daran gelassen, dass sie sich nur Kristina zuliebe an einem Sonntagnachmittag, noch dazu an einem strahlend schönen Herbsttag, auf ein solches Treffen eingelassen hatte.

«Ein Mitarbeiter der Ausländerbehörde ist zugleich Erster Vorsitzender eines Vereins, der sich um junge Mädchen aus Osteuropa kümmert. Macht ihn das verdächtig? Ich finde, erst mal nicht. Denn erstens kann er privat tun und lassen, was er will. Zweitens muss er Ihnen von diesem Engagement nicht sofort was erzählen. Ist doch eher sympathisch, wenn er damit nicht rumprahlt.»

Kristina nickte zögernd. «Und dass der Verein ausgerechnet dasselbe Haus in der Ukraine unterstützt, zu dem Alexander Bandow gestern fahren wollte?», fragte sie. «Ist das nicht ein etwas sehr seltsamer Zufall?»

«Dieser Bandow ist mir allerdings auch suspekt», erklärte die Kommissarin, «selbst wenn ich ihn noch nicht persönlich kennengelernt habe.» Sie rieb ihre Nasenwurzel mit den Fingern. «Und es sind tatsächlich eine ganze Menge Zufälle im Spiel. Dass Ihr Bekannter mit diesem Herrn Niemann ausgerechnet in Kiew zusammengetroffen ist! Aber, ehrlich gesagt, begegnet uns so etwas immer wieder: Wir richten unsere Aufmerksamkeit auf einen bestimmten Gegenstand, und plötzlich scheint die Welt voller neuer, ungeahnter Zusammenhänge zu sein.»

Stimmt, dachte Kristina.

«Hatten Sie schon Gelegenheit, Ihren Mitbewohner auf diese Konferenz in Kiew anzusprechen?», wollte die Kommissarin wissen.

«Nein», antwortete Kristina, «ich erreiche ihn im Moment nicht.»

Inka Brandes nickte. Für einen Moment herrschte ein stillschweigendes Einverständnis zwischen den beiden Frauen, nicht weiter auf Michels Rolle in Kristinas Leben einzugehen. Dann stand die Kommissarin auf und begann, in ihrem kleinen Büro auf und ab zu laufen. «Wer ist hier eigentlich hinter wem her?», fragte sie. «Wissen Sie, was ich an dem ganzen Vorgang überhaupt nicht verstehe?»

Kristina schüttelte den Kopf.

«Warum wollte die junge Dame eigentlich so überstürzt das Land verlassen? Und warum ausgerechnet in Richtung Odessa?»

«Sie kommt von dort. Ich vermute, sie wollte eine Abschiebung vermeiden. Davor hatte sie ja offenbar große Angst …»

«Aber aus Sicht der Polizei war sie bisher ein völlig unbeschriebenes Blatt. Ihr Verstoß gegen aufenthaltsrechtliche Bestimmungen ist noch nicht einmal aktenkundig geworden. Hätte sie sich unauffällig verhalten und ihr eigenes Geld verdient, hätte das noch Jahre so weitergehen können. Und im Gegensatz zu vielen anderen hatte sie sogar Aussicht, ihren Aufenthalt in Deutschland durch eine Eheschließung zu legalisieren.»

«Vielleicht hat sie den Druck einfach nicht mehr ausgehalten?», wandte Kristina ein. «Ohne Geld und ohne Rechte hier zu leben? Wo sollte sie denn noch hin? Es ist Herbst. Die Nächte werden kälter in Hamburg.»

Die Kommissarin wies mit einer vagen Geste aus dem Fenster. «In dieser Stadt leben Zehntausende von Menschen ohne Aufenthaltserlaubnis. In ganz Deutschland sind es Hunderttausende. Genaue

Zahlen kennt niemand: Männer, Frauen und Kinder, ganze Familien. Sie arbeiten in Gaststätten, auf dem Bau, in Privathaushalten, auf dem Schlachthof oder auf dem Straßenstrich; sie wohnen in teuren und oft erbärmlichen Unterkünften. Wenn es geht, schicken sie ihre Kinder sogar zur Schule. Aber sie achten darauf, niemals aufzufallen; sie gehen nicht zum Arzt und fahren nie schwarz. Sie nehmen alles in Kauf, um hierbleiben zu können. So schnell geht keiner von denen freiwillig in die sogenannte Heimat zurück.»

«Aber was ist, wenn solche Menschen mal Probleme haben? Wenn eine Frau von ihrem Mann geschlagen wird oder eine Prostituierte von ihrem Zuhälter?», fragte Kristina und gab sich die Antwort gleich selbst: «Sie kann nicht zur Polizei gehen, oft nicht einmal zum Arzt oder ins Krankenhaus. Sie ist allem, was ihr passiert, praktisch schutzlos ausgeliefert.»

«Vielleicht hat ja nicht diese Alina selbst das Gerücht gestreut, dass sie nach Odessa abreist», sagte die Kommissarin nachdenklich, «sondern jemand anders. Jemand, der wollte, dass sie in Deutschland von niemandem mehr vermisst oder gesucht wird. In der Nacht von Sonntag auf Montag sind zwei Frauen aus derselben Wohnung verschwunden. Frau Gelterkind ist tot. Woher wissen wir, dass die andere noch lebt, dass es ihr gutgeht?»

Kristina verschränkte ihre Arme und presste sie eng an ihren Körper. «Aber wenn sie Alina schon in ihrer Gewalt haben, warum sollten diese Leute dann noch weiter Terror machen?», fragte sie und registrierte, wie kläglich sie klang. «Warum wird dann Alexanders Wohnung verwüstet?»

«Das verstehe ich auch nicht», antwortete die Kommissarin. Nach kurzem Nachdenken setzte sie hinzu: «Es wäre aber auch möglich, dass das Mädchen selbst eine falsche Fährte gelegt hat, um seine Verfolger abzuschütteln. Vielleicht sitzt Alina inzwischen seelenruhig in einem Schaufenster in Amsterdam.» Inka Brandes umfasste ihr rechtes Handgelenk mit der Linken, drehte und wendete es, während sie mit ihrer Hand in der Luft herumwedelte, als wolle sie all diese enervierenden Spekulationen schnell von sich abschütteln. «Am liebsten würde ich in den nächsten Flieger nach Odessa steigen und mir diesen Bandow mal vorknöpfen», verkündete sie. «Er hat Ihnen bisher ja offenbar nur einen Bruchteil dessen verraten, was für die Aufklärung dieses Falles interessant sein könnte. Aber mir sind da leider die Hände gebunden. Ihnen übrigens nicht.»

«Was wollen Sie denn damit sagen?»

«Sie könnten einfach für ein paar Tage hinfliegen», schlug die Kriminalbeamtin vor, als sei das die selbstverständlichste Sache der Welt.

Kristina war sich nicht sicher, ob sie richtig gehört hatte. «Vorgestern hat mir Ihr Kollege noch vorgeworfen, dass ich mich zu sehr in die Ermittlungen einmische», sagte sie langsam. «Und jetzt schlagen Sie mir ernsthaft vor, genau das zu tun? Eine kleine Auslandsrecherche zur Unterstützung der Hamburger Polizeiarbeit? Glauben Sie, dass mich irgendjemand für die Zeit bezahlt, die mich das Ganze jetzt schon kostet? Die obdachlose Mutter von Angelika Gelterkind vielleicht?»

Die Kommissarin antwortete erneut mit einer merkwürdigen Geste. Sie fuhr mit ihrer Hand durch die Luft, als wolle sie Kristina mit einem harten Schnitt daran hindern, weitere Einwände vorzubringen. «Wissen Sie: Ich mache den Job schon eine ganze Weile. Ich hab hier häufig mit Leuten gesessen, die es nicht so genau wissen wollten. Und ich hab mir ziemlich oft eine blutige Nase geholt, weil ich gegen Vorschriften angerannt bin, die mich daran gehindert haben, einer Sache auf den Grund zu gehen. Zum Beispiel in eins der Herkunftsländer zu reisen, aus denen diese Mädchen kommen ... Wissen Sie, was da alles passieren muss?»

«Theoretisch schon ...»

«Erst mal muss festgestellt werden, ob ein Rechtshilfeabkommen mit diesem Land besteht. Wenn ja, gibt es dort einen Kontaktbeamten, über den die gesamten Ermittlungen laufen müssen. Dann legen Sie mal dar, warum Sie trotzdem selbst vor Ort sein wollen, obwohl Sie noch nicht einmal die Sprache beherrschen. Als Nächstes müssen Sie eine Dienstreisegenehmigung beantragen. Spätestens jetzt haben Sie aber schon wieder zehn neue Akten auf dem Tisch, jede einzelne genauso wichtig. Was tun Sie also? Sie geben auf und kümmern sich um was anderes. Wissen Sie, wie oft ich schon nah dran war, die Brocken hinzuschmeißen und mir einen Job zu suchen, wo mich das alles nichts mehr angeht? Privater Sicherheitsdienst zum Beispiel, wo ich glatt das Doppelte verdienen würde?»

«Frau Brandes, das ist alles nicht schön, aber es ist auch nicht mein Problem», erklärte Kristina entschlossen. «Ich bin Rechtsanwältin und nicht Privatdetektivin. Ich vertrete hier die Interessen einer Verstorbenen, aber ich ermittle nicht in einem Mordfall.»

«Doch, genau das tun Sie», entgegnete die Kommissarin kühl. «Sie ermitteln wegen des Verdachtes auf ein Tötungsdelikt. Und Sie sind genauso wie ich ziemlich sicher, dass es einen Zusammenhang gibt, der in Richtung Ukraine weist. Es wäre eine verdammt gute Idee, mal vor Ort nachzufragen, zum Beispiel in dieser Beratungsstelle in Odessa: Was sind das für Mädchen? Wie kommen sie nach Deutschland und wie wieder zurück? Wer steckt dahinter? Wo hätte man eine Chance, Alina zu finden? Ist es möglich, dass sie tatsächlich in diesem unaussprechlichen Kaff an der moldawischen Grenze gelandet ist? Und wenn Sie dann auch noch unseren Zeugen treffen und mit nach Hause bringen könnten: ein Traum! Sie kostet das nicht mehr als ein paar hundert Euro und zwei, drei Arbeitstage. Mich hingegen würde diese Aktion den Job kosten.» Die Kommissarin nahm ihre Lederjacke vom Stuhl und schnappte sich ihren Helm. «Denken Sie mal darüber nach. Ich muss mich jetzt dringend um mein Motorrad kümmern.»

19

Kristina schlug die Augen auf und sah auf die Uhr. Halb acht. Die Herbstsonne schien in ihr Schlafzimmer. Sie drehte sich genüsslich noch mal um. Fünf Minuten hatte sie noch.

Dann erst fiel es ihr auf: Sie hatte gut geschlafen. Sie war, ohne Wecker, pünktlich, aber nicht zu früh aufgewacht. Sie lag nicht seit fünf Uhr wach und grübelte.

Irgendwas hat diese Kommissarin mit mir angestellt, dachte sie, während sie wenig später in der Küche den Wasserkocher in Gang setzte. Vielleicht waren sieben Tage auch einfach genug. Sieben Tage, an denen sie versucht hatte, es allen irgendwie recht zu machen. Und dabei trotzdem mit allen aneinandergeraten war.

Sie hatte sich nur eine Jogginghose übergezogen und trug noch das T-Shirt, in dem sie geschlafen hatte. Jetzt freute sie sich auf einen ersten Becher Kaffee. Die nächste halbe Stunde würde ihr ganz allein gehören. Sie machte sich ein Käsebrot und ließ sich auf dem durchgesessenen Korbstuhl nieder, den ihr Michel öfter mal streitig gemacht hatte. Von hier aus konnte sie in den Himmel gucken. Dort, ganz weit oben, sah sie eine Schar Wildgänse ziehen.

Sie sah auf die Uhr. Sie konnte es schaffen, noch vor Ceyda im Büro zu sein und ihre Angestellte mit einem frischgebrühten Kaffee zu empfangen. Außerdem reichte die Zeit noch, um ein bisschen in der Zeitung zu blättern.

Um kurz vor neun trafen die Anwältin und ihre Angestellte direkt vor der Tür der Kanzlei aufeinander.

«Hey, Ceyda!» Kristina hatte sich vorgenommen, besonders freundlich zu sein. «Wie war dein Wochenende?»

«Danke, alles gut. Wetter war ja gestern bestens.»

Komisch, dachte Kristina. Sie weicht aus, sie meidet den Blickkontakt. Das war doch sonst nicht Ceydas Art.

«Ich hab mir gedacht, wenn sich die Lage hier ein bisschen beruhigt hat … Wir könnten mal wieder abends ins Da Capo was essen gehen?», schlug sie vorsichtig vor. «Vielleicht gibt's ein bisschen was zu bereden?»

Ceyda hatte inzwischen die Tür aufgeschlossen, ihre Tasche abgestellt und ihren Mantel aufgehängt. Jetzt wandte sie sich von der Garderobe um und sah Kristina an. Sie wirkte angespannt.

«Hör mal, wegen Michel … wenn du das meinst …»

«Was gibt's da zu besprechen?», fragte Kristina ein wenig zu schroff. «Haben wir keine anderen Themen?»

«Ist ja gut. Ich dachte, es ist sicher nicht so ganz einfach für dich.» Ceyda wirkte verlegen.

«Meine Beziehung zu Michel ist allein meine Sache», erklärte Kristina, deutlich um einen freundlicheren Ton bemüht. «Und momentan ist das Thema auch bei mir nicht ganz oben auf der Tagesordnung. Okay?»

«Okay», murmelte Ceyda unbehaglich.

Das fängt ja schon wieder gut an, dachte Kristina. Sie zog sich erst mal in ihr Büro zurück.

Gegen Mittag beschloss sie, etwas essen zu gehen. Im Da Capo, nur ein paar Schritte von ihrem Büro entfernt, gab es einen günstigen Mittagstisch, den sie schon ewig nicht mehr genutzt hatte. Sie würde sich etwas zu lesen mitnehmen. Es wurde Zeit, sich wieder ein wenig Normalität zu erlauben. Eine gemeinsame Mittagspause mit Ceyda stand heute jedenfalls ganz eindeutig nicht auf dem Programm.

Direkt vor der Tür stieß sie beinahe mit einer Frau zusammen.

«Guten Tag, Frau Wolland!»

Einen Moment lang starrte sie irritiert in ein Gesicht, das ihr sehr bekannt vorkam. Dann fiel der Groschen.

«Dr. Dobrotilowa! So ein Zufall …»

«Kein Zufall», sagte die Ärztin. «Ich wollte zu Ihnen. Ich habe Nachtdienst gehabt, und da habe ich gedacht, ich kann gleich anschließend in Ihrem Büro vorsprechen.» Sie war wie immer sehr blass. In ihrer roten Windjacke und im hellen Licht der Sonne wirkte sie noch zerbrechlicher, als sie Kristina in der Klinik vorgekommen war.

«Ich wollte gerade etwas essen gehen … Möchten Sie vielleicht einfach mitkommen?», fragte Kristina. Sie freute sich, die Psychiaterin wiederzusehen.

«Sehr, sehr gerne», erklärte die Ärztin. «Ich sterbe vor Hunger.»

Das Da Capo war ein freundliches Ecklokal mit hellen Räumen und großen Fenstern. Das Essen war gut, der Service aufmerksam. Trotzdem war das Lokal fast immer halb leer. Nach einem kurzen Blick auf die Karte bestellten sie beide dasselbe: einen kleinen Salat, Ravioli mit Steinpilzen und ein Mineralwasser.

Die Ärztin holte im selben Moment Luft wie Kristina: «Ich muss mich bei Ihnen entschuldigen …», sagten sie beide im Chor, und dann mussten sie lachen.

Sie ist nett, dachte Kristina, wir könnten Freundinnen sein. «Ich heiße übrigens Kristina. Wenn es Ihnen recht ist …» Sie sprach es aus, ohne groß darüber nachgedacht zu haben.

Die Ärztin lächelte sie erfreut an. «Sehr gerne. Ich bin Mascha …»

«Danke, dass du gekommen bist», erklärte Kristina. «Ich hab mich so blöd gefühlt, als ich letzte Woche von dir weggefahren bin. Mein Leben lang hab ich was gegen Vorurteile … und kaum lerne ich zum ersten Mal eine Russin kennen, trete ich gleich in sämtliche Fettnäpfe, die irgendwo rumstehen.»

«Ach.» Mascha wischte Kristinas Entschuldigungsrede mit einer Handbewegung weg. «Ich bin einfach zu empfindlich geworden.

Sobald Sie weg waren – entschuldige, du weg warst –, habe ich gedacht, wahrscheinlich hast du recht. Wahrscheinlich hat diese Patientin Angst bekommen, weil plötzlich überall Menschen aus Russland auftauchten, Menschen mit diesem harten Akzent, der uns eigen ist.»

Der Kellner des Da Capo stellte ihnen schwungvoll einen Korb mit italienischem Brot und ein paar kleine Schalen mit Oliven und Kräutercremes auf den Tisch. «Buon appetito, die Damen! Frau Anwältin, sehr schön, Sie wieder mal hier zu Gast zu haben.»

«Finde ich auch», gab Kristina freundlich zurück und wandte sich wieder Mascha zu. «Dabei hast gerade du mir geholfen, ein bisschen besser zu verstehen, was in einem Menschen wie Angie, also Frau Gelterkind, vorgeht.»

«Es hat mich in der letzten Woche sehr beschäftigt», gestand Mascha. «Ich fühle mich verantwortlich. Ich war die diensthabende Ärztin in dieser Nacht. Und nachdem sich unter den Patienten herumgesprochen hat, was passiert ist ... Einige sind zu mir gekommen und haben mir erzählt, dass sie dort draußen vor der Tür noch mit ihr gesprochen haben.»

«Und?», fragte Kristina gespannt.

«Sie haben diskutiert, über Politik, über Atomkraft und Russland und solche Sachen. Und dann muss sie etwas gesagt haben wie: ‹Ihr ahnt gar nicht, wo die Russen überall ihre Finger drin haben. Auch hier in Deutschland, in den Behörden und vielleicht sogar in dieser Klinik.› Sie hat angedeutet, dass sie sehr viel mehr weiß, aber nicht darüber sprechen kann.»

Die Salate wurden gebracht – liebevoll zusammengestellte kleine Kompositionen aus Blattsalaten und sehr fein geschnittenen Gemüsen. Kristina fragte sich, warum sie nicht öfter hierherkam, während sie zu essen begann. Auch Mascha verzehrte zunächst ihren Salat mit großem Genuss, bevor sie weiterredete.

«Und weißt du was? Du hast ganz recht gehabt mit deiner Vermutung. Einer von den Leuten da draußen hat gesagt: ‹Stimmt, hier macht jetzt ja auch schon eine russische Ärztin Dienst.› Das sollte natürlich ein Scherz sein. Aber die Patientin – die von dir Betreute – hat das Gespräch sofort abgebrochen und die Gruppe dort draußen verlassen. Einer von ihnen hat beobachtet, wie sie wenig später mit dir zusammen aus der Klinik weggefahren ist.»

Kristina nickte. Selbst wenn ich Angie nach ihren Gründen gefragt hätte, dachte sie, ich hätte sie vermutlich für verrückt gehalten. «Was glaubst du?», fragte sie Mascha. «Kannst du dir vorstellen, was dahintersteckte? Wie sie dazu kam, überall Zeichen dafür zu sehen, dass Russen die Macht in Deutschland übernehmen?»

«Ich habe viele Patienten kennengelernt, die für Jahre oder Jahrzehnte mit ihren eigenen Gedankengebäuden gelebt haben», antwortete die Ärztin nachdenklich. «Das bedeutet nicht, dass sie akut geisteskrank waren. Sie haben für sich nur eine besondere Weltanschauung erschaffen, vielleicht auch eine, die es ihnen erlaubt hat, ihr eigenes Leben mit all seinen Einschränkungen besser zu akzeptieren.»

«Aber es gibt in diesem Fall einen Bezug zur Wirklichkeit», wandte Kristina ein. «Dieses Mädchen aus der Ukraine hat bei ihr gewohnt. Und sie hatte wahrscheinlich Probleme … Kriminalität, Drogen, Prostitution, wir wissen es nicht. Wir wissen auch nicht, ob sie Ärger mit Leuten aus so einem Milieu hatte, ob sie selbst eine Strafverfolgung fürchtete – oder beides.»

«Geht man denn inzwischen davon aus, dass ein Verbrechen geschehen ist?», fragte die Ärztin erschrocken.

Kristina nickte. «Angie hat das Mittel, an dem sie gestorben ist, ganz sicher nicht selbst eingenommen: Fentanyl. Weißt du etwas über dieses Medikament?»

Mascha zuckte sichtbar zusammen und wurde noch etwas blasser. «Selbstverständlich, ich bin Nervenärztin. Warum?»

«Man hat Spuren davon in ihrem Blut gefunden.»

Der Kellner brachte zwei Teller mit Ravioli. Die Ärztin sah aus, als habe es ihr den Appetit verschlagen.

Kristina nahm ihre Gabel und zerteilte vorsichtig die erste Teigtasche. «Lass uns erst mal essen», sagte sie aufmunternd. «Wir reden danach weiter, okay?»

Für einen Moment widmeten sie sich beide schweigend ihrer Pasta. Dann schob die Ärztin entschieden ihren halbvollen Teller von sich weg.

«Du erinnerst dich wahrscheinlich daran», begann sie zu erzählen. «Im Jahre 2002 wurde in Moskau ein Musicaltheater von tschetschenischen Rebellen besetzt. Hunderte von Zuschauern wurden als Geiseln genommen.» Als Kristina nickte, fuhr sie fort: «Am dritten Tag haben Spezialtruppen des russischen Geheimdienstes das Theater gestürmt. Es war eine unglaublich brutale Aktion, ohne Vorwarnung. Wir waren alle entsetzt darüber. Sie haben vorher Gas in den Zuschauerraum geleitet und damit alle Menschen, die dadrinnen waren, betäubt. Die Geiselnehmer in dem Theater wurden alle erschossen, fünfzig junge Männer und Frauen, die in diesem Moment ganz wehrlos waren. Es gab aber leider noch viel mehr Tote, insgesamt weit über hundert. Viele Geiseln sind in Krankenhäusern an Gasvergiftungen gestorben. Die Geheimdienstleute hatten ein Kampfgas eingesetzt, um sie zu betäuben.»

Kristina spürte, wie ihr Magen sich zusammenzog. Aber sie war fest entschlossen, ihre Ravioli nicht stehenzulassen. Es schmeckte trotz allem köstlich. «Und was hat das mit unserem Fall zu tun?», wollte sie nun wissen.

«Die russische Regierung hat sich anfangs geweigert, Auskunft zu geben, welches Gift dort eingesetzt worden war. Aber später haben sie es doch mitgeteilt: Es war Fentanyl. Vielleicht waren zusätzlich noch andere Kampfstoffe im Spiel.»

Kristina dachte an ihr Gespräch mit Inka Brandes: Schon wieder so ein Zufall. Angie glaubte an irgendeine Art von russischer Weltverschwörung. Und starb an einem Mittel, das vom russischen Geheimdienst benutzt wurde. Sie sah Mascha besorgt an. «Du solltest deine Pasta essen», sagte sie zu der Ärztin.

Wie ein braves Kind zog Mascha ihren Teller wieder zu sich heran und griff nach ihrem Besteck. Erst nachdem sie die letzten Ravioli vertilgt hatte, begann sie wieder zu sprechen. «Fentanyl bereitet in Osteuropa leider noch aus einem anderen Grund große Sorgen. Es ist ein synthetisches Opiat. Es wirkt ähnlich wie Heroin, ist aber bis zu fünftausendmal stärker. In den letzten Jahren wurden an den ukrainischen Grenzen große Mengen von dem Zeug beschlagnahmt, und zwar bei dem Versuch, die Droge nach Russland oder Westeuropa zu exportieren. Sie wird offenbar in ukrainischen Laboratorien in großen Mengen illegal hergestellt.»

Drogen, dachte Kristina, Sexgewerbe, Geheimdienst, Menschenhandel. Warum dreht sich bei diesem Fall alles immer wieder um dieselben Themen? Und warum kommen wir trotzdem keinen Schritt weiter? Was tat eigentlich die Mordkommission? «Sag mal, hat sich die Polizei bei dir gemeldet?», fragte sie Mascha. «Und hast du denen das auch alles erzählt?»

«Ja. Ende letzter Woche war ein Beamter bei mir in der Klinik. Aber wir haben nicht über Fentanyl gesprochen. Ich wusste ja nicht, dass es irgendeine Rolle spielt.»

Nachdenklich wischte Kristina ein paar Krümel vom Tisch. «Das Komische ist: Man weiß nicht, wie das Zeug in Angies Körper geraten ist. Man hat weder Spuren einer Injektion gefunden noch Überreste eines Pflasters. Und es ist ja wohl nicht so einfach, jemanden zu zwingen, irgendwelche Tropfen zu schlucken. Schon gar nicht jemanden, der so misstrauisch ist wie Angie.»

Mascha sah sie verwundert an. «Haben sie es dir nicht gesagt? Es gibt eine ziemlich neue Darreichungsform von Fentanyl – als Nasenspray. Das ist erst seit kurzer Zeit auf dem Markt …»

«Wofür ist das denn gut?», erkundigte sich Kristina.

«Es ist für Schmerzpatienten gedacht, die schon andere hochdosierte Medikamente bekommen, zum Beispiel bei Krebs. Wenn plötzlich zusätzliche Schmerzen auftreten, wirkt so ein Sprühstoß sehr schnell – innerhalb weniger Minuten. Die Patienten können sich das selbst verabreichen, oder Angehörige können das tun. Ist eine sehr gute Methode …»

«Das heißt, es ist etwas für Leute, die schon an Opiate gewöhnt sind?», fragte Kristina. «Wenn du oder ich ein solches Spray benutzen würden, wäre die Wirkung sehr heftig?»

«Das nehme ich an», antwortete Mascha. «Aber, ich bitte zu entschuldigen, Betäubungsmittel sind nicht mein Spezialgebiet.»

Ihre Teller wurden abgeräumt. Kristina bestellte zwei Espressi. Ohne zu fragen, ging sie davon aus, dass Mascha auch einen nehmen würde. «Ich versteh einfach nicht, in was Angie da hineingeraten ist», sagte sie nachdenklich. «Und ob es für mich irgendeinen Sinn hat, nach Odessa zu fahren, weiß ich auch nicht.»

Mascha lächelte verwundert. «Odessa soll sehr schön sein. Ein bisschen wie Paris, hat man bei uns immer gesagt. In der Sowjetzeit … Meine Eltern hätten viel für eine Reise nach Odessa gegeben. Aber das kam damals nur für verdiente Parteigenossen in Frage.»

«Wenn ich dorthin fliege, dann nicht zum Vergnügen. Eine Frau von der Kriminalpolizei hat mir das ernsthaft vorgeschlagen – kannst du dir das vorstellen? Weil es für sie selbst viel zu kompliziert wäre. Sie stellt sich anscheinend vor, dass es ganz einfach ist, vor Ort zu ermitteln, wenn man sich nicht an all die bürokratischen Spielregeln halten muss.»

«Kristina Wolland – allein gegen die Mafia?», fragte Mascha. Sie mussten beide lachen.

«Du hast recht», erklärte Kristina. «Es ist Quatsch, auch nur darüber nachzudenken. Erzähl mir lieber noch was von dir. Wie lange lebst du eigentlich schon in Hamburg?»

«Seit einem knappen Jahr», antwortete Mascha. «Mit meinem Mann und meiner kleinen Tochter.»

«Wie schön», sagte Kristina. «Eine Tochter. Ich hätte auch gern eine gehabt … Hat immer irgendwie nicht gepasst. War es schwierig für dich, eine Arbeitserlaubnis zu bekommen?»

«Nein, nicht schwierig … Du weißt, ich stamme aus Russland, ebenso wie meine Eltern. Aber nach 1989 konnten wir die Staatsangehörigkeit wählen, und ich bin Litauerin geworden. So, als EU-Bürgerin, darf ich hier arbeiten. Und ich bin Ärztin, man kann mich hier brauchen. Für meinen Mann – er ist Physiker, er ist Russe … Für ihn ist es schwer. Aber er kümmert sich um unsere Tochter; sie ist gerade in die Schule gekommen. Und er kann sie zum Reitunterricht begleiten. Sie liebt Pferde sehr.»

«Und wo wohnt ihr?»

«In Bergedorf.»

«Das ist aber ganz schön weit weg von Langenhorn!»

«Mit der S-Bahn ist es kein Problem. Und dort wir haben sofort diese Wohnung bekommen. Viele Menschen sprechen Russisch, und es gibt russische Geschäfte. Es ist leichter für meine Familie, sie können tagsüber mal mit anderen Leuten sprechen.»

«Können sie denn noch kein Deutsch?»

«Doch, doch, sie haben es schon ganz gut gelernt. Aber weißt du, bei uns in Vilnius … wir waren gewohnt, viele Leute auf der Straße zu treffen. Wir haben nicht viele Termine gemacht, es hat sich alles einfach so ergeben.» Maschas Gesichtszüge waren weich geworden. «Kristina, ich würde dich sehr gerne einmal in unserer Wohnung in Bergedorf empfangen. Wir haben nicht viel Besuch hier in Deutschland.»

«Total gerne!», rief Kristina aus. «Ich melde mich, sobald ich wieder ein bisschen Ruhe habe.»

20

Sie hatte sich die Telefonnummer schon morgens auf ihrer Schreibunterlage notiert. Ab sechzehn Uhr konnte sie endlich anrufen. Ihr Herz klopfte, als sie die Ziffern eintippte und dann wartete.

«Carina e. V., meine Name ist Schneider, guten Tag!», meldete sich eine kultivierte ältere Dame, deren Stimme sofort Vertrauen schuf.

«Guten Tag, Kristina Wolland, Rechtsanwältin. Ich habe Ihre Nummer von Herrn Niemann bekommen …»

«Ah ja», sagte die Dame sehr herzlich. «Und was können wir für Sie tun?»

«Vielleicht können Sie mir mit einem Kontakt weiterhelfen … Es geht um ein Zufluchtshaus für junge Frauen in der Ukraine, in der Nähe von Odessa. Ihr Verein scheint dorthin Verbindungen zu haben.»

«Möchten Sie etwas spenden?», fragte die Frau freundlich. «Unsere nächste Aktion –»

«Nein, ich bin auf der Suche nach einem Mädchen und ihrem Verlobten», fiel Kristina ihr ins Wort. «Um es kurz zu machen: Es könnte sein, dass die junge Frau sich dort aufhält. Jedenfalls ist ihr Verlobter auf dem Weg dorthin oder schon angekommen, und ich würde ihn gern erreichen. Sie weiß möglicherweise ein paar Dinge, die für uns sehr wichtig sein könnten – es geht um die Aufklärung eines Todesfalles.»

«Ach du je», sagte die Dame. «Ich glaube nicht, dass ich da etwas für Sie tun kann. Wissen Sie, wir nehmen hier in erster Linie Spenden entgegen; manchmal fährt auch einer unserer Herren in die Ukraine, um vor Ort nach dem Rechten zu sehen.»

«Nach Bilhorod-Dnistrowskyj?», fragte Kristina interessiert.

«Mag sein.» In der Stimme der Telefonistin schwang jetzt Abwehr mit. «Wissen Sie, diese komplizierten Ortsnamen … Ich kann mir die einfach nicht merken. Und wir sollen die auch nicht nennen. Man weiß ja nie, wer hier anruft. Da müssten Sie sich schon an unsere Herren persönlich wenden …»

«Aber gerade Ihr Vorsitzender hat mir doch geraten, mich an Sie zu wenden!»

«Hat er das?», fragte die Frau bekümmert. Dann brach es aus ihr heraus: «Wissen Sie, mir sagt hier ja keiner mehr was! Ich soll am Telefon Auskunft geben, aber die wichtigen Dinge machen die Herrschaften gern ganz unter sich aus.»

«Was sind das denn für Leute, die sich in Ihrem Verein engagieren?», erkundigte sich Kristina beiläufig. Die Dame schien froh, eine Zuhörerin gefunden zu haben.

«Oh, das sind eigentlich sehr nette, honorige Herren. Geschäftsleute, Beamte, sogar Ärzte …»

«Sagt Ihnen zufällig der Name Althaus was – Michael Althaus? Ist der bei Ihnen auch Mitglied?» Kristina schämte sich sofort für diese Frage, sie kam sich vor wie ein Spitzel.

«Also, Namen kann ich Ihnen auf keinen Fall nennen», antwortete Frau Schneider sehr förmlich. Dann senkte sie ihre Stimme und raunte ins Telefon: «Aber Sie wirken ja sehr vertrauenswürdig. Und deshalb verrate ich Ihnen so viel: Von diesem Herrn habe ich noch nie etwas gehört. Und eigentlich kenn ich hier alle …» Unvermittelt brach sie ab. Im Hintergrund schien jemand den Raum betreten zu haben. In sehr verändertem Tonfall, nämlich kühl und abweisend, fuhr sie fort: «Also, wie gesagt: Wenn Sie irgendwelche Auskünfte brauchen, wenden Sie sich an unseren Ersten Vorsitzenden, den Sie ja bereits kennenlernen durften. Er ist aber sehr beschäftigt. Wenn Sie ihn nicht erreichen, geben Sie mir Ihre Fragen sonst gern schriftlich. Schönen Tag noch.» Ohne Kristina noch mal zu Wort kommen zu lassen, legte sie auf.

Am Abend meldete sich Alexander endlich wieder. Zuvor hatte sich Kristina eines geschworen: Wenn sie ihn noch ein weiteres Mal ans Telefon bekäme, würde sie ihn zwingen, endlich alles zu erzählen – alles, was er über Alina und ihr Leben in Hamburg wusste.

«Sag mir als Erstes deine ukrainische Nummer, dann kann ich dich zurückrufen!», bat sie ihn, kaum dass sie abgenommen hatte.

«Bringt nichts, wenn Karte …» Er klang wie immer gehetzt.

«Alexander. Deine Nummer!»

«Haben Sie von Alina gehört?»

Wenn ich ihm diese Frage beantworte, dachte Kristina, ist das Gespräch schnell zu Ende.

«Schick mir eine SMS mit deiner Nummer, dann können wir reden!» Grußlos und mit klopfendem Herzen legte sie auf.

Es dauerte keine Minute, bis ihr Handy mit einem sanften Brummen anzeigte, dass eine neue Nachricht eingetroffen war. Sie musste sich die lange Nummer erst auf einem Zettel notieren und vertippte sich danach dreimal, bis sie endlich eine Verbindung bekam. Ihre Hände waren schweißnass.

«Was ist mit Alina?», fragte er wie aus der Pistole geschossen.

«Die Polizei glaubt nicht, dass sie in der Ukraine ist. Sie vermuten, dass irgendjemand dieses Gerücht absichtlich gestreut hat … Wo bist du überhaupt?»

«Ich kann nicht lang reden. Ist sehr teuer, kostet auch für mich, wenn Sie anrufen. Ich suche jetzt Heimatdorf von Alina. Vielleicht ist sie dort. Vielleicht ich finde Verwandte von ihr.»

Er klang ziemlich verzweifelt. Dann brach die Verbindung ab. Sie versuchte sofort, ihn noch mal anzurufen, aber jetzt antwortete nur noch eine Frauenstimme in einer fremden Sprache von einem Tonband. Wahrscheinlich ist seine Karte leer, dachte Kristina. Demnächst wird er überhaupt kein Geld mehr haben, auch nicht, um nach Hamburg zurückzukommen.

Unschlüssig starrte sie auf ihr Handy. Und was war, wenn

Inka Brandes sich irrte? Wenn Alexander Alina tatsächlich in der Ukraine fand? Würden die beiden überhaupt wieder nach Deutschland kommen? Würde Kristina das Mädchen jemals fragen können, was Angie an jenem Abend dazu veranlasst hatte, ihre Wohnung in Altona zu verlassen und Zuflucht in der Psychiatrie zu suchen? Der Kontakt zu Alexander war das einzige lose Ende, das noch aus diesem wirren Knäuel von Zusammenhängen heraushing, die sich inzwischen um Angies Tod spannten. Wenn sie diesen Faden losließ, würde sie nichts mehr tun können, um der Wahrheit näherzukommen.

Kristina setzte sich an ihren Computer und rief die Website einer Fluggesellschaft auf, die preiswerte Flüge nach Odessa anbot. Welche Verbindung in Frage kam, hatte sie sich schon gestern Abend, nach dem Gespräch mit Inka Brandes, herausgesucht. Dann klickte sie erst einmal weiter zur Wetterkarte: An der Schwarzmeerküste würde in den nächsten Tagen die Sonne scheinen. Eigentlich völlig nebensächlich, dachte Kristina, aber irgendwie machte ihr das die Entscheidung leichter. Seitdem sie Maschas Augen bei der Erwähnung dieser Stadt hatte aufleuchten sehen, kam ihr der Gedanke, dorthin zu fliegen, gar nicht mehr so abwegig vor. Sie warf einen letzten Blick auf die Flugzeiten, dann schickte sie Alexander eine SMS:

KANN MITTWOCH 22.00 UHR IN ODESSA SEIN.
WO TREFFEN WIR UNS?

Keine Reaktion. Vielleicht hatte sie schon zu lange gezögert. Vielleicht konnte er nicht einmal mehr eine SMS versenden.

Sie lag schon im Bett, als die Antwort kam, von irgendeiner unbekannten Nummer in der Ukraine. Wahrscheinlich hatte er sich ein Handy von jemandem ausgeliehen.

SEHR GUT. DONNERSTAG 9.00 UHR POTEMKIN-TREPPE.

Kristina stand noch einmal auf und buchte den Flug sowie drei Übernachtungen in einem Hotel im Zentrum. Ziemlich teuer, fand sie. Außer Inka Brandes gab es wahrscheinlich niemanden in der ganzen Stadt, der sie wegen dieser Aktion nicht für verrückt erklären würde.

21

Am frühen Nachmittag war in der Kanzlei alles, was wirklich dringlich war, erledigt. Dazu hatte auch ein Gespräch mit Ceyda gehört, das anders verlief, als Kristina erwartet hatte.

«Ich möchte mal zwei, drei Dinge mit dir besprechen», hatte die Anwältin angekündigt, kaum dass sie beide ihre üblichen morgendlichen Arbeiten erledigt hatten: Post durchsehen, Kaffee kochen, Computer hochfahren, Mails checken.

«Ja, bitte?» Die Anwaltsgehilfin reagierte etwas ungewohnt förmlich.

«So wie es aussieht, werde ich mich diese Woche fast nur mit dem Todesfall, also mit Angie, befassen. Morgen ist die Trauerfeier, und anschließend bin ich für den Rest der Woche weg, in Odessa.»

«Okay.» Ceyda schien fast ein wenig erleichtert über diese Mitteilung. «Ich komm hier schon klar, wenn wir die dringlichen Sachen vorher durchsprechen können.»

Kristina hatte innerlich eine kleine Ansprache an ihre Angestellte vorbereitet. Sie wollte ihr sagen, dass sie nicht zwanzig Jahre als Selbständige gearbeitet hatte, um sich jetzt, wo etwas passiert war, was sie persönlich ganz unmittelbar betraf und bewegte, in ihre Kanzlei einmauern zu lassen. Dass sie selbstverständlich die notwendigen Terminverschiebungen und Fristverlängerungen erledigen würde, aber dass sich die Mandanten leider entscheiden müssten, ob sie nun eine gewisse Wartezeit akzeptierten oder lieber einen anderen Kollegen in Anspruch nahmen. Diese Kanzlei sei durchaus in der Lage, auf das eine oder andere Mandat zu verzichten.

Aber all das blieb ungesagt. Ceyda schien es ganz recht zu sein, wenn sie nicht allzu viel Zeit mit ihrer Chefin verbringen musste. Vielleicht, dachte Kristina, hat sie wirklich schon einen anderen Job und wartet taktvoll nur noch ein paar Tage ab, bevor sie es mir sagt.

Die Oktobersonne tauchte die Stadt in ein warmes, zärtliches Licht, als sie in ihren Fiat stieg und sich auf die Fahrt in Richtung Bergedorf machte.

An der Ausfahrt Billstedt verließ sie die Schnellstraße. Schon wenige Augenblicke später tauchte sie in eine ganz andere Welt ein. Kleine Gründerzeitvillen und Reetdachkaten säumten die schmale Deichstraße; hier und dort wies ein Schild auf eine Tischlerei, ein Graphik-Design-Büro oder ein Café hin. Alles wirkte friedlich und wohlgeordnet. Im Zentrum des alten Dorfes Billwerder war ein Parkplatz ausgeschildert. Sie fuhr an der Kirche und dem Eingang zu einem alten Friedhof vorbei. Ein paar Villen und prachtvolle Bauernhäuser zeugten von vergangenem Wohlstand. Die große Parkfläche auf der anderen Straßenseite war völlig verwaist. Als sie ihren Wagen dort abstellte, bemerkte sie, dass von hier ein kurzer Wanderweg zum Ufer des Boberger Sees führte.

Bald kam sie an eine hölzerne Brücke, die über einen Wasserlauf führte; lilafarbene Blumen blühten an seinem Ufer. Sie marschierte weiter, und als sie dann an einer Pferdekoppel entlangging, sah sie auch schon den See vor sich. Von hohen Bäumen eingefasst, wirkte das Wasser dunkel und verwunschen. Etwas weiter dahinter lag das Gelände eines Segelflugclubs. Ein, zwei Männer hantierten dort an Flugzeugen herum. In der Ferne rauschte die Autobahn.

Nach einer kurzen Wegstrecke am Seeufer gelangte sie zu der Badestelle. Eine große Wiese unter Eichen und Birken, ein kleines, bunt angemaltes Toilettenhaus und zwei metallene Abfallkörbe: Es war trotz aller Spuren, die seine Benutzer hier hinterließen, ein idyllischer Platz. Eine der beiden kleinen Sandbuchten war noch mit dem rot-weißen Absperrband der Polizei markiert.

Hier war es also passiert. Kristina setzte sich auf eine Bank. Und dann ließ sie ihren Tränen zum ersten Mal freien Lauf. So viele Jahre hatte Angie ganz selbstverständlich zu ihrem Leben gehört. Aber nie hatte sie sich bewusstgemacht, wie wichtig diese seltsame, düstere Freundin auch für sie gewesen war. Jetzt konnte sie es ihr nicht mehr sagen. Und plötzlich tat das unglaublich weh.

Sie griff in ihre Tasche. Irgendwo fand sich ein zerknittertes Tempo, mit dem sie ihr Gesicht trocknen konnte. Dann begann sie sich umzusehen.

Ein Asphaltweg führte direkt an dem Badeplatz vorbei. Er war offiziell nur für Fahrräder bestimmt, aber auch für ein Auto auf jeden Fall breit genug. Man konnte mit dem Fahrzeug direkt an die Sandbucht heranfahren, ohne Spuren zu hinterlassen. Falls dort irgendetwas zu finden gewesen war, hatte der Regen es längst weggespült. Dieser Platz war ideal, um im Schutz der Dunkelheit eine bewusstlose Person oder eine Tote loszuwerden, ohne auch nur einen einzigen Ast zu zerknicken. Wer immer das getan hatte, er kannte sich hier vermutlich ganz gut aus. Weil er irgendwo in der Nähe wohnte und im Sommer öfter zum Baden hier gewesen war? Zum Beispiel könnte er in Neu-Allermöhe leben? Sie nahm sich vor herauszufinden, wo der Fahrradweg in eine öffentliche Straße mündete.

Jedenfalls hätte dieser Ort auch Angie gefallen, dachte sie. Merkwürdigerweise lag etwas Tröstliches in diesem Gedanken. Sie stand auf und machte sich auf den Rückweg. Vermutlich würde sie nie wieder in ihrem Leben an diesen Platz zurückkehren.

22

Die meisten Stühle in der Kapelle waren leer. Vorne stand ein schlichter Kiefernsarg, der großzügig mit Herbstblumen dekoriert war. Durch ein hohes Seitenfenster fiel freundliches Sonnenlicht in den blau-weiß gestrichenen Raum.

Erika Gelterkind saß in der ersten Reihe, wie immer sehr aufrecht. Sie wurde flankiert von zwei Frauen, die wahrscheinlich Sozialarbeiterinnen aus dem Tagestreff waren. Kristina war froh, dass sie gar nicht erst darüber nachdenken musste, ob sie neben Angies Mutter Platz nehmen sollte. Die erste Reihe rechts vom Mittelgang war durch vier Frauen belegt, die aussahen, als lebten sie auf der Straße. Eine Ausdünstung von Alkohol und Armut lag über der Gruppe.

Weitere Besucher gab es nicht – bis auf den Mann, der ganz allein in der dritten Reihe saß. Kristina blieb fast das Herz stehen. Es war Michel.

«Hey», sagte sie und rutschte auf den Platz neben ihm, bevor sie auch nur darüber nachdenken konnte.

«Hey, Krizzy.» Er lächelte sie herzlich an.

«Du hier?», fragte sie.

«Meinst du, ich lass dich damit allein?»

«Woher wusstest du …?»

«Man informiert sich», raunte er. Dann legte er einen Finger auf die Lippen. Die Musik setzte bereits ein: *A Whiter Shade of Pale*, die

Originalversion von *Procol Harum*. Angie muss noch ein Kleinkind gewesen sein, als das Stück herausgekommen ist, dachte Kristina, so wie ich. Aber ihrer Mutter bedeutete es bestimmt viel.

Noch einmal öffnete sich, deutlich hörbar, hinter ihnen die Tür der Kapelle. Kristina wandte sich um und erkannte Olschewski, der ihr kurz zunickte und sich dann in die letzte Reihe setzte. Dann trat die Trauerrednerin nach vorne und begann, ruhig und eindringlich zu sprechen.

Kurz skizzierte sie Angies Lebensgeschichte: die schwierigen Bedingungen, unter denen sie aufgewachsen war, die unbändige Lust des Kindes am Lernen, die eifrige Schülerin und die ersten Erfolge im Studium. Und wie dann, nach alldem, die Entscheidung reifte, «in dieser Gesellschaft doch nicht mitzutun». Die Rednerin sprach über Angies großes Herz, ihre Hilfsbereitschaft gegenüber allen, die noch ärmer dran waren als sie selbst. Und sie kam schließlich auch auf die Frage zu sprechen, mit der Angie ihre Angehörigen und Freunde nun alleine zurückließ: das große Rätsel, warum sie jetzt, ausgerechnet jetzt, hatte gehen müssen.

Sie machte ihre Sache nicht schlecht. Es war eine würdevolle Trauerrede, und doch schweiften Kristinas Gedanken ab. Warum war die Frau nicht auf die Idee gekommen, auch mit ihr, mit Kristina, über Angie zu sprechen? Schließlich war sie die Letzte, die sie gesehen hatte, und sie war ihre älteste Freundin und Wegbegleiterin gewesen. Warum erzählte sie nicht über die vergangenen zehn Jahre, über Angies kleine, aber stetige Erfolge im Kampf um eine selbstbestimmte Existenz? Es klang fast so, als sei die Verstorbene niemals ein Fall für die Psychiatrie gewesen und als habe es eine Zeit, in der sie sich selbst aufgegeben hatte, überhaupt nicht gegeben. Als sei es ihre eigene freie Entscheidung gewesen, der bürgerlichen Gesellschaft den Rücken zu kehren. In Wahrheit, dachte Kristina, hatte sie die Eintrittskarte dazu nie besessen; sie stand nur später als andere an einer Tür, die für sie verschlossen blieb.

Zweifellos war es Erika Gelterkinds Sicht der Dinge, die jetzt von der Trauerrednerin vorgetragen wurde. An diesem Tag sollte ihre Tochter vor allem als radikale Systemkritikerin gewürdigt werden. Als eine, die jederzeit ein anderes Leben hätte führen können, wenn sie es nur gewollt hätte. Die nicht, wie ihre Mutter, von staatlicher Unterstützung abhängig war, sondern die diesem System ihre Überlegenheit demonstrierte, indem sie es nutzte, sich aber nicht durch oberflächliche Verlockungen wie Komfort, Sicherheit und Geld korrumpieren ließ.

Die Rednerin kam zum Schluss. Zum Abschied, erklärte sie, könne jeder der Gäste noch eine Kerze anzünden und diese in ein zu diesem Zweck aufgestelltes Sandbecken stecken. Jeder Einzelne von ihnen solle der Verstorbenen auf diese Art und Weise noch seine besten Wünsche für ihre lange Reise mitgeben. Noch einmal setzte Musik ein.

Kristina reihte sich in die kurze Schlange vor dem Sarg ein. Es fiel ihr schwer, an Angie zu denken und sich vorzustellen, dass sie nun in dieser Holzkiste lag. Sie würde für immer das Bild von der Sandbucht am Boberger See im Gedächtnis behalten, das rotweiße Absperrband der Polizei inmitten dieser kleinen Naturoase. Innerlich begann sie sich für den bevorstehenden Händedruck mit Angies Mutter zu wappnen.

Die Frau stand einsam und grau am Ausgang der Kapelle. Das Grüppchen Frauen, das die erste Bankreihe belegt hatte, unterhielt sich jetzt angeregt mit Marek Olschewski. Kristina fragte sich, ob diese Frauen wirklich Freundinnen von Angie waren oder eher Besucherinnen des Tagestreffs, die jetzt noch mit einer Einladung zu einer warmen Mahlzeit rechneten.

Sie schluckte und trat auf Erika Gelterkind zu. «Es tut mir unendlich leid, dass es so gekommen ist. Wo auch immer ich helfen kann, tue ich es gerne. Rufen Sie mich einfach an.»

Die hagere Frau sah Kristina aufmerksam an. Zum ersten Mal

huschte ein zaghaftes Lächeln über ihr Gesicht. «Vielen Dank», sagte sie leise. «Lassen Sie mir etwas Zeit. Ich melde mich.»

Aus den Augenwinkeln nahm Kristina wahr, dass Michel bereits im Begriff war, wieder fortzugehen. Sie musste sich zusammenreißen, um nicht sofort – noch dazu unter den Augen des Mordermittlers – hinter ihm herzustürzen. Aber auch sie hatte hier nichts mehr zu suchen. Erst vor dem Ausgang des Ohlsdorfer Friedhofes holte sie ihn ein.

«Michel, wo willst du denn hin?», fragte sie atemlos. «Was soll das schon wieder?»

Er drehte sich um und sah ihr ins Gesicht.

«Krizzy», erklärte er sanft, «ich bin der Meinung, das hat keinen Sinn so. Klär erst mal deine Sachen, und dann können wir auch …»

«Aber ich hab so viele Fragen an dich …», wandte sie ein. Gleichzeitig spürte sie, dass er recht hatte. Sie hatte ihm misstraut, und jetzt stand er einfach vor ihr: ein alter, vertrauter Freund, der überhaupt keinen Anlass hatte, über das, was er zwanzig Jahre lang getan hatte, ihr gegenüber Rechenschaft abzulegen.

«Ich krieg das nicht alles allein klar … es wär gut, wenn wir jedenfalls mal reden könnten», fuhr sie matt und unglücklich fort.

«Krizzy, du kriegst das nur allein klar!», widersprach Michel ihr nachdrücklich. «Und über den Rest reden wir später.»

«Wie erreiche ich dich denn? Ich fliege nach Odessa, heute Nachmittag schon …» Er schien über diese Mitteilung nicht sonderlich überrascht zu sein.

«Ich erfahre schon, wie es bei dir weitergeht», meinte er. «Ich melde mich, wenn es an der Zeit dazu ist. Versprochen. Und jetzt nehme ich mal die U-Bahn in die Stadt.»

Kristina sah auf die Uhr. In zwei Stunden musste sie am Flughafen sein, und erst jetzt fiel ihr wieder ein, dass sie ihr Auto auf dem Parkplatz neben der Kapelle abgestellt hatte.

23

Der Ausgang aus dem Flughafengebäude war von einem guten Dutzend Männern umlagert, die in Kristina offenbar sofort eine Besucherin aus Westeuropa erkannten.

«Taxi? Chotel?», zischten sie ihr zu.

Für einen Augenblick blieb sie unschlüssig stehen. Die hell beleuchtete Ankunftshalle verlassen und alleine in die Dunkelheit hinausgehen? Als sie Mascha am Telefon noch schnell von ihrem Reiseplan erzählt hatte, war sie ausdrücklich von ihr davor gewarnt worden, sich im Flughafen ansprechen zu lassen. Aber dort draußen sah es nicht einladender aus.

«Hotel London? *How much is it?*», erkundigte sie sich bei einem der Älteren unter den Männern, die sie umlagerten.

«London? Londonskaja?», fragte er zurück.

Kristina sah ihn verständnislos an.

«Chotel? Adress?», hakte der Mann nach.

Sie kramte ihr Notizbuch aus der Handtasche und zeigte dem Mann den Eintrag.

«London!», sagte er. Es klang irgendwie enttäuscht. Dann nahm er ihr das Notizbuch aus der Hand und holte einen Kugelschreiber aus seiner Hemdtasche.

150 Griwna schrieb er auf.

Fünfzehn Euro, dachte Kristina, wahrscheinlich viel zu viel. Aber egal. Sie nickte.

Er nahm ihr den kleinen Rollkoffer aus der Hand und bedeutete ihr, ihm zu folgen. *Gypsy Cab,* dachte Kristina, als sie an einem betagten Kombi ankamen. Das war es, wovor Mascha sie auch noch gewarnt hatte: private Fahrdienste, bei denen man oft übers Ohr gehauen, manchmal sogar ausgeraubt wurde.

Der Mann schien ihre Gedanken zu erraten. Er öffnete alle Türen des Autos, wie um ihr zu beweisen, dass niemand darin saß. Sie kletterte auf die hintere Bank. Er stieg ein, ließ die Fahrertür offen und versuchte, den Wagen zu starten. Nichts geschah. Der Fahrer schien nicht besonders überrascht.

«Moment», sagte er, nach hinten gewandt. Mit einer Handbewegung winkte er ein paar Männer heran, die vor dem Flughafen herumstanden. Kristina wurde mulmig zumute.

Dann ging alles ganz schnell. Gemeinsam schoben sie das Auto auf die Fahrbahn. Der Fahrer stieg ein, mehrere Männer drückten gegen das Heck des Wagens, und wenige Augenblicke später sprang der Motor knatternd und fauchend an.

Es war dunkel auf den Straßen, viel dunkler, als es in Hamburg je wurde. Aus dem Fenster konnte sie links und rechts der Straße trübe beleuchtete Plattenbausiedlungen erkennen, dann auch mehr und mehr ältere Häuser, die ein oder zwei Geschosse hoch waren. Jedenfalls geht diese Fahrt immer geradeaus, dachte Kristina, es scheint so, als fährt er wirklich mit mir in Richtung Stadt. Allmählich wirkten die Straßen etwas belebter. Und dann waren sie, nach einigen Links- und Rechtswendungen, auch schon da.

«Chotel London!» Mit laufendem Motor blieb der Fahrer stehen.

Im Auto gab es kein Licht, wie Kristina bemerkte, als sie ausstieg. Der Mann holte ihr Gepäck aus dem Kofferraum. Im Eingang des Hotels war es hell genug, um aus ihrem Portemonnaie drei Fünfzig-Griwna-Scheine zu klauben.

«Chave a nice time!» Der Fahrer verbeugte sich höflich.

Kristina schob sich durch die gläserne Drehtür in die Empfangshalle des Hotels. Auf schweren Ledersofas saßen Männer herum, die nicht so aussahen, als seien sie hier zu Gast. Am Ende des langen Raums befand sich die Rezeption.

«Passport?», fragte eine platinblonde Frau und sah sie müde und

gleichgültig an. Wenige Augenblicke später reichte sie ihr einen Zimmerschlüssel über den Tresen.

Kristina nahm den Lift in den dritten Stock, schloss Zimmer dreihundertsechzehn auf und sah sich um. Dunkle Möbel, viel Stoff, viele Muster – doch so weit alles in Ordnung.

Sie trat ans Fenster und blickte in eine kleine Parkanlage und auf eine Straße, die von gelben Lichtern notdürftig erleuchtet waren. Als sie einen der Fensterflügel öffnete, roch es nach Abgasen und Ölöfen. Sie schloss das Fenster wieder und ließ sich müde auf das Bett sinken. Sie dachte an Michel, an die Begegnung mit ihm auf der Trauerfeier und das Gespräch auf dem Friedhof. Und daran, dass es viel leichter wäre, wenn sie dieses Abenteuer gemeinsam durchstehen könnten. Sie hatte das Gefühl, dass sie sich mit dieser Reise komplett übernommen hatte.

Der nächste Morgen erwartete sie mit strahlendem Sonnenschein. Kristina hielt es nicht lange bei ihrem Hotelfrühstück. Sie trank zwei Tassen Kaffee, ließ sich an der Rezeption einen kleinen Stadtplan geben und machte sich auf den Weg. Bis zur Potemkin'schen Treppe konnte es nicht mehr als eine Viertelstunde Fußweg sein. Es war erst kurz nach acht.

Auf dem Stadtplan war leicht zu erkennen, dass die Innenstadt in einem symmetrischen Gittermuster angelegt worden war. Kristina schlenderte durch eine langgestreckte Parkanlage in Richtung Hafen. In der Mitte des grünen Boulevards stand eine offene Markthalle; an bunten Ständen wurden hier DVDs, Schulbücher und Bildbände angeboten. Auf einem Spielplatz wuselten Kinder herum. Die Jungen, kaum älter als sechs oder sieben Jahre, trugen dunkle Anzüge, die Mädchen blaue Wollkleider.

Dann bog sie nach rechts in eine Querstraße ab. Wenig später ging sie auf einem breiten Boulevard, der von riesigen Platanen gesäumt war. Edle Boutiquen, Schuhgeschäfte, Restaurants und Bankfilialen reihten sich hier aneinander. Das Paris des Ostens, dachte Kristina, verstehe. Vor ihr her schwebten zwei sehr schlanke, langhaarige blonde junge Frauen auf atemberaubend hohen Absätzen über das holperige Trottoir. Arbeiterinnen in Kittelschürzen säuberten die Gehsteige und Blumenrabatten. Sonst war nicht viel los.

Die Häuser schienen hier alle aus derselben Zeit zu stammen, und doch glich keins dem anderen. Manche Bauten waren nur ein oder zwei Geschosse hoch, andere reckten sich mit Türmen und Kuppeln demonstrativ in den Himmel. Engel und muskulöse Helden stützten Balkone und Brüstungen, Löwen- und andere Tierköpfe schauten von Säulen und Hausfronten herab. Manche Gebäude waren sorgfältig restauriert und fein herausgeputzt, bei anderen waren nur Teile der Fassade frisch übertüncht, oft in knallbunten Farben. Wieder andere standen leer, waren nur notdürftig verriegelt oder mit Holzbalken abgestützt; sie wirkten, als könnten sie jeden Moment in sich zusammenfallen.

Hinter Tordurchfahrten taten sich ländlich wirkende Hinterhöfe auf. Üppig wucherten Weinreben, die voller Trauben hingen. Schilder wiesen zu kleinen Gewerbebetrieben hin. «НОТАРИУС» las Kristina immer wieder, bis ihr endlich einfiel, dass diese Buchstabenfolge «Notarius» bedeutete. Sie hatte mal ein halbes Jahr Russisch in der Schule gehabt und fing nun an, sich wieder an die kyrillischen Buchstaben zu erinnern.

Der Boulevard führte direkt auf das größte und prächtigste Bauwerk im Stadtzentrum zu: die Oper. Von dort, das wusste sie, war es nicht weit bis zum Hafen und zum touristischen Wahrzeichen der Stadt, zur Potemkin'schen Treppe. Sie war erstaunt, wie selbstverständlich und leicht es sich an diesem Morgen durch die Stadt flanierte, die ihr im Dunkeln so feindselig erschienen war.

Hinter der Oper gelangte sie auf eine breite Promenade, die den prächtigsten Teil der Stadt abschloss. Von hier konnte man auf den Hafen hinunterblicken und auf das Schwarze Meer. In dieser Gegend war es noch still und fast menschenleer; nur ein paar Souvenirhändler waren dabei, ihre Stände aufzubauen. Auf der breiten Treppe, die zum Passagierhafen hinabführte, saß eine Gruppe Jugendlicher. Erst auf den zweiten Blick erkannte Kristina, dass sie Tiere dabeihatten: Affen und Greifvögel hockten auf ihren Schultern. Vermutlich wurden sie Touristen als Fotomotiv angeboten. Erst jetzt wurde ihr klar, dass sie ihren Treffpunkt bereits gefunden hatte: die berühmte Potemkin'sche Treppe.

«Hallo, Frau Wolland», sagte jemand neben ihr.

Sie fuhr herum und blickte Alexander direkt ins Gesicht. Er wirkte ein bisschen mitgenommen, aber sie freute sich richtig, ihn zu sehen. Jetzt sind wir Verbündete, dachte sie. Hier in Odessa würde es überhaupt nicht anders gehen.

«Ist etwas?», fragte Alexander argwöhnisch. Er sah sich um, als rechnete er damit, dass die Anwältin unter Polizeischutz zu ihrem Treffpunkt erschienen war.

«Alles okay», antwortete Kristina freundlich. «Alles absolut okay. Ich bin sehr froh, dass das bis hierhin schon mal geklappt hat.» Die Spannung zwischen den beiden löste sich.

«Ich möchte Ihnen als Erstes etwas zeigen», erklärte Alexander ernst. «Wenn Sie mich bitte ein kurzes Stück begleiten würden?»

«So schön es hier ist – ich finde, erst einmal unterhalten wir uns in Ruhe.»

«Dauert nur fünf Minuten, bitte!»

«Na gut», seufzte Kristina. Sie hatten ja eigentlich Zeit genug. Sie lief neben Alexander die kurze Promenade entlang bis zu ihrem Ende. Die polierten Granitplatten zwischen den Blumenbeeten waren gerade erst frisch gereinigt worden und glänzten nass. Am Ende des Boulevards stand ein kleines, baufälliges Palais, und dahinter gab es einen romantischen Säulengang mit Ausblick aufs Meer.

Eine lange Fußgängerbrücke spannte sich von hier aus über die

Straßenschluchten des Hafenviertels und führte in einen anderen Stadtteil hinüber.

«Kommen Sie!», forderte Alexander sie auf.

Die Brücke begann zu zittern und zu schwingen, als sie ein paar Meter darauf gelaufen waren. Kristina blieb unwillkürlich stehen und hielt sich am Geländer fest. Man muss schon aus Hamburg kommen, dachte sie, um diesen weiten Blick über die Industrieanlagen und Schnellstraßen am Hafen, über Containerschiffe und Passagierdampfer, die dort auf Reede lagen, als irgendwie anheimelnd zu empfinden. Dann sah sie Alexander skeptisch an: War's das jetzt?

«Schauen Sie nur.» Ihr Begleiter deutete auf das fast mannshohe Eisengeländer. Erst jetzt bemerkte sie, dass es mit Hunderten, eher Tausenden von Vorhängeschlössern bestückt war. Einige von ihnen waren bunt angemalt, andere mit aufwendigen Gravuren verziert, meist mit russischen Schriftzeichen.

«Was ist das denn?»

«Das ist hier so eine Sitte. Wenn zwei sich verlieben, sie hängen hier ein Schloss hin und werfen den Schlüssel weg. Als Zeichen für Zusammengehörigkeit. Als Zeichen für ewige Liebe.»

«Noch nie gehört», sagte Kristina. «Ist das so ähnlich wie der Brauch, eine Münze in einen Brunnen zu werfen, wenn man an diesen Ort zurückkehren möchte?»

Alexander nickte. «Wenn ich Alina gefunden habe, wir werden hier auch Schloss anbringen. Als ich das hier gesehen habe, ich wusste, dass ich am richtigen Ort bin. Odessa ist Stadt der Liebe.»

«Alexander», erklärte Kristina entschieden, «wir gehen jetzt mal einen Kaffee zusammen trinken. Vielleicht auch etwas frühstücken. Und wir werden uns dabei ganz in Ruhe unterhalten.»

Sie liefen ein paar Blocks in Richtung Innenstadt zurück und setzten sich in eins der zahlreichen kleinen Cafés, die gerade ihre Stühle nach draußen stellten.

«Du bist eingeladen», stellte Kristina klar. Sie wollte den Jungen gar nicht erst fragen, wie es um seine finanzielle Situation stand.

Er bestellte sich eine beeindruckend große Menge von Broten mit Speck, Räucherfleisch und Gurken und begann, alles gierig herunterzuschlingen. Es schien Tage her zu sein, dass er etwas Ordentliches in den Magen bekommen hatte.

«Wo schläfst du eigentlich hier in Odessa?», erkundigte sich Kristina.

«Studentenheim. Ist immer irgendwo Bett frei. Ich habe paar Leute kennengelernt. Sie helfen mir Alina finden, ich helfe ihnen mit Job, wenn sie mal nach Hamburg kommen.»

«Vielleicht erzählst du jetzt mal von Anfang an, wie du die letzten Tage verbracht hast?»

Alexander vertilgte noch schnell ein Brot, wischte sich die Krümel aus den Mundwinkeln und begann seinen Bericht: «Also, ich bin Samstag nach Bilhorod-Dnistrowskyj gefahren. Sie müssen wissen, Reisen ist in diesem Land eine umständliche Sache. Man muss erst mal rausfinden, welche Marschrutka man nehmen kann, und dann dauert Fahrt viele Stunden. Aber ich war da, am Abend; ich habe am Busbahnhof geschlafen und habe am nächsten Tag Haus gesucht.»

«Wusstest du denn, wo das ist?», fragte Kristina verwundert. «Es ist ein Zufluchtshaus für Frauen, die aus der Prostitution aussteigen … Bei uns werden solche Adressen streng geheim gehalten.»

«Ist hier genauso, Beratungsstelle gibt keine Information. Aber ich habe lang mit Mädchen gesprochen … Ich habe sie in Beratungsstelle gesehen und später auf der Straße noch mal getroffen. Sie hat mir erzählt, dass sie auch in Deutschland war, in Bayern. Ich habe ihr von Alina erzählt und Foto gezeigt. Sie hat mir geglaubt, dass sie ist meine große Liebe. Und hat sie mir erklärt, wie man Haus findet. Nicht mit Adresse, aber ziemlich gute Beschreibung.»

«Und du hast es gefunden?»

Alexander nickte. «War nicht schwer. Ist sehr schönes Haus, sehr gut renoviert, mit hohem Zaun darum. Sie haben Hunde, mehrere; man kann nicht einfach reingehen und Frauen bedrohen oder rausholen. Aber ich habe geklingelt und habe erklärt, dass ich ganzen Weg aus Hamburg gekommen bin, und dann durfte ich rein. War Sonntag, war nur ein Mann da.»

«Dort arbeiten Männer?», fragte Kristina überrascht.

«Ist besser», erklärte Alexander ernst. «Ist sicherer. Er hat mir erzählt, Hamburg ist für sie alle eine besondere Stadt. In Hamburg dieses Haus hat viele Freunde, die Geld geben.»

«Und dann hast du ihn nach Alina gefragt?»

«Ja. Ich habe Xerokopie von Foto gemacht, und ich habe Nachricht für Alina darauf geschrieben, auf Deutsch, so die meisten können es nicht verstehen. Und einen Aufruf auf Russisch: Alle, die dieses Mädchen gesehen haben, sollen sich bei mir melden. Und meine ukrainische Handynummer. Er wird an Pinnwand aufhängen, hat mir Mitarbeiter versprochen.»

«Du konntest mit den jungen Frauen im Haus nicht selbst sprechen?»

«Nein, ging leider nicht. Es war Sonntag, sie hatten Freizeit.»

Merkwürdige Begründung, dachte Kristina, um jemanden abzuwimmeln, der aus zweitausend Kilometern Entfernung gekommen ist, um seine Freundin zu finden. «Für mich hört sich das eher nach einer Art Gefängnis an, wenn auch nach einem Fünf-Sterne-Knast», sagte sie skeptisch.

«Man kann Frauen nicht schützen ohne Zaun, ohne Bewacher, ohne Hunde», entgegnete Alexander. Er schien zu wissen, wovon er sprach.

«Aber du weißt jetzt nicht einmal sicher, ob sie nicht doch dort ist?», setzte Kristina nach.

In Alexanders Augen flackerte für einen kurzen Moment Unsicherheit auf. Er schwieg.

«Okay, du hast dort also eine Nachricht für sie hinterlassen.» Sie wartete nicht auf eine Antwort. «Wie ist es dann weitergegangen?»

Alexander hatte sich von Bilhorod-Dnistrowskyj aus auf die Suche nach dem Ort gemacht, aus dem Alina stammte, und von dieser Odyssee erzählte er ihr jetzt. Den Namen des Dorfes – oder war es eine kleine Stadt? – hatte er sich nicht genau gemerkt; er wusste aber, dass das Wort «Partisan» oder ein ähnliches darin vorkam. Alina hatte ihm einmal auf einer Landkarte gezeigt, wo sie herkam. Der Ort lag irgendwo nordöstlich von Odessa, in der Nähe einer größeren Stadt am Wasser.

Drei Tage lang war Alexander mit Marschrutkas durchs Land geirrt oder hatte Autos angehalten, um per Anhalter zu reisen. Er hatte bei Menschen geschlafen, die er nicht kannte, zahlreiche Leute befragt und immer wieder andere Auskünfte darüber bekommen, wo der gesuchte Ort liegen könnte und wie man dorthin kam. In den kleinen Bauernweilern gab es nur noch alte Leute, darunter viele, die ihr Leben lang nicht über den nächsten Marktflecken hinausgekommen waren. Schließlich war er doch noch in einem Ort mit dem Namen Partyzanske gelandet, einer Ansammlung von Plattenbauten, die ganz anders und viel größer war, als er sich Alinas Heimatdorf vorgestellt hatte. Er hatte ihr Foto dort ein paar Leuten gezeigt, die auf der Straße unterwegs waren, und ihren Namen genannt. Aber die meisten hatten nur stumm mit den Schultern gezuckt und waren schnell weitergegangen. Als Kristina ihm per SMS angekündigt hatte, dass sie nach Odessa kommen würde, war er am Tiefpunkt seiner Suche angelangt und froh gewesen, dass er einen Grund hatte, wieder nach Odessa zu fahren.

Hier in dieser Stadt – das hatte er schnell festgestellt – kam er viel besser klar. Er hatte schon ein halbes Dutzend neuer Bekannter. «Ich bin Deutscher, ich spreche Russisch, ich komme aus Hamburg, ich habe Wohnung dort», erklärte Alexander. «Alle hier wollen meine Freunde sein. Zu Hause ich bin Ausländer, der Hartz IV kriegt, niemand will mit mir zu tun haben. Hier in Odessa bin ich reicher Mann mit vielen Möglichkeiten.» Unvermittelt sah er sich unruhig um: «Gleich elf Uhr, Beratungsstelle macht auf.»

«Und was willst du dort?»

«Vielleicht sie haben Alina gesehen. Ich habe Nachricht für sie aufgehängt, ich gehe jeden Tag fragen.»

«Ich will aber auch noch einiges mehr von dir erfahren», protestierte Kristina. «Nämlich alles, was du über das Leben weißt, das Alina geführt hat, bevor sie verschwunden ist. Wer ihre Freunde waren, wo sie gearbeitet hat, mit wem sie Ärger hatte und so weiter.»

«Ich kann später erzählen. Kommen Sie erst mal mit. Ist nicht weit von hier.»

Die Anwältin gab sich geschlagen. Sie war hier ohnehin auf Alexander als Dolmetscher und Fremdenführer angewiesen.

In den Straßen staute sich inzwischen der Verkehr, und die breiten Fußwege waren dicht bevölkert. Junge, sehr gut angezogene Frauen waren auf hohen Schuhen zum Shoppen unterwegs; viele von ihnen trugen große, schicke Einkaufstüten mit sich herum. Andere, mit flacheren Schuhen und Aktenmappen, eilten geschäftig zur Arbeit oder zum Unterricht. Am Straßenrand blieb immer mal wieder ein Geländewagen mit laufendem Motor stehen. Manchmal blockierten sie auch den Fußweg, aber niemand schien sich darüber aufzuregen. Es war nicht zu erkennen, wer jeweils hinter den dunklen Scheiben im Auto saß. Kristina musste sich konzentrieren, um mit Alexander Schritt zu halten und dabei nicht über die Gehwegplatten zu stolpern, die aus dem Trottoir herausragten. Sie fragte sich, wie es möglich war, sich hier auf hochhackigen Schuhen zu bewegen.

An der dritten Kreuzung bogen sie in eine etwas stillere Seitenstraße ein. Wenig später standen sie vor einem Torbogen, der in einen Hinterhof führte. Über der Durchfahrt hing ein Gewirr von Dutzenden Elektrokabeln, die sich von hier aus zu verschiedenen

Fenstern verzweigten. Die Sonne beleuchtete nur eine einzige Ecke des Hofes. Dort balgte sich ein Knäuel junger Katzen.

Den unscheinbaren Kellereingang hätte Kristina vermutlich einfach übersehen. Nur ein kleines Metallschild wies darauf hin, dass sich hier die Räume der Beratungsstelle «Zukunft der Liebe» befanden. Alexander stieg drei Stufen hinunter und öffnete eine schwere Metalltür; sie folgte ihm. Im ersten Raum, der sich dahinter auftat, standen fünf oder sechs Computerarbeitsplätze eng nebeneinander. Ceyda würde sich bedanken, wenn sie so arbeiten müsste, dachte Kristina. Junge Leute starrten auf Computermonitore, ohne die Neuankömmlinge groß zu beachten. Nur ein dunkelhaariges Mädchen blickte kurz auf und lächelte Alexander zerstreut an, so als habe sie ihn schon mal irgendwo gesehen. Auf Russisch stellte er ihr eine Frage. Sie deutete mit der Hand in die hinteren Räume.

Von dort erschien in diesem Moment eine Frau, die sich Respekt einflößend im Türrahmen aufbaute. Sie war deutlich älter und korpulenter als das andere Personal der Beratungsstelle, und sie war unverkennbar der Chef im Haus. Ihr kurzgeschnittenes Haar war kupferrot gefärbt. Über dem engen schwarzen Lederrock trug sie einen violetten Pullover. Die Frau warf Alexander einen strengen Blick zu, als sei sie über seinen Besuch nicht besonders erfreut. Dann stellte sie eine Frage, die vom Tonfall her nichts anderes bedeuten konnte als: «Was willst du denn schon wieder hier?»

24

Kristina lag auf ihrem Hotelbett und starrte an die Decke. Nach dem Gespräch in der Beratungsstelle hatte sie Alexander erklärt, sie brauche jetzt erst mal eine Pause. Sie wollte in Ruhe nachdenken. Später würde sie versuchen, Kontakt nach Hamburg aufzunehmen, um zu hören, ob es etwas Neues gab.

Irgendwie gelang es Alexander schon wieder viel zu sehr, sie in seine leicht irrwitzige Suche nach Alina hineinzuziehen. Sie konnte den jungen Mann verstehen. Es war einfacher, etwas zu tun und in das Heimatland seiner Geliebten zu fahren, als wie gelähmt in Hamburg zu sitzen und sich einzugestehen, dass er sich in ihr getäuscht hatte. Und vielleicht war sie selbst aus einem ähnlichen Grund hierhergekommen: weil alles besser war, als ohne Handlungsmöglichkeiten über Angies Tod und ihre eigene verkorkste Beziehung zu Michel zu grübeln.

Es hatte eine ganze Weile gedauert, bis Ilona Kurkova, die Leiterin von «Zukunft der Liebe», überhaupt bereit gewesen war, mit ihnen zu reden. Irgendwann hatte Kristina von Alexander verlangt, ihr zu erklären, was der Wortwechsel bedeutete, den Ilona Kurkova deutlich erbost und mit erhobener Stimme führte, während der junge Mann sanft und eindringlich auf sie einsprach.

«Sie sagt, dass sie keine Auskunft über Mädchen gibt, die hier in die Beratungsstelle kommen. Niemandem. Und dass sie mir verbietet, mich hier aufzuhalten und auf meine Freundin zu warten.»

«Das kann man ja auch verstehen», meinte Kristina.

«Aber ich erkläre ihr, dass ich Sie mitgebracht habe, eine Anwältin aus Hamburg, die sehr wichtige Informationen für diese Beratungsstelle hat.»

«Aha?», entfuhr es Kristina. «Und wieso weiß ich jetzt erst etwas davon?»

«Bitte!», flehte Alexander und sah sie beschwörend an. «Sie ist pensionierte Polizistin. Sie wird sehr gut verstehen, was wir wollen, wenn Sie ihr erklären, dass es um die Aufklärung eines Kriminalfalles geht.»

Schließlich hatte Ilona Kurkova sie doch in ihr Büro gebeten und ihnen in dem kleinen, fensterlosen Verschlag zwei Stühle frei geräumt. Alexander hatte seine Sache als Dolmetscher nicht schlecht gemacht. Kristina hatte kurz den Fall geschildert und erklärt, dass es ihr vor allem um die Aufklärung von Angies Tod ging, nicht um die Suche nach Alina. Sie hatte von ihren Recherchen im Internet berichtet und davon, dass sie auf Zusammenhänge zwischen dem Hamburger Verein Carina e.V. und dem Zufluchtshaus in Bilhorod-Dnistrowskyj gestoßen war.

Ilona Kurkova hatte den jungen Mann mit unverkennbarer Ironie in der Stimme gefragt, ob er eigentlich dorthin gefahren sei, nach Bilhorod? Zu seinem Bericht nickte sie bestätigend mit dem Kopf, als habe sie nichts anderes erwartet.

«Was hält sie von diesem Haus?», wollte Kristina wissen.

Während die Beraterin antwortete, lief Alexander rot an und biss sich auf die Lippen.

«Kannst du mal übersetzen?», fragte Kristina.

«Sie hat gesagt, sie hätte mich niemals dorthin geschickt, wenn das eine Einrichtung wäre, mit der sie vertrauensvoll zusammenarbeitet.»

«Aber sie hat doch viel mehr gesagt! Alexander, bitte keine Zensur», protestierte Kristina.

«In Ordnung … Sie hat erzählt, sie kennt ein paar junge Frauen, die dort waren, und eigentlich haben die alle sehr positiv gesprochen. Aber es waren nur ganz allgemeine Informationen – als dürften sie nicht viel sagen. Alle haben dasselbe gesagt. Dass es sehr schön dort ist, sehr gut ausgestattet und so weiter. Ilona Kurkova wundert sich darüber ein bisschen, denn eigentlich geht es hier in der Ukraine der Sozialarbeit sehr schlecht. Der Staat gibt kein Geld für diese Arbeit, lieber finanzieren sie Geburtstagsparty für Staatspräsidenten auf der Krim.»

«Und was glaubt sie, woher das Geld für das Haus kommt? Steckt vielleicht eine religiöse Gruppe dahinter, eine Sekte oder so etwas?»

Alexander gab die Frage weiter, und die Beraterin zuckte mit den Schultern. Sie habe schon mal davon gehört, dass es Verbindungen nach Hamburg gebe – reiche Leute, die regelmäßig etwas spenden, erklärte sie dann. Aber es sei ihr auch egal. In Odessa arbeiteten alle zusammen, die versuchten, Hilfsangebote zu machen, nicht nur für Aussteigerinnen aus der Prostitution, sondern auch für Obdachlose, für HIV-Infizierte und für Frauen, die von ihren Männern misshandelt wurden. Manchmal bekämen sie eine Spende aus dem Westen oder Geld für ein neues Projekt. Aber es fehle an allem: an Räumen, an Unterkünften, an medizinischer Hilfe und an der Möglichkeit, die Mitarbeiter hier zu bezahlen. In Bilhorod-Dnistrowskyj sei das anscheinend ganz anders. Trotzdem sei es noch nie vorgekommen, dass eine Klientin, die es wirklich dringend nötig hatte, dort aufgenommen wurde.

«Nehmen wir mal an, dass Alina sich in Odessa aufhält – wo könnte sie dann sein?», fragte Kristina. «Wo würde Frau Kurkova am ehesten nach ihr suchen?»

«Dieser Fall, von dem Sie sprechen, ist sehr unwahrscheinlich», antwortete sie; Alexander übersetzte jetzt Wort für Wort und schien dabei den Inhalt der Ausführungen gar nicht richtig aufzunehmen. «Ich kenne sehr viele junge Ukrainerinnen und Moldawierinnen, die davon träumen, von hier aus nach Europa zu kommen. Sie machen sich natürlich Illusionen darüber, wie schön und wie einfach das Leben dort ist. Aber ich kenne keine, die freiwillig hierher zurückgekehrt wäre. Sie kommen nur wieder, wenn sie eine sehr traurige Geschichte in ihrem Koffer haben. Oft können sie dann nicht mehr bei ihren Familien leben; das ist moralisch unmöglich. Ihre Lage ist sehr schwierig.»

«Alleine heute Morgen habe ich auf der Straße ganz viele junge Leute gesehen», warf Kristina ein. «Unter ihnen sind gut angezogene, selbstbewusste Mädchen gewesen, die aussehen, als würden sie hier ganz gut zurechtkommen. Ist es wirklich so schwierig, hier sein Geld auf andere Weise zu verdienen als mit Sex?»

«Natürlich gibt es viele Jobs», übersetzte Alexander. «In den Cafés und Geschäften … Oder man kann Reklamezettel verteilen für Handyanbieter. Aber das Leben hier ist sehr teuer, Wohnungen sind sehr teuer. Ein Zimmer in der Stadt, wenn man nicht im Wohnheim der Universität unterkommt … Es ist nicht möglich, das von einem normalen Verdienst zu bezahlen. Wer aus Odessa kommt und bei den Eltern wohnt, kann das vielleicht schaffen: Mit ein oder zwei Jobs du kannst dir Handy leisten, manchmal Klamotten kaufen, abends in die Disco gehen. Aber nicht Existenz aufbauen.»

Kristina hatte mehrmals deutlich das Wort «Sex-Business» verstanden, aber wieder musste sie nachfragen, bevor Alexander auch diesen Teil übersetzte. «Sie sagt, vor allem die Mädchen, die keine andere Chance haben, arbeiten im Sex-Business. Sie stehen nachts auf der Straße unten am Hafen. Und sie arbeiten an vielen anderen Orten in der Stadt; sie sind in den Bars, in den Kneipen, in den Hotels, überall … Manche versuchen auch, reichen Ehemann aus dem Westen zu finden. Ausländische Männer suchen ukrainische Mädchen nicht nur für Sex. Manche wollen Frau auch mit nach Hause nehmen. Viele träumen davon.»

«Hat sie gesagt, wie sie die Chancen einschätzt, Alina in Odessa zu finden?», fragte Kristina.

Alexander wurde rot. «Sie hat gesagt, ich soll aufhören, nach ihr zu suchen. Sie glaubt nicht, dass sie hier ist. Und wenn es doch so ist, kann meine Suche gefährlich werden – für mich und auch für Alina.»

Wir drehen uns mal wieder im Kreis, dachte nun Kristina, während sie immer noch auf ihrem Hotelbett lag. Wenn Alina aus Hamburg geflohen ist, nach Hause zu ihrer Familie, dann sollte gerade Alexander sie in Ruhe lassen. Und wenn Alina nicht hier war? Oder gar nicht mehr am Leben war?

Dann hatten Alexander und sie selbst hier erst recht nichts verloren.

Kristina beschloss, aufzustehen und wieder nach draußen zu gehen, in die Nachmittagssonne von Odessa. Dieses Hotelzimmer brachte sie nur auf düstere Gedanken.

Sie brauchte ziemlich lange, um ein Internetcafé zu finden und auf einer klebrigen Tastatur mit kyrillischen Buchstaben bis zu ihrer Mailbox durchzudringen. Der Aufwand wurde nicht belohnt; ihre zehn ungelesenen Mails entpuppten sich entweder als Spam oder belanglose Infopost. In einem stillen Torbogen konnte sie danach kurz mit Inka Brandes telefonieren. Die Kommissarin reagierte ausgesprochen distanziert und wortkarg auf die Mitteilung, dass Kristina in Odessa war: als wollte sie nichts mehr davon wissen, dass sie es doch gewesen war, die die Anwältin auf diese Idee gebracht hatte. Sie versprach aber, sich zu melden, sobald es etwas Neues gab.

Danach hatte Kristina nichts anderes zu tun, als sich ein bisschen durch die Stadt treiben zu lassen. Alles, was sie hier sah, war ihr vertraut und zugleich sehr fremd. Neben den teuren Modeläden, die westeuropäische Marken anboten, gab es unzählige kleinere Geschäfte, Kioske und fliegende Händler, deren Reklameschilder sie nicht entziffern konnte und deren Angebot für sie oft erst auf den zweiten Blick zu erkennen war.

Zwischen den Straßenzügen öffneten sich Grünflächen mit Brunnen, Blumenrabatten und Gartencafés, die das Flair eines Kurortes vermittelten. Überall saßen Menschen herum, aßen, tranken, redeten. Ältere Männer standen in großen Gruppen beieinander und spielten Schach oder Domino. Einmal sah sie eine stumme Ansammlung von Menschen, die in einem Park standen und handgeschriebene Zettel hochhielten. Andere gingen an ihnen vorbei und machten sich Notizen. Worum es ging? Politische Proteste? Jobangebote? Sie würde Alexander fragen.

Um halb sieben dämmerte es bereits, aber es war noch warm. Von der Prymorska-Promenade, die zur Potemkin'schen Treppe führte und auf der sich Kristina aufs Neue mit Alexander verabredet hatte, waren die Touristengruppen abgezogen. Jetzt gehörte diese Straße den Einheimischen: Man sah Großeltern, die ihre Enkel spazieren führten, und Schülerinnen und Schüler, die knutschend auf Parkbänken saßen, bevor sie nach Hause fuhren, wahrscheinlich in eine überfüllte Plattenbau-Wohnung in der Vorstadt. Zwei oder drei Inline-Skater zogen lautlos ihre Bahnen auf dem glatten Pflaster. Ein paar Mädchen ritten auf Pferden vorbei. Es war eine märchenhafte Atmosphäre.

Alexander erwartete sie bereits. Er saß nahe der Potemkin'schen Treppe auf einer Steinmauer. Von hier aus konnte er das gesamte Geschehen überblicken. Er stand auf und ging Kristina entgegen, sobald er sie entdeckt hatte. «Ist besser, wir gehen auf Deribasowskaja-Boulevard», schlug er vor. «Da ist mehr los; mehr junge Leute laufen da rum.»

«Okay, ich hab sowieso Hunger.»

Sie marschierten los und kamen unterwegs an einem guten Dutzend japanischer Restaurants vorbei. Anscheinend verlangte die Bevölkerung von Odessa – oder jedenfalls der Teil, der es sich leisten konnte – nach in Reispapier eingewickeltem rohem Fisch. Nach längerem Suchen fanden sie ein Straßenlokal, in dem Wareniki auf der Speisekarte standen. Kristina wollte die ukrainischen Teigtaschen, die ihren Namen einer osteuropäischen Zuhältergruppe geliehen hatten, unbedingt probieren.

«So …», verkündete sie, sobald sie sich gesetzt hatten, «um nur mal die Spielregeln bekanntzugeben: Du bestellst. Ich bezahle. Und ich bestimme das Gesprächsthema für den heutigen Abend: Du erzählst mir endlich alles, was du über deine Freundin weißt.»

«Da gibt's nicht viel zu erzählen.»

«Alexander», protestierte Kristina, «du wirst nicht …» Sie sprach den Satz nicht zu Ende, weil in dem Moment ein Kellner zu ihnen trat und ihre Bestellung aufnahm.

«Ich sage Wahrheit», erklärte Alexander. «Alles, was ich weiß, habe ich schon berichtet. Ich weiß nichts über Freundinnen in Hamburg. Die meisten, ich glaube, waren Au-pairs und sind jetzt wieder zu Hause. Ich weiß nichts über Arbeit, die sie gemacht hat. Ich habe gefragt. Sie wollte mir nicht erzählen.»

«Und die Freundin, die du auf dem Konzert getroffen hast?»

Alexander wurde rot. «Habe ich Ihnen nicht gesagt? Sie war eigentlich mehr Freundin von mir.»

Kristina starrte Alexander verblüfft an. «Nein, das hast du mir nicht gesagt. Und woher wusste sie … Was hatte sie mit Alina zu tun?»

«Habe ich auch nicht so genau verstanden. War nur kurzes Gespräch.»

Ihr Essen wurde serviert: Verschiedene Sorten farbloser Teigtaschen lagen mit einem Klecks saurer Sahne auf dem Teller. Alexander machte sich heißhungrig darüber her. Kristina probierte vorsichtig. Es schmeckte besser, als es aussah. Sie sagte nichts. Alexander würde auch so wissen, dass er ihr noch ein bisschen mehr zu erklären hatte.

«Wissen Sie, wie schwer es ist?», brach es plötzlich aus ihm heraus. «In Hamburg Mädchen kennenzulernen? Für jemand wie mich? Der russischen Akzent hat und nicht viel Geld, um Mädchen einzuladen? Oder Sachen zu kaufen? Wenn man Eintritt oder Drinks in Clubs auf dem Kiez nicht bezahlen kann?»

«Warum muss es unbedingt auf dem Kiez sein? Bei euch in Neu-Allermöhe gibt es viele junge Leute, viele Russlanddeutsche … Ihr habt dort doch auch Treffpunkte, oder?»

«Diese Mädchen gehen lieber mit richtigen Deutschen weg als mit Russen. Und wenn man Probleme mit Schule hat, alle wissen es. Die wollen keinen Loser, der Klasse wiederholt.»

«Mag ja sein», sagte Kristina. «Aber was willst du mir jetzt eigentlich erzählen?»

Alexander sah sie unglücklich an. «Ich weiß nicht, ob es irgendwas zu tun hat mit Alina, mit Einbruch in meiner Wohnung …»

«Aber du vermutest schon?», fragte Kristina vorsichtig.

«Vielleicht alles ist meine Schuld», erklärte Alexander zerknirscht. «Ich mach mir Gedanken, die ganze Zeit. Sie können sich nicht vorstellen …»

«O doch», erwiderte Kristina. «Das kann ich mir durchaus vorstellen. Aber wenn hier überhaupt noch jemandem zu helfen ist, dann nur mit der Wahrheit.»

Alexander gab sich einen Ruck. «Okay, ich erzähle jetzt von Ludmilla. Aber Sie dürfen nicht Polizei …»

«Alexander!»

«Ludmilla ist Mädchen, das ich bei Konzert getroffen habe. Ich habe sie kennengelernt vor einiger Zeit beim Hauptbahnhof. Manchmal wenn ich da unterwegs war, ich habe gehört, wie Mädchen russisch unterhalten. Habe sie angesprochen und bisschen angefreundet … Die freuen sich, wenn ich einen Kaffee bezahle, wenn wir ein bisschen spazieren gehen, ich ihnen Stadt zeige.»

«Und so hast du in Wirklichkeit auch Alina kennengelernt?»

«Nein. Alina, das war was ganz anderes. Ich erzähle später. Ludmilla kommt aus Donezk in Ukraine. Sie hat mir erzählt, sie wohnt in Unterkunft am Stadtrand und wird jeden Tag mit Bus zur Arbeit gebracht, zu Hauptbahnhof.»

«Arbeit? Auf dem Straßenstrich?»

Alexander zuckte mit den Schultern. «Sie hat mir nicht genau gesagt. Sie hat was von Bar erzählt, von Club.»

«Konnte sie Deutsch?»

«Nur bisschen. Sie hat sich gefreut: jemand, der ihre Sprache spricht. Der nicht von ihr Sex will. Nur ein bisschen unterhalten, ein bisschen zusammen Spaß haben, mal Flasche Wodka trinken. Wie gute Kumpels.»

«Weißt du, ob sie auf eigene Faust nach Deutschland gekommen ist? Freiwillig? Oder wer das organisiert hat? Gab es jemand, der sie kontrolliert hat, dem sie Geld geben musste?»

«Sie hatte Chef. Am Anfang, hat sie gesagt, sie war verliebt mit ihm. Er hat sich benommen wie Freund, ihr Sachen geschenkt, aber später nicht mehr. Sie musste die ganze Zeit arbeiten.»

«Und ihren Verdienst musste sie abgeben?»

«Ein bisschen durfte sie schon behalten. Sie hat Geld nach Hause geschickt. Ihr Bruder ist schwer krank, braucht teure Therapie.»

«Und dieser Typ, ihr Chef, der hatte nichts dagegen, dass ihr euch anfreundet?»

«Am Anfang er wusste es nicht. Er hat ihr manchmal paar Stunden Freizeit gegeben; alle Mädchen hatten das. Für Shopping und so, ein bisschen die Stadt angucken, ein bisschen chillen. Aber dann Chef hat gemerkt, dass sie sich mit mir trifft. Und er hat Ludmilla gesagt: Schluss. Du triffst diesen Alexander nicht mehr, er ist nicht gut für dich.» Seine Gesichtszüge verhärteten sich. Kristina ahnte, dass er noch nicht alles gesagt hatte.

«Und was habt ihr dann gemacht?»

«Manchmal telefoniert oder gechattet», antwortete er mürrisch. «Ging nicht oft. Chef hat aufgepasst.»

«Alexander, du verschweigst mir was», sagte Kristina ins Blaue hinein, «und wahrscheinlich was ziemlich Wichtiges. Du hattest mit Ludmilla einen Plan? Sie geht auf den Strich, du kassierst das Geld, und ihr teilt euch den Verdienst – so in etwa?»

«Nein, nicht genau so.»

«Wie denn genau?»

Alexander starrte grüblerisch auf den Tisch. «Chance für uns beide», erklärte er dann. «Sie arbeitet weiter. Macht ihr nichts aus, hat sie mir gesagt. Hat sie sich an diese Arbeit gewöhnt. Geht sie nicht mehr auf die Straße, sondern macht privat, in Wohnung bei mir. Kunden mach ich klar, über Internet. Können wir beide verdienen.»

«Das heißt, du wolltest einem Zuhälter sein Mädchen ausspannen», stellte Kristina kühl fest.

«War nur Idee, und wir hatten schon aufgegeben», gestand Alexander zerknirscht.

«Warum, wenn ich mal fragen darf?»

«Weil ich Alina … Das war ganz andere Sache. Mit ihr ich wollte nicht Geld verdienen. Ich wollte Familie …»

«Und dann hast du Ludmilla erklärt, dass aus eurem tollen Plan nichts wird, weil du dich verliebt hast?»

Er nickte.

«Wann war das?»

«Ist nicht lange her … Alina wohnte da schon bei Angie.»

«Also hast du Ludmilla ganz schön lange hingehalten. Wie hat sie es denn aufgenommen?»

«War okay für sie», erwiderte Alexander kurz angebunden.

Kristina versuchte, sich für einen Moment in die Lage dieses Mädchens zu versetzen. Sie hatte sich mit Alexander angefreundet, vielleicht war sie auch ein bisschen verliebt in ihn gewesen. Sie hatte weiter heimlich mit ihm Kontakt gehalten, obwohl es ihr verboten war. Sie wollte sich mit ihm von ihrem Zuhälter absetzen, um in einem fremden Land, in dem sie sich nicht auskannte, ein besseres Leben führen zu können. Und dann hatte der Junge sie einfach abserviert, weil er sich in ein anderes ukrainisches Mädchen verknallt hatte.

«Ich kann mir nicht vorstellen», sagte sie zu ihm, «dass das Ludmilla nichts ausgemacht hat. Vielleicht hat sie dir ihre Gefühle nur nicht gezeigt.»

«Ein bisschen traurig war sie schon …», erklärte Alexander ratlos.

«… und vielleicht auch ziemlich verletzt und sauer. So verletzt, dass sie ihrem Chef alles erzählt hat. Und der hat dir sein Rollkommando in die Wohnung geschickt, um klarzustellen, was passiert, wenn sich jemand in sein Revier einmischt.»

«Hab ich auch schon gedacht», räumte er ein.

«Bist du eigentlich hier, weil du Alina suchst, oder wolltest du einfach nur aus Hamburg abhauen?», fragte Kristina in einem kalten Ton. «Stimmt diese Story überhaupt, die du mir da aufgetischt hast … was Ludmilla dir angeblich auf dem Konzert erzählt hat?»

Alexander sah sie erschrocken an. «Sie hat es mir mit diesen Worten gesagt: ‹Such deine Alina doch in Odessa. Ich hab gehört, sie will so schnell wie möglich dorthin zurück.›»

«Du hast nicht näher nachgefragt, warum sie so was sagt?»

«Es war laut im Konzert, und sie wollte nicht lang mit mir reden. Sie sagte, Chef ist auch da, und wenn er mich sieht – ist zu gefährlich.»

«Wie umsichtig von ihr», kommentierte Kristina sarkastisch. «Vielleicht hat sie dir auch einfach einen Bären aufgebunden, weil sie sauer auf dich war. Grund genug hatte sie dazu.»

Alexander sah aus, als habe er diese Möglichkeit auch schon in Erwägung gezogen. «Sie hat mir gesagt, dass sie Hamburg verlassen wird, noch diese Nacht», berichtete er. «Vielleicht nach Holland. Ihr Chef nimmt sie mit, gleich nach Konzert.»

«Und zum Abschied hat sie sich noch eine Karte für *Okean Elzy* gekauft, für fünfunddreißig Euro?»

«Chef hat ihr geschenkt. Als Belohnung, dass sie gehorcht … dass sie mit ihm geht.»

«War er vielleicht rein zufällig auch Alinas Chef? Oder war es einer seiner Kumpels?»

Sie sah, wie er betroffen zusammenzuckte.

«Du hast deine Freundin nie gefragt, womit sie ihr Geld verdient? Was sie in Hamburg macht?»

Er schüttelte den Kopf. «Ich wollte nicht so genau wissen. Sie hat Vergangenheit, ich habe Vergangenheit. Sie wollte nicht, dass wir uns von all den schlechten Sachen erzählen.»

Am Nebentisch nahm ein älterer Herr in Begleitung von zwei jungen, sehr hübschen Frauen Platz. Eine der beiden konnte ein bisschen Englisch und dolmetschte für die andere. Kristina schnappte einige Satzfetzen auf, in denen vor allem von *my car* und *my house* die Rede war. Für einen Moment war sie abgelenkt durch diese Tischgruppe.

Es war ihr ganz recht. Sie wusste nicht mehr, was sie noch sagen sollte. Seit zehn Tagen stocherte sie im Nebel herum, machte sich Vorwürfe und reiste diesem jungen Kerl hinterher. Und jetzt stellte sich heraus, dass sie vermutlich aufgrund eines Eifersuchtsdramas zwischen zwei ukrainischen Mädchen in Odessa gelandet war. Ein Zuhälterkartell, vielleicht ja wirklich die Wareniki, war wahrscheinlich für die Gewalttaten verantwortlich, und Alexanders naiver Versuch, im Sex-Business mitzumischen, hatte sie ausgelöst. Zum Opfer gefallen aber war ihnen Angie, die mit alldem überhaupt nichts zu tun hatte, sondern nur aus lauter Gutherzigkeit jemandem Unterschlupf gewährt hatte.

Um nicht weiter darüber nachdenken zu müssen, wandte sie sich noch einmal an Alexander. «Hast du mir jetzt wirklich alles gesagt?» Der Vorwurf in ihrer Stimme war unüberhörbar.

«Denke schon», murmelte er abweisend.

«Mann, Alexander. Begreif doch endlich. Angie ist tot, wahrscheinlich ermordet. Jeder Tag, an dem das nicht aufgeklärt wird, ist ein Tag, an dem auch Alina in Gefahr ist. Wenn sie überhaupt noch …» Der Junge sah sie so schockiert an, dass sie den Satz nicht zu Ende sprach. «Ich zieh dir hier die Würmer einzeln aus der Nase», fuhr sie fort, «und schicke die Polizei auf falsche Fährten, nur weil du dir zu fein bist, einfach mal die ganze Wahrheit zu sagen. Dabei ist das momentan das Einzige, was du noch für deine geliebte Alina wirklich tun könntest.»

Das saß. Sie konnte sehen, wie ihm Tränen in die Augen stiegen.

«Ich bin Anwältin», setzte sie nach. «Strafverteidigerin. Es ist mein Beruf, Leute vor Strafen zu schützen, die sie nicht verdient haben. Und manchmal schütze ich auch Leute vor Strafen, die sie sehr wohl verdient hätten. Trotzdem verteidige ich ihre Rechte vor dem Gericht. Das ist meine Aufgabe, verstehst du das? Mir ist es völlig egal, ob du vielleicht auch etwas Verbotenes getan hast. Aber ich will wissen, was da sonst noch im Spiel war: Drogen zum Beispiel?»

Als Alexander daraufhin antwortete, musste sie sich zu ihm herüberbeugen, so leise sprach er. «Ich weiß, es war Fehler, das mit Ludmilla. Aber ich hatte nie was zu tun mit Drogen, mit Kriminalität. Alina und ich wollten anderes Leben: Hartz IV, zur Schule gehen, studieren. Und später Geld verdienen, vielleicht Haus bauen, Kinder kriegen, Familie sein. Nicht mehr lügen, keine Angst vor Polizei haben. Wir hatten Termin in Dänemark; wir hatten fast alle Papiere für Heirat. Alina wollte es, ich wollte es. Wir hätten beinahe geschafft.»

25

Alexander war spät am Abend noch mit seinen neuen Freunden verabredet gewesen, um zu einer der großen Discos am Strand zu fahren. «Vielleicht ich treffe sie dort», hatte er gesagt.

Dem Russlanddeutschen gefiel das Leben hier, so viel war klar. Sein Großvater war in der Nähe von Odessa geboren worden, als Kind von Einwanderern aus dem Schwabenland. Nach dem Zweiten Weltkrieg hatte man die deutschstämmigen Familien aus der Schwarzmeerregion nach Sibirien verschleppt. Und dort war Alexander zur Welt gekommen. Seine Muttersprache war Russisch, aber er hatte einen deutschen Pass in der Tasche, und dafür wurde er hier von den Gleichaltrigen bewundert. Und hier erwies man ihm gern Gastfreundschaft, während er sich in Hamburg kaum mehr sicher fühlen konnte. Solange er sich außerdem noch an die Hoffnung klammerte, irgendwann auf Alina zu treffen, hatte er wenig Grund, nach Deutschland zurückzukehren.

Und ich?, fragte sich Kristina, als sie wieder allein vor ihrem Hotelfrühstück saß. Eigentlich könnte sie sofort zurückfliegen. Es gab hier nichts Sinnvolles mehr für sie zu tun. Das billige Ticket würde sie aber vermutlich nicht umbuchen können. Und warum sollte sie es auch versuchen? Ceyda würde das Büro am Mittag für dieses Wochenende schließen, und dann wartete erst mal niemand auf sie. Das Wetter war wunderschön, und sie fühlte sich in dieser Stadt lange nicht mehr so fremd wie noch vor vierundzwanzig Stunden.

Sie beschloss, mit der Straßenbahn aus dem Zentrum herauszufahren. Nach ein paar Stationen stieg sie aus und entdeckte eine altmodische, kleine Gondelbahn, die zum Strand hinabführte, und die benutzte sie auch. Sie zog ihre Schuhe und Strümpfe aus, lief durch den weißen Sand und steckte ihre Füße ins Schwarze Meer. Am Horizont sah sie Frachtschiffe, wie Spielzeugdampfer hintereinander aufgereiht. Anschließend setzte sie sich in ein Café und beobachtete, wie sich der Strand gegen Mittag langsam mit Badegästen füllte, älteren Menschen vor allem, die wahrscheinlich schon seit Jahrzehnten hierherkamen.

Dann machte sie sich auf den Weg zurück in die Innenstadt. Sie besuchte das Literaturmuseum, das in einem prachtvollen Palais nahe der Oper untergebracht war; dort war sie fast die einzige Besucherin. In jedem einzelnen der liebevoll gestalteten und mit Vitrinen bestückten Räume saß eine ältere Frau. Sobald Kristina einen Saal betrat, stand die darin anwesende Museumsmitarbeiterin respektvoll auf und schaltete das Licht ein. Anhand der Bilder und der wenigen, ins Englische übersetzten Erklärungen versuchte Kristina ein bisschen über die Geschichte dieser Stadt und über die Schriftsteller, die hier gelebt hatten, in Erfahrung zu bringen. Während sie durch die Räume ging, kribbelte zwischen ihren Zehen noch der Sand vom Stadtstrand.

Als sie das Museum verließ, bemerkte sie, dass sich der Opernvorplatz in der Zwischenzeit mit Menschen gefüllt hatte. Die meisten trugen Festtagskleidung. Strahlende, fein herausgeputzte Bräute posierten vor dem Springbrunnen für die Fotografen. Die dazugehörigen jungen Männer schienen sich in ihren schwarzen Anzügen eher unbehaglich zu fühlen. Wahrscheinlich freuten sie sich schon auf die Sportklamotten, in denen die Männerwelt von Odessa normalerweise herumlief. Mehrere weiße Stretchlimousinen standen für die Hochzeitspaare bereit.

Das ist es also, wovon Alexander träumt, dachte Kristina. Hier gab es nicht nur alte Männer, die sich mit ihrem Geld eine schöne junge Gespielin kauften, nicht nur den Straßenstrich und eine Aids-Infektionsrate, die so hoch war wie nirgendwo sonst in Europa – sondern auch junge Paare, die sich liebten, Kinder wollten und voller Hoffnung in die Zukunft blickten. Unwillkürlich musste Kristina an die Zeit denken, als sie so jung war wie die meisten hier auf dem Platz: Damals hätte sie sich allein schon den Gedanken an ein weißes Brautkleid streng verboten.

Sie schlenderte um das Operngebäude herum und stand plötzlich vor der Theaterkasse. Warum eigentlich nicht in die Oper? Wenn sie die kyrillischen Buchstaben richtig interpretierte, gaben sie an diesem Abend *La Traviata*. Für einen Betrag, der ihr lächerlich gering erschien, kaufte sie sich einen der teuersten Plätze. Und dann schrieb sie Alexander eine SMS:

GEHE HEUTE ABEND IN DIE OPER. LASS UNS MORGEN FRÜH TREFFEN, 10.00 HOTEL LONDON, DANACH RÜCKFLUG HAMBURG.

26

Er war auf dem Rückweg nach Hause. Die Sporttasche lag auf dem Sitz hinter ihm. Er war doch wieder losgefahren. Er hatte es nicht mehr ausgehalten. Es gehörte so sehr zu seinem Leben. Seine Frau war auch gar nicht erstaunt gewesen.

Aber der Abend hatte ihn enttäuscht. Er war zu spät gekommen, und ein Neuer war dabei. Nicht einmal seinen Namen hatte er verstanden. Aber es war klar: Man redete anders in Gegenwart dieses Fremden. Keiner von ihnen hatte den eingeladen.

Dabei hatte er sich darauf gefreut, sie alle wiederzusehen. Vielleicht ein neues Kapitel aufzuschlagen. Vielleicht doch noch mal nach ihr zu fragen. Aber das ging alles nicht, solange dieser Neue dabei war, der alkoholfreies Bier trank.

Er griff nach seinem Diensthandy. Der andere nahm sofort ab.

«Hab mich gefreut, dass du wieder da bist», sagte der andere.

«Ja, aber dieser Typ … Wo kommt der her?»

«Polizei», antwortete der andere nur.

«Schnüffelt der bei uns rum?»

«Keine Ahnung. Kam mir auch so vor.»

Beide schwiegen einen Moment.

«Hast du irgendwas von ihr gehört?», fragte der andere.

«Nein. Du?»

«Natürlich nicht. Sie wird zu Hause sein und sich bei ihren Leuten ausheulen. Wenn sie sich bei jemandem meldet, dann nur bei dir.»

Irgendetwas am Tonfall des anderen gefiel ihm nicht. Er ist sich nicht ganz sicher, dachte er. Oder er verschweigt mir etwas.

«Es gibt da so eine Anwältin», berichtete der andere jetzt, «die nervt ganz schön. Sie hat bei uns im Büro angerufen und die Schneider ausgehorcht.»

«Ich weiß, wen du meinst. Bei mir war sie auch.»

«Das ist nicht gut. Wir behalten die mal im Auge. Scheint im Moment im Ausland zu sein, sagt ihr Büro.»

Beinahe hätte er die rote Ampel übersehen. Im letzten Augenblick stieg er auf die Bremse. Das Handy flog ihm aus der Hand und verschwand im Dunkel des Wagens. Er überquerte die Kreuzung, fuhr rechts heran und machte sich auf die Suche danach.

«Hallo?», rief eine Stimme unter dem Fahrersitz. «Hallo, hallo? Alles in Ordnung?»

Er griff nach dem Mobiltelefon. «Ich bin okay. Musste mich hier gerade mal auf den Verkehr konzentrieren.»

«Werd jetzt mal bloß nicht nervös.»

«Dieser Todesfall … musste das denn sein?»

«Nicht dein Problem», fuhr ihn der andere an. «Aber rechne besser damit, dass die Polizei bei dir aufkreuzt. Um den Rest kümmere ich mich schon.»

27

Kristina hatte bereits gepackt und ihre Hotelrechnung bezahlt, als sie sich entschloss, noch ein eher großzügiges Trinkgeld über den Tresen der Rezeption zu schieben. Sie würde ihre restlichen Griwna sowieso nicht mehr ausgeben können.

«*Djakuju*», sagte die platinblonde Frau erfreut; das hieß «Danke». Sie lächelte Kristina an. «*Somebody asks for you.*»

«*Who?*», fragte Kristina überrascht. «*And when?*»

Die Frau sah ratlos aus. «Telefon. *Yesterday.* Gentleman.»

Kristina überlegte, wer das gewesen sein konnte. Eigentlich wusste niemand, dass sie in diesem Hotel abgestiegen war, noch nicht einmal Ceyda. Wer etwas von ihr wollte, rief sie auf dem Handy an. Ein unangenehmes Gefühl kroch in ihr hoch. Es war gut, dass sie jetzt abreiste.

Sie sah, wie sich Alexander ein wenig bleich und übernächtigt in die Hotelhalle schob. Im selben Moment klingelte ihr Handy. Sofort nahm sie den Anruf entgegen.

«Inka Brandes!» Es klang wie eine Dienstanweisung. «Sind Sie noch in Odessa?»

«Ich fliege in ein paar Stunden zurück.»

«Sehr gut! Ich wollte Ihnen nur Bescheid geben: Wir haben sie gefunden.»

«Alina? Ist sie …?»

«Alles okay. Sie ist momentan bei uns im LKA, und ich denke, wir werden sie auch noch ein wenig hierbehalten, um ihre Identität auch amtlich zweifelsfrei festzustellen. Dann wird man weitersehen.» An ihrem Tonfall war deutlich zu erkennen, dass das Mädchen neben der Kommissarin saß und zuhörte.

«Hier neben mir steht Alexander Bandow», teilte Kristina ihr mit.

«Ich informiere ihn, wenn Sie einverstanden sind. Alles andere, sobald ich in Hamburg angekommen bin.»

«Vielleicht bringen Sie Herrn Bandow gleich mit.»

«Das wird mir wohl kaum möglich sein», entgegnete Kristina. «Nur noch schnell eine Frage: Hat einer Ihrer Kollegen hier im Hotel angerufen und nach mir gefragt?»

«Glaube ich kaum. Die wissen gar nicht, wo Sie zurzeit sind.»

«Danke», sagte Kristina, legte auf und wandte sich Alexander zu. «Erst mal guten Morgen. Ich nehme an, du hast es mitbekommen. Die Polizei hat Alina gefunden.»

Im Gesicht des Jungen geschah etwas Seltsames. Kristina hatte erwartet, Freude, Erleichterung oder Sehnsucht zu sehen. Stattdessen verhärteten sich seine Züge.

«Warum soll ich glauben?», fragte er misstrauisch.

«Vielleicht, weil ich es dir sage?», gab Kristina gereizt zurück. Und dann platzte ihr der Kragen. «Vielleicht, weil ich seit zwei Wochen mein Büro vernachlässige? Weil ich mein Geld auf den Kopf haue und bis nach Odessa reise, um diese verdammte Geschichte aufzuklären? Weil ihr beide euch in etwas verstrickt habt, was Angie das Leben gekostet hat?» Plötzlich stiegen ihr Tränen in die Augen. Es war ihr egal. «Wer von uns beiden hat hier nicht mit offenen Karten gespielt? Du oder ich? Und jetzt glaubst du, dass ich dich mit einem miesen kleinen Trick, mit einem fingierten Anruf dazu kriegen will, mit nach Hamburg zu kommen?»

Alexander sah sie schweigend und unbewegt an.

«Bitte sehr», sagte sie kalt und reichte ihm ihr Handy. «Drück einfach auf Wahlwiederholung. Und wenn eine Kriminalkommissarin Inka Brandes abnimmt, erklär ihr, wer du bist. Und dass du Alina sprechen möchtest.» Zwei Minuten später gab er ihr das Telefon kleinlaut zurück. Er hatte nur wenige Worte mit Alina wechseln dürfen, aber sie hatte in diesem Moment das Leuchten in seinem Gesicht gesehen.

«Sorry», entschuldigte er sich. «Aber Sie müssen verstehen …»

«Ich muss überhaupt nichts», erklärte Kristina, «außer heute nach Hamburg zurückfliegen. Und du hast hier vermutlich auch nicht mehr viel verloren. Fahr nach Hause und lös deine Probleme.»

«Ja natürlich, ich will so schnell wie möglich zurück. Ich brauche nur …» Er brach den Satz ab und sah etwas ratlos aus.

«Du hast kein Geld für die Rückfahrt», konstatierte Kristina.

«Wenn ich paar Tage warte», überlegte Alexander, «wenn Hartz IV kommt, ich habe wieder Geld auf dem Konto. Kann abheben und Reise bezahlen.»

«Ob du Alina dann noch in Hamburg findest, ist natürlich die Frage», erklärte Kristina rachsüchtig.

Alexander sah sie entsetzt an. «Bitte!»

«Das hängt doch nicht von mir ab. Die Polizei wird sie nicht lange festhalten können. Was danach mit ihr passiert, ob man sie einfach laufenlässt oder in Abschiebehaft nimmt, weiß im Moment vermutlich niemand so genau.»

«Bitte, wenn … wenn Sie mir helfen könnten mit kleinem Kredit. Nächster Billigflug ab Kiew geht nur Donnerstag. Aber Bus fährt nach Berlin, jeden Tag. Fahrkarte kostet ungefähr hundert Euro. Ich zahle zurück, so schnell wie möglich, mit Zinsen; das verspreche ich aus meinem ganzen Herzen …»

«Jetzt werd nicht kitschig. Schon gut.» Kristina zog ihr Portemonnaie aus der Tasche. Sie drückte Alexander drei Fünfzig-Euro-Scheine in die Hand. «Wiedersehen macht Freude. Sieh zu, wie du klarkommst!»

Dann ließ sie sich von der platinblonden Rezeptionistin ein Taxi rufen. Es war eigentlich noch ein bisschen früh, um zum Flughafen zu fahren, aber sie hatte keine Lust, mehr Zeit als nötig mit Alexander zu verbringen.

Er verabschiedete sich. Höflich wünschte er Kristina einen angenehmen Rückflug. Wenige Minuten später war ihr Taxi da. Als sie die Beifahrertür von innen zuzog, spürte sie plötzlich einen leisen Anflug von Bedauern. Es war trotz allem schön gewesen in Odessa. Und in Hamburg warteten nichts als Arbeit und ungelöste Fragen auf sie.

28

Kristina zog ihre Jacke enger um sich und blickte etwas ratlos die Straße hinab. Wo hatte sie ihr Auto abgestellt? Zuletzt war sie am Mittwoch nach der Trauerfeier damit nach Hause gefahren. Schließlich fiel es ihr wieder ein. Der Fiat stand beim Sportplatz; sie hatte dort ein paar Jungs beim Fußballtraining gesehen. Sie machte sich auf den Weg.

Immerhin hatte sie gut geschlafen. Sie war bei ihrer Heimkehr ziemlich erledigt gewesen, aber zum ersten Mal seit langem hatte sie einen halbwegs entspannten Abend in ihrer Wohnung verbracht. Sie hatte ihre Tasche ausgepackt, Musik aufgelegt, die Zeitungen der letzten Tage gelesen, hatte zwei oder drei Glas Wein getrunken und war früh ins Bett gegangen. Für mehrere Stunden waren ihre Gedanken nicht ständig um Angie, Alexander und Alina gekreist. Und auch nicht um Michel.

Sie ließ sich in den Fiat fallen und drehte sofort die Heizung voll auf. In Hamburg war es viel kälter als in Odessa. Während sie durch die menschenleere Stadt fuhr, überlegte sie, was sie Inka Brandes von ihrer Reise berichten konnte. Eine Erkenntnis hatte sie immerhin mitgebracht: Vermutlich hatte Alexander mit seinem kindischen Versuch, sich ins Sex-Business einzumischen, die Gewalt ausgelöst, der Angie zum Opfer gefallen war.

Um halb zehn stand sie bei der Kommissarin in der Tür.

«Hallo! Wie war's in Odessa?», fragte Inka Brandes, als käme Kristina gerade von einem Erholungsurlaub zurück. «Und wo ist der junge Mann?»

«Alexander reist mit dem Bus. Er wird nicht vor morgen Mittag in Hamburg eintreffen.» Sie registrierte den skeptischen Blick der Kommissarin. «Er hat nicht viel Grund, in der Ukraine zu bleiben, seit er weiß, dass das Mädchen hier ist.»

«Es sei denn, er hat Ermittlungen gegen seine Person zu befürchten», bemerkte Inka Brandes trocken. «Dann wird er wohl kaum nach Hamburg zurückkehren.»

«Was hätte ich tun sollen? Mich an ihm festketten und auch mit dem Bus reisen? Dreißig Stunden lang, bis nach Berlin?» Kristina hatte eigentlich keine Lust, sich schon wieder zu rechtfertigen. «Ich bin nicht in die Ukraine gefahren, um Zeugen für Sie einzusammeln. Ist auch nicht meine Aufgabe.»

«Da haben Sie recht: Tut mir leid ...» Inka Brandes lächelte ein wenig schief. «Haben Sie denn was aus ihm rausbekommen?»

«Mir wäre es lieber, er erzählt Ihnen das alles selber so genau wie möglich», antwortete Kristina. «Kann schon sein, dass Ihre erste Vermutung stimmt und die Wareniki am Werk waren. Vielleicht wissen Sie inzwischen ja sogar Genaueres von Alina Karylenko. Wo ist sie eigentlich?»

«Ich nehme an, sie hat die Nacht im Untersuchungsgefängnis verbracht.»

«Gilt sie denn als Tatverdächtige?»

«Für uns nicht. Wir haben sie gestern Nachmittag an die Ausländerabteilung überstellt, nachdem feststand, dass auch beim Bundeskriminalamt nichts gegen sie vorliegt. Auf jeden Fall aber hat sie gegen aufenthaltsrechtliche Bestimmungen verstoßen ...»

«Hat sie eine Aussage gemacht?»

«Nein, sie hat sich erst mal ausgeschwiegen. Das Mädchen scheint vollkommen durcheinander zu sein.»

«Wo haben Sie sie denn gefunden?»

«Im zentralen Aufnahmelager für Asylbewerber in Schleswig-Holstein. Konkret: in einer ehemaligen Kaserne in Neumünster.»

Kristina sah die Kommissarin verblüfft an. «Wie bitte? Sie war die ganze Zeit über in behördlicher Obhut? Und die Polizei hat nichts davon gewusst?»

«Nicht unter ihrem Namen», gab die Kommissarin zurück. «Sie hat angegeben, sie stamme aus Grosny, Tschetschenien, und habe alle ihre Papiere verloren.»

«Und wie ist sie aufgeflogen?»

«Ich habe einfach ein wenig nachgedacht: Wo versteckt sich eine junge Frau, die illegal in Deutschland ist und Angst hat, vor wem auch immer? Die vermutlich kein Geld hat, um sich ein Hotelzimmer zu leisten? Und die sich in dem Milieu, in dem sie zuletzt unterwegs war, nicht mehr blicken lassen kann?»

«Und?» Kristina sah sie fragend an.

«Sie ist ja nicht die Erste, die zu diesem Strohhalm greift», fuhr Inka Brandes fort. «Sie vernichtet oder versteckt ihre persönlichen Papiere und denkt sich eine neue Lebensgeschichte aus. Sie wählt ein Herkunftsland, das für Menschenrechtsverletzungen bekannt ist und dessen Sprache sie einigermaßen beherrscht – jedenfalls aus unserer Sicht, weil wir uns da ja sowieso nicht so genau auskennen. Oder wissen Sie genau, was in Tschetschenien, Ossetien oder Inguschetien gerade los ist? Mit dieser Legende wendet sie sich an die zentrale Aufnahmestelle für Asylbewerber und Flüchtlinge, möglichst nicht in Hamburg. Denn hier könnte sie ja einem Behördenmitarbeiter über den Weg laufen, der sie schon kennt. Sie geht also nach Schleswig-Holstein, Niedersachsen oder Mecklenburg-Vorpommern. Und genau dort habe ich mal rumgefragt, ob sich in den letzten Tagen eine junge Frau aus Russland oder Osteuropa gemeldet hat. Und bin ziemlich schnell fündig geworden.»

«Wie haben Sie Frau Karylenko denn identifizieren können?» Das einzige Foto, das Kristina kannte, steckte in Alexanders Portemonnaie.

«Wir haben sie fotografiert und das Bild ihrer Gastfamilie in Harburg vorgelegt. Dann war der Fall klar. Die Leute haben sich übrigens sehr positiv über sie geäußert: Sie habe einen tadellosen Job gemacht, und ihre Kinder seien ganz traurig gewesen, als sie die Familie verlassen musste. Wir haben bei der Au-pair-Organisation auch ihre persönlichen Daten gecheckt: Sie ist dreiundzwanzig, also ein bisschen älter, als wir bisher angenommen haben. Sie hat in der Ukraine Abitur gemacht und dann an einer pädagogischen Hochschule studiert, in einem Kaff, dessen Namen ich mir nicht merken kann. Schon während des Studiums hat sie angefangen, Deutsch zu lernen, um dann als Au-pair nach Deutschland zu gehen. Klingt alles sehr zielstrebig und steht in einem tadellos aufgesetzten Lebenslauf, den sie mit ihrer Bewerbung bei der Organisation eingereicht hat. Gestern früh sind wir dann nach Neumünster gefahren und haben sie da rausgeholt.»

«Und wie geht es jetzt weiter?»

Die Kommissarin sah Kristina nachdenklich an. «Ich hab vorhin einen Anruf bekommen: Die Kollegen bringen die Karylenko heute Vormittag noch mal hierher. Sie hat angedeutet, dass sie jetzt bereit ist auszusagen. Ich hoffe übrigens ein wenig auf Sie. Vielleicht erzählt sie ja mehr, wenn Sie dabei sind, mit all dem, was Sie jetzt aus Odessa mitbringen.»

Kristina wurde nicht ganz schlau aus dieser Bemerkung. Aber die Möglichkeit, selbst mit Alina zu sprechen, würde sie sich nicht entgehen lassen.

«Gibt es noch weitere neue Erkenntnisse?», fragte sie betont sachlich.

«Nichts Weltbewegendes. Wir haben uns diesen Verein – Carina e.V. – etwas genauer angesehen. Die Gründungsmitglieder sind laut Vereinsregister ein niedergelassener Frauenarzt, ein Fuhrunternehmer Import/Export, zwei Betreiber von Gaststätten, ein Mann, der ein paar Immobilien in Sankt Georg besitzt, ein Rechtsanwalt und dieser Behördenmensch, dieser Niemann. Nur Männer. Was glauben Sie, was die alle miteinander verbindet?»

«Da kann ich natürlich nur spekulieren …»

«Das geht uns ähnlich: Bestenfalls, so nehmen wir an, suchen sie alle die Nähe zum Milieu. Einige sitzen ja ohnehin mit ihrem Gewerbe mittendrin. Andere spielen sich als barmherzige Ritter auf, weil sie damit besser an die Mädchen herankommen.»

«Nur um mit ihnen ins Bett zu gehen? Können sie das nicht einfacher haben?»

«Es geht wahrscheinlich um mehr. Ich formuliere hier einen Anfangsverdacht: Diese Typen sind selbst ein Teil des Milieus. Sie machen es einfach ein bisschen geschickter als andere. Benutzen die Hilfstransporte, um ihr Netzwerk in Richtung Osteuropa auszubauen. Sie pflegen Kontakte in die Herkunftsländer, um die Mädchen und das Geschäft mit ihnen unter Kontrolle zu haben. Versuchen dabei aber vermutlich, weitestgehend innerhalb der Grenzen der Legalität zu operieren und sich einzureden, dass sie damit noch ein gutes Werk tun. Aber mir ist völlig unklar, ob all das irgendwas mit unserem konkreten Fall zu tun hat.»

Selbst in diesem Zufluchtshaus in Bilhorod-Dnistrowskyj, dachte Kristina, tauchen sie ab und zu auf. Bringen ein paar Kartons mit abgelegten Kleidungsstücken vorbei und sehen mal nach dem Rechten. Damit die Frauen wissen, welche Gnade es ist, dass sie sich von dem Elend und der Gewalt erholen dürfen, die sie in Deutschland erfahren haben. Was für ein perfides System.

«Wir wollten es aber gern noch etwas genauer wissen», fuhr Inka Brandes fort. «Der Kollege Olschewski hat versucht, an den Verein heranzukommen. Ein Polizist, dachte er sich, müsste in diesem mildtätigen Club hochwillkommen sein. Er hat Kontakt zu den

Männern gesucht und schon an einem ihrer Treffen teilgenommen …»

«Wie hat er denn das so schnell hingekriegt?»

«Eine nette ältere Dame, die bei Carina e. V. Telefondienst macht, mochte ihn wohl auf Anhieb. Die fand es ganz gut, dass sich mal ein Polizist für die Sache interessiert.»

«Eine Frau Schneider?», fragte Kristina. «Die hatte ich auch schon mal an der Strippe.»

«Jedenfalls hat diese Dame meinem Kollegen verraten, dass es einen Stammtisch gibt. Jeden Freitagabend trifft sich der harte Kern des Vereins in einer Kneipe in Sankt Georg. Olschewski ist einfach hingegangen. So richtig gefreut hat sich keiner über den Neuzugang. Aber sie mussten mit ihm Bier trinken und gute Miene zum bösen Spiel machen. Mein Kollege hatte jedenfalls das Gefühl, sehr zu stören.»

Das Telefon klingelte. Inka Brandes nahm ab, sagte knapp «Ja» und «Bringt sie hoch». Dann legte sie wieder auf und sah Kristina an. «Die Karylenko ist da.»

Das blasse, sehr jung wirkende Mädchen hatte nichts mehr von der Fröhlichkeit, mit der sie von dem Automatenfoto in Alexanders Portemonnaie gelacht hatte. Ihre blonden Haare hatte sie zu einem strengen Pferdeschwanz zusammengebunden, und ihr Gesicht war ungeschminkt. Sie trug eine ausgebleichte Jeans und ein T-Shirt mit Tigermuster. Beides passte ihr nicht wirklich, vermutlich stammten die Sachen aus einer Kleidersammlung. Das Mädchen, das sie stumm und fragend ansah, schien zu frieren.

Trotz allem, dachte Kristina, trotz der Tatsache, dass sie nicht geschminkt ist, dass sie wahrscheinlich schlecht geschlafen hat und dass sie irgendwelche Sachen trägt, die ihr nicht passen, konnte sie Alexander verstehen. Diese junge Frau war etwas Besonderes: Sie wirkte zugleich verletzbar und lebensklug, sie weckte vermutlich in jedem Mann den Wunsch, sie zu besitzen und zu beschützen. Und sie ging mit dieser eigenartigen Anziehungskraft ganz unbefangen um, sie schien sich ihrer Attraktivität überhaupt nicht bewusst zu sein.

«Ich möchte mich erst mal vorstellen», sagte Kristina, nachdem sich das Mädchen gesetzt hatte. «Ich bin Kristina Wolland, Rechtsanwältin. Und Sie sind Alina Karylenko? Verstehen Sie ganz gut Deutsch?»

Das Mädchen sah sie aufmerksam an und nickte. «Ich habe nicht nach Anwältin gefragt.»

«Ich bin auch nicht hier, um Sie zu vertreten. Ich war die gesetzliche Betreuerin von Angelika Gelterkind. Soviel ich weiß, haben Sie eine kurze Zeit bei ihr gewohnt. Sie wissen, dass Frau Gelterkind tot ist?»

«Ja», antwortete das Mädchen leise, mit einem schmerzlichen Zug um die Mundwinkel. «Das habe ich erst gestern leider erfahren. Ich konnte nicht einmal Beerdigung ...» Sie verstummte. Dann sah sie Kristina mit einer neuen Art von Interesse an. «Können wir alleine sprechen. Ohne Polizei?»

«Möchten Sie das gerne?»

«Ja, ich habe viele Fragen. Vielleicht Sie können beantworten.»

Kristina wandte sich an Inka Brandes. «Ginge das? Gibt es hier ein separates Zimmer?»

«Am besten bleiben Sie einfach hier», erklärte die Kommissarin. «Ich hol mir einen Kaffee und besuche Olschewski.» Sie ging hinaus und zog die Tür hinter sich zu.

«Frau Karylenko», sagte Kristina, «ich möchte Ihnen etwas ganz klar sagen: Ich möchte den Tod von Angelika Gelterkind aufklären.»

«Ist sehr wichtig», stellte das Mädchen leise fest.

«Sie wissen: Die Polizei ermittelt, weil der Verdacht einer Straftat besteht. Als Zeugin in einem Strafverfahren – wenn Sie irgendwas auszusagen haben, was für die Ermittlungen von Bedeutung ist – dürfen Sie wahrscheinlich bis zum Strafprozess hier in Deutschland bleiben.»

Die Augen des Mädchens weiteten sich vor Überraschung. Anscheinend hatte ihr das noch niemand gesagt.

«Aber ich bitte Sie sehr, wirklich nur die Wahrheit zu sagen», fuhr Kristina fort. «Wir wollen den oder die Schuldigen finden. Für mich ist das wichtiger als die Frage Ihres Aufenthaltsrechtes, so leid es mir tut.»

«Ich will auf keinen Fall zurück», brach es aus dem Mädchen heraus. «Lieber bin ich hier in Deutschland bei Polizei oder sogar im Gefängnis als in der Ukraine.»

«Ist es so schlimm? Ich bin gestern aus Odessa zurückgekommen, eine wunderschöne Stadt. Die jungen Menschen dort sahen nicht so aus, als sei es ganz schrecklich, in der Ukraine zu leben.»

«Für mich, in meiner Lage, wäre es sehr schlecht», entgegnete Alina bitter. Sie verstummte erschrocken, als hätte sie schon zu viel erzählt.

«Ich möchte Ihnen sagen, warum ich nach Odessa gefahren bin», erklärte Kristina und bemühte sich nun um einen freundlicheren Ton. «Ich habe mich dort mit Alexander Bandow getroffen. Und der wiederum war auf der Suche nach Ihnen …»

Alina sah sie erstaunt an. Dann lächelte sie kurz und ungläubig, als erinnerte sie sich gerade an eine Episode in ihrem Leben, die schon lange zurücklag.

«Er kommt zurück nach Hamburg, wahrscheinlich morgen», berichtete Kristina. «Allerdings verstehe ich eines nicht: Warum musste er bis ans Schwarze Meer fahren, um Sie zu suchen, während Sie sich in Neumünster versteckt haben?»

«Er weiß es nicht.» Sie starrte auf die Tischplatte vor sich. «Es wird mir sehr schwerfallen, ihm mitzuteilen.»

«Was weiß er nicht?»

«Ich bin schwanger.»

Kristina atmete laut hörbar aus. «Nein, das weiß er wohl wirklich nicht. Ist er der Vater?»

Sie schüttelte bekümmert den Kopf.

«Da sind Sie sicher?»

«Ja, wir haben ja gar nicht …»

«Sie wissen, wer der Erzeuger ist?»

«Muss ich das sagen?»

«Nein, das müssen Sie nicht. Sie müssen mir gar nichts erzählen. Wenn Sie mir etwas anvertrauen, was niemand anders erfahren soll, werde ich es nicht ausplaudern. Aber wenn Sie der Polizei helfen können, das Verbrechen, das da passiert ist, aufzuklären … Angie hat Sie in ihrer Wohnung aufgenommen, und jetzt ist sie tot. Ich finde, das sind Sie ihr schuldig.» Kristina war nicht sicher, ob das Mädchen sie richtig verstanden hatte. «War es ein Kunde?», fragte sie einfach weiter. «Ich meine den Mann, von dem Sie schwanger sind?»

Alinas Züge wurden hart. «Wie meinen Sie das?», erwiderte sie höflich und kalt.

«Ich meine, ob es ein Freier war …»

Das Mädchen richtete sich kerzengerade auf. «Was glauben Sie von mir? Ich bin auf Strich gegangen? Ich habe mich prostituiert? Weil ich aus Ukraine komme? Weil wir das alle so machen?»

Kristina sah sie verblüfft an. «Ich habe in Angies Wohnung diese Karte von der Beratungsstelle in Odessa gefunden. Die war doch von Ihnen, oder? Und ich habe Alexander so verstanden …»

Alinas Lippen wurden schmal. «Das müssen Sie ihn fragen, warum er so etwas von mir denkt. Warum er mir nicht glaubt … nicht einmal er.»

«Es tut mir leid. Ich wollte Ihnen überhaupt nichts unterstellen. Aber ich würde es auch nicht verurteilen, wenn Sie in diesem Bereich gearbeitet haben.» Kristina wurde bewusst, dass sie jetzt doch etwas zu förmlich sprach. «Es war ja auch bestimmt nicht einfach, hier Geld zu verdienen, nachdem die Au-pair-Zeit zu Ende war.» Sie hätte sich am liebsten auf die Zunge gebissen. Es ist alles peinlich und falsch, was ich jetzt sage, dachte sie.

«Arbeit finden für mich in Deutschland kein Problem», erklärte das Mädchen, immer noch sehr kühl. «In der Küche aushelfen, alte Leute pflegen, auf Kinder aufpassen … Gibt genug Jobs für vier oder fünf Euro pro Stunde. Konnte ich noch Geld nach Hause schicken. Aber alles ohne Papiere. Bitte, wenn es geht, sagen Sie es nicht Polizei und auch nicht Ausländerbehörde.»

«Hier interessiert niemanden, ob Sie schwarzgearbeitet haben. Sie sind hier, weil die Mordkommission ermittelt. Aber dass Sie schwanger sind – und wer der Vater Ihres Kindes sein könnte –, das ist schon wichtig. Übrigens könnte es auch für Ihre Aufenthaltserlaubnis in Deutschland von großer Bedeutung sein.»

Das Mädchen sah sie groß an. «Warum das?»

«Wenn Sie das Kind eines Deutschen zur Welt bringen, kann es sofort die deutsche Staatsbürgerschaft bekommen. Und Sie, als seine Mutter, dürfen dann nicht mehr abgeschoben werden, bis ihr Kind volljährig ist.»

Für einen Moment sank Alina in sich zusammen. Sie schlug die Hände vors Gesicht und schüttelte den Kopf. Ihre Schultern zuckten. Dann hörte Kristina ein trockenes Schluchzen. Sie tippte dem Mädchen sanft auf die Schulter und sagte hilflos: «Tut mir leid, wenn ich Ihnen vorhin zu nahe getreten bin. Das wollte ich nicht. Ich kann versuchen, einen Kollegen herzuholen, der Sie in ausländerrechtlichen Fragen vertreten kann.»

Das Mädchen sah auf. «Niemand hat mir gesagt», erklärte sie leise, «dass es gibt diese Möglichkeit … diese Lösung.»

«Der Vater Ihres Kindes ist Deutscher?», fragte Kristina.

Alina richtete sich auf. «Wahrscheinlich ist besser, wenn ich erzähle.» Kristina reichte ihr schweigend ein Tempotaschentuch.

Das Mädchen trocknete sich das Gesicht ab und begann seinen Bericht: «Ich war bei Ausländerbehörde ... damals, da war ich noch Au-pair. Ich hatte Studienplatz, aber ich brauchte Aufenthalt. Ich bin gegangen Einwohner-Zentralamt, Amsinckstraße. Sie kennen das? Da war ein Beamter, der war sehr nett. Hat versprochen, mir ein bisschen zu helfen, mit Formularen und so, aber hat gesagt, er muss mich erst ein bisschen besser kennenlernen. Wir haben ein paarmal getroffen, Kaffee getrunken und so. Dann habe ich gemerkt, er ... will sehr gerne mehr mit mir zusammen sein.»

Kristina ahnte, von wem sie sprach.

«Er hat auch viel von sich erzählt. Seine Frau immer traurig, nimmt Tabletten; sie macht keinen Sex mit ihm, er hat kleines Kind. Er tat mir leid.»

«Und dann haben Sie ... Dann hat sich eine Beziehung zwischen Ihnen entwickelt?»

Alina nickte. «Er hat ein paarmal Hotelzimmer genommen, für uns beide, in der Nähe von Hauptbahnhof. Sehr schönes Zimmer. Er war sehr freundlich zu mir. Es fiel mir nicht schwer, lieb zu ihm zu sein. Nur ein bisschen in den Arm nehmen und schlafen und reden ...»

«... und schwanger werden? Haben Sie denn nicht verhütet?»

Alina zuckte mit den Schultern. «Ich weiß nicht genau, wie es passiert ist. Er hat immer Kondome genommen, vielleicht einoder zweimal Ausnahme. Ich habe es gleich gemerkt, habe Test in Apotheke gekauft und dann ihm erzählt.»

«Und wie hat er reagiert?»

«Sehr streng. Er hat gesagt, wenn ich Kind austrage, alles wird sehr schwierig für mich werden. Ich habe keine Krankenversicherung, wenn ich zum Arzt gehe, ins Krankenhaus ... Er wird nicht verhindern können, dass man mich nach Ukraine abschiebt. Aber wenn ich Schwangerschaft abbrechen möchte, er hat versprochen, er wird es bezahlen.»

«Aber das wollten Sie nicht?»

«Wo ich herkomme, wir sind alle katholisch. Religion ist sehr wichtig für uns. Wenn Kind kommt, nehmen wir es, freuen wir uns, auch wenn nicht alles ganz gut passt.»

«Und was hat … der Vater des Kindes dazu gesagt?»

«Er war sehr besorgt. Ich bin unvernünftig, hat er gesagt, aber er ist sicher, ich werde Meinung ändern. Ich soll zur Beratungsstelle gehen und mir Bescheinigung holen, denn ich darf keine Zeit verlieren.»

«Und das haben Sie gemacht?»

«Ja, war ich in diesem Haus für Planung der Familie in Altona. Diese Frau, mit der ich dort gesprochen habe, hat gemerkt … Ich bin nicht sicher, was ich will. Ich soll in Ruhe überlegen, hat sie gesagt. Und ich habe gedacht: Vielleicht kann ich Kind ganz alleine zur Welt bringen, ohne Arzt, ohne Krankenhaus. Dort, wo ich herkomme, auf dem Land, werden viele Kinder so geboren. Und wenn ich Vater in Ruhe lasse, er muss nicht mit mir leben, nur ein bisschen Geld bezahlen. Wenn er will, er kann das Kind besuchen.»

«Sie haben also weiterhin geplant, das Kind zu bekommen?»

«Ich war Au-pair, ich mag kleine Kinder so gern.»

«Und das haben Sie ihm gesagt?»

«Von diesem Tag an ich hatte immer Angst, Polizei findet mich. Er hat gesagt, wenn sie mich erwischen, sie werden mich einsperren und abschieben. Ich muss alles bezahlen; es wird sehr teuer für mich werden. Und ich kann nie wieder nach Deutschland zurück. Nie wieder in meinem ganzen Leben.»

«Der Polizei war Ihr Name nicht einmal bekannt», stellte Kristina nüchtern fest. Das Mädchen sah sie still und verstört an.

«Woher hatten Sie eigentlich die Visitenkarte von dieser Beratungsstelle in Odessa?», wollte sie wissen.

«Von diesem Mann … von Ausländerbehörde, für Notfall. Die helfen Mädchen in meiner Lage, hat er gesagt.»

«Und während das alles passierte, haben Sie Alexander kennengelernt? Haben Sie ihm erzählt, dass Sie ein Kind erwarten?»

Alina schüttelte stumm den Kopf.

«Und Ihrem Freund … also dem Vater des Kindes – haben Sie ihm von Alexander erzählt?»

«Ich habe ihm gesagt, ich kann vielleicht jemanden heiraten. Ich gründe Familie, ich werde krankenversichert sein, Kind kann ganz normal zur Welt kommen. Dann habe ich deutschen Ehemann … und wir können weiter treffen, wenn er es möchte.»

«Sie wollten es Alexander erst sagen, wenn Sie verheiratet sind?», fragte Kristina erstaunt. «Oder ihm überhaupt nicht sagen, dass er nicht der Vater ist? Und Sie wollten gleichzeitig die Affäre mit Ihrem Freund fortsetzen. Finden Sie das fair?»

Alina biss sich auf die Lippe. «Niemand ist fair. Leben ist nicht fair. Geschichte noch nicht zu Ende.» Sie sah jetzt noch blasser und schmaler aus.

«Okay», sagte Kristina, «dann erzählen Sie weiter.»

«Mein Freund … also der Mann aus dem Amt … er wollte, dass ich zum Arzt gehe. Er kennt gynäkologische Praxis in Sankt Georg, die behandeln mich, die untersuchen alles; er wird bezahlen. Dieser Frauenarzt war wirklich sehr nett. Er hat mir Blut abgenommen und gesagt, ich soll paar Tage später wiederkommen …» Alina verstummte. Dann sah sie Kristina flehentlich an. «Niemand weiß –»

«Ich glaube, es ist allmählich Zeit für die ganze Geschichte», fiel Kristina ihr ins Wort.

«Arzt war sehr ernst beim nächsten Termin. Er hat gesagt, ich bin positiv. Also schwanger, aber auch anders positiv. Ich bin infiziert, mit Aids. Das Baby wird krank zur Welt kommen, infiziert wie ich … und ich sterbe vielleicht, wenn Kind noch ganz klein ist. Er hat mir gesagt, ich kann gleich nächsten Tag Abtreibung machen, bei ihm in der Praxis.»

Kristina schluckte. Mein Gott, dachte sie, was hat unsereiner für Probleme. Du hast einen Job, eine Wohnung, genug Geld und ein kompliziertes Liebesleben. Vor dir sitzt eine Dreiundzwanzigjährige, die ist illegal in Deutschland, schwanger und HIV-positiv. Sie ist nicht krankenversichert, der Vater will von ihrem Kind nichts wissen, und wenn sie in die Ukraine zurückmuss, wartet dort ein Albtraum auf sie.

«Aber Sie müssen wissen …» – plötzlich schien Alina zum Leben erwacht –, «… als ich Ergebnis von Aids-Test wusste, es war ganz klar für mich: Ich bekomme dieses Kind. Vielleicht werde ich sonst nie eins haben. Vielleicht ist es einzige Sache, die ich gut machen kann im Leben. Ich bin sofort zu Freundin gefahren, sie ist Au-pair in Hamburg wie ich, und sie hat Laptop. Wir haben alles nachgelesen in Internet, und dann wusste ich: Was dieser Arzt erzählt hat, stimmt nicht. Ich kann Kind gesund zur Welt bringen, fast hundertprozentig sicher ohne HIV. Wenn ich in Deutschland bleibe und gute Behandlung bekomme.»

«Verstehe», murmelte Kristina niedergeschlagen. Sie dachte an Angie. Vermutlich hatte sie nicht gewusst, in welcher Notlage Alina gewesen war. Aber gespürt hatte sie es ganz bestimmt. «Wissen Sie, wie Sie sich infiziert haben? Hatten Sie mit illegalen Drogen zu tun? Haben Sie sich etwas gespritzt?»

Alina schüttelte bekümmert den Kopf. «Nein, niemals. Bei uns in Ukraine viele Menschen haben HIV, ganz normale junge Leute. Vor ein paar Jahren wir wussten darüber nicht viel. Ich weiß nicht, wann es passiert ist. Ich habe Pille genommen; ich habe Pädagogik in Dnjepropetrowsk studiert, habe gedacht, kann nichts passieren …»

«Und der Vater des Kindes – weiß er, dass Sie positiv sind?»

Alina schüttelte schweigend den Kopf.

«Sie werden es ihm sagen müssen», fuhr Kristina fort. «Vielleicht haben Sie ihn angesteckt, vielleicht aber hat er auch Sie angesteckt.

Er hat eine Frau und ein Kind. Wollen Sie verantworten, dass noch mehr Menschen mit dem Virus infiziert werden?»

«Er bringt mich um, wenn er von Aids erfährt.»

«Bisher hat nur jemand Frau Gelterkind umgebracht», erklärte Kristina hart. «Sie müssen mir natürlich nicht verraten, wie der Mann heißt, über den wir hier sprechen. Aber ich vermute doch sehr, es handelt sich um Rüdiger Niemann.»

Das Mädchen erschrak. «Woher Sie wissen?»

«Egal», entgegnete Kristina. «Ich hab es mir einfach gedacht. Wusste er eigentlich, wo Sie untergekommen waren? Haben Sie ihm von der Wohnung in Altona erzählt?»

«Rüdiger wusste nur Adresse von Alexander. Er braucht sie für seine Unterlagen, hat er gesagt. Wenn ich heiraten will, muss er persönliche Angaben von Ehemann überprüfen. Aber ich habe bei Alexander nie geschlafen, nicht ein einziges Mal. Ich hatte Angst, Polizei findet mich dort. In Altona, ich dachte, ist sicherer; niemand weiß, wo ich bin.»

«Hatten Sie noch mit irgendjemand anders Ärger?» Kristina wusste eigentlich nicht, warum sie diese Fragen noch stellte. «Zum Beispiel Schulden? Hatte jemand Grund, nach Ihnen zu suchen?»

«Nein, war alles okay», behauptete Alina. Sie zog ihre Füße auf den Stuhl und schlang ihre Arme um die Knie, als könnte sie sich so vor einem Angriff schützen. Dann berichtete sie weiter: «Ich habe nicht gedacht, dass ich Feinde habe. Nur viele Probleme. Aber dann stand schwarzes Auto vor der Tür in Altona. Vor Angies Haus. Dunkle Scheiben. Es war an diesem Sonntagnachmittag. Zwei Männer, sie sind schnell eingestiegen, als ich gekommen bin. Aber ich habe sie gesehen. Auto ist dort stehen geblieben, bestimmt eine Stunde; ich habe es aus dem Fenster beobachtet. Dann kam Polizeiwagen vorbei, zufällig vielleicht, und Auto ist weggefahren. Da wusste ich, sie sind nicht Polizei, aber sie werden wiederkommen, wenn es Nacht ist. Ich habe es Angie erzählt, und wir haben entschieden: Wir gehen weg. Wir gehen an einen Platz, wo wir Schutz haben. Sie geht in Psychiatrie, ich in anderes Bundesland, in Ausländerheim. Dort kann ich bleiben, bis ich Alexander heiraten kann. Und danach ich kann bei ihm wohnen.»

«Aber was haben Sie befürchtet? Sie sagen doch, Sie haben nichts Verbotenes getan? Warum sollte jemand Sie bedrohen?»

Alina richtete sich auf ihrem Stuhl auf. «Ich komme aus der Ukraine, ich bin nicht naiv. Bei uns zu Hause es gibt Regierung, Polizei. Und es gibt Leute mit großen Autos, mit dunklen Scheiben. Sie haben viel Geld und viel Macht. Wenn sie vor deiner Tür stehen, dann weißt du, du musst verschwinden. Recht oder unrecht, das ist nicht wichtig.» Dem Mädchen standen jetzt Tränen in den Augen. «Aber ich verstehe nicht, warum Angie … Sie wollte Wohnung kurz nach mir verlassen … Was ist passiert?»

«Wann sind Sie denn dort weggegangen?»

«Am Abend. Vielleicht acht Uhr.»

Kristina wurde flau in der Magengegend. Wahrscheinlich war Angie stundenlang durch die Stadt geirrt, bevor sie sich endlich dazu durchringen konnte, sie, Kristina, anzurufen und sich in die Klinik fahren zu lassen. Als sie beide dann mitten in der Nacht nach Altona zurückgekehrt waren, hatte vermutlich wieder dieses Auto vor der Tür gestanden. Ob Angie es gesehen hatte? Ob sie sich ihrem Schicksal einfach ergeben hatte – und das nur deshalb, weil sie zu stolz gewesen war, Kristina noch einmal um Hilfe zu bitten?

«Ich habe sie in der Nacht getroffen», erklärte Kristina dem Mädchen so nüchtern wie möglich. «Sie ist noch einmal nach Hause zurückgekehrt. Ich war mit ihr zusammen, aber ich hatte keine Ahnung … Vielleicht erzähle ich Ihnen später einmal, wie es dazu kam.» Für einen Augenblick war es sehr still im Büro der Kommissarin.

Dann zwang sich die Anwältin, das Gespräch wiederaufzunehmen. «Eine Frage haben Sie mir noch nicht beantwortet: Warum haben Sie sich eigentlich nicht bei Alexander gemeldet? Sie wissen, dass er bis nach Odessa gefahren ist, um Sie zu suchen?»

Das Mädchen sah sie verständnislos an.

«Alexander hat auf dem Konzert in der Markthalle von einer Freundin, einem Mädchen namens Ludmilla, gehört, dass Sie so schnell wie möglich in die Ukraine zurückwollen.» Jetzt registrierte sie ein deutliches Unbehagen in Alinas Gesicht.

«Ich kenne dieses Mädchen nicht», sagte die junge Frau leise. «Ich weiß nicht, warum sie so etwas behauptet. Ich war schon in Asylunterkunft, als *Okean Elzy* in Hamburg spielte. Leider. Einziges Konzert in Deutschland verpasst.»

«Aber warum haben Sie ihm nicht einmal eine Nachricht hinterlassen? Warum sollte Ihr Verlobter nicht erfahren, was mit Ihnen los ist?»

«An jenem Sonntag … ich hatte einfach Angst. Ich musste neues Versteck finden, ich musste Geschichte ausdenken, ich musste Sachen verschwinden lassen: Ausweis, Handy, alles. Niemand sollte wissen, wo ich bin. Ich wusste auch nicht, was macht Alexander, wenn er ganze Wahrheit erfährt, über Schwangerschaft, über HIV. Dann, nach paar Tagen, ich habe ein bisschen Taschengeld bekommen, in Asylunterkunft, und konnte mir Telefonkarte kaufen. Habe viele Male versucht, aus Telefonzelle ihn anzurufen. Aber habe ihn nie erreicht.»

Klar, dachte Kristina, er war ja inzwischen in Odessa. Wäre er einfach hiergeblieben, hätte er längst von ihr gehört.

Die Tür ging auf. Inka Brandes steckte ihren Kopf herein. «Na, ihr zwei? Kommt ihr voran?»

«Das könnte man so ausdrücken», antwortete Kristina. «Ich denke aber, dass Frau Karylenko unbedingt anwaltlich beraten werden sollte. Und zwar durch einen Kollegen, der sich mit Ausländerrecht auskennt. Das lässt sich über den Notdienst sicher schnell organisieren.»

«Klar», sagte Inka Brandes, «die Nummer haben wir hier.»

Alina nickte stumm.

Kristina wandte sich ein letztes Mal an das Mädchen. «Ich hab noch eine Frage. Dieser Frauenarzt in Sankt Georg – wie hieß der eigentlich?»

«Dr. Kräher, Lange Reihe», erwiderte Alina. «Er war wirklich sehr nett.»

Die Kommissarin sah aus, als hätte sie den Namen schon mal irgendwo gehört.

29

Zwischen dem dritten und vierten Obergeschoss wehte ihr ein kühler Lufthauch entgegen. Kristina nahm den Vorboten nur flüchtig wahr. Sekunden später sah sie schon, was passiert war: Ihre Wohnungstür stand einen Spaltbreit offen, der Rahmen war zersplittert.

Es war ganz still. Irgendwo in der Ferne hörte sie Kirchenglocken läuten. Ob noch jemand dort drinnen war? Sie wusste, es war unvernünftig, aber den Impuls, vorsichtig mit dem Ellenbogen gegen die Tür zu drücken, vermochte sie nicht zu bezwingen. Diese ließ sich aber nur ein kleines Stück weiter aufschieben. Etwas Schweres musste dahinterliegen. Der Türspalt war nicht breit genug, um einen Menschen durchzulassen.

Langsam wich Kristina zurück. Sie zwang sich, die Treppe in ganz normalem Tempo wieder hinunterzusteigen, und sie verbot sich, irgendwo zu klingeln oder Alarm zu schlagen. Ihre Knie zitterten, als sie das Haus verließ und die Straße überquerte. Sie ging so weit weg, dass sie zum einen die Eingangstür noch im Blick hatte und zum anderen sofort um eine Straßenecke verschwinden konnte, falls jemand herauskam.

Sie griff nach ihrem Handy. Inka Brandes war die Letzte, mit der sie telefoniert hatte; sie musste nur auf die Wahlwiederholungstaste drücken.

Die Kommissarin ließ es sehr lange klingeln. Dann nahm sie doch noch ab. «Frau Wolland, es geht jetzt nicht», teilte sie nur knapp mit, «ich rufe Sie nachher zurück.»

Das Gespräch war beendet, bevor Kristina etwas erwidern konnte. Sie wählte die Nummer der Polizeizentrale und bat den Beamten, sie mit Marek Olschewski zu verbinden.

Der Ermittler war sofort dran.

«Wolland hier ... bei mir zu Hause. Besser gesagt: vor der Haustür. In meine Wohnung ist eingebrochen worden. Während ich im Landeskriminalamt war. Vielleicht ist auch noch jemand drinnen.» Sie klang weinerlich und hasste sich dafür.

«Bleiben Sie ruhig», sagte Olschewski. «Bringen Sie sich in Sicherheit.» So warm und zugewandt hatte er noch nie mit ihr gesprochen. «Gehen Sie auf keinen Fall rein. Meine Kollegen sind in ein paar Minuten bei Ihnen. Und ich komme auch, das dauert aber einen Augenblick länger.»

«Danke», erwiderte Kristina. Sie hatte einen Kloß im Hals. Jetzt konnte sie nichts anderes mehr tun als warten. Die Sekunden krochen zäh dahin. Mit irgendjemandem musste sie reden.

Sie hatte bisher nur selten bei Ceyda zu Hause angerufen, dennoch hatte sie die Nummer im Kopf. Ihre Angestellte teilte sich die Wohnung mit einem Verwandten, der Handelsgeschäfte mit der Türkei betrieb und nur zeitweise in Hamburg war.

Ceyda nahm sofort ab und wirkte aufgeräumt und präsent wie immer. «Kristina! Was gibt's denn? Du bist zurück aus Odessa?»

«Ceyda, bei mir ist … Ich wollte …» Kristina konnte einen Moment nicht weiterreden.

«Schon klar», sagte Ceyda freundlich. «Du willst natürlich Michel sprechen.»

«Ist er etwa …?» Sie brachte auch diesen Satz nicht zu Ende. Sie verstand. Sie verstand nicht.

«Oh, tut mir leid», antwortete Ceyda. «Ich dachte, er hat es dir längst gesagt.»

«Hat er nicht.» Kristina zwang sich zur Ruhe. «Was ich mitteilen wollte … Ach, es hat sich im Grunde schon erledigt.»

«Er ist auch im Moment nicht hier. Ich richte ihm aus, dass er dich zurückrufen soll.» Ihre Angestellte war die Verbindlichkeit in Person. «Alles andere ist dann ja wohl eure Sache.»

Wortlos beendete Kristina das Telefongespräch. Am Ende der Straße sah sie ein Polizeifahrzeug mit Blaulicht einbiegen. Sie riss sich zusammen. Der Streifenwagen bremste scharf und kam direkt vor ihrer Haustür zum Stehen. Zwei Uniformierte kletterten aus dem Fahrzeug und setzten sich ihre Mützen auf. Kristina überquerte die Straße und ging auf sie zu.

«Wolland, mein Name. Ich habe angerufen.»

«Na, dann wollen wir mal», sagte der jüngere der beiden Polizisten zu ihr. «Wo brennt's denn?»

Kristina wies zu ihren beiden Fenstern im vierten Stock hoch. «Meine Wohnung. Ein Einbruch, heute Vormittag, ich war unterwegs. Ich weiß nicht, ob noch jemand dort oben ist.»

Der Beamte sah seinen Kollegen an. «Sollten wir um Verstärkung bitten?»

«Vielleicht erst mal die Fluchtwege prüfen», meinte der Ältere. «Hat Ihre Wohnung einen Balkon? Gibt es eine Feuerleiter?»

«Auf der Rückseite des Hauses», erklärte Kristina. Sie hätte auch schon früher darauf kommen können.

Vom Hinterhof aus war leicht zu erkennen, dass ihre Balkontür weit offen stand. Ein sportlicher Mann konnte vom Balkon auf das Dach des niedrigeren Nachbarhauses gelangt und von dort aus geflohen sein.

«Alles klar», meinte der jüngere Polizist. «Der ist wohl weg. Dann gehen wir jetzt mal hoch. Sie bleiben bitte hinter uns.»

In diesem Moment klingelte Kristinas Handy. Einen Moment befürchtete sie schon, es könnte Michel sein. Aber es war Olschewski, der gerade angekommen war und vor dem Haus stand.

Zu viert stiegen sie die Treppen hoch. Ohne große Anstrengung schob einer der Beamten die Wohnungstür so weit auf, dass sie einen Blick in den Flur werfen konnten.

Es sah aus, wie es in Alexanders Wohnung ausgesehen hatte. Der Fußboden war bedeckt mit Gegenständen, die aus Regalen und Schränken herausgerissen worden waren. Bücher, Kleidung, Geschirr, Zeitungen. Darüber Mehl, Haferflocken, Papierschnipsel und Wasser. Es würde Tage dauern, um dieses Chaos zu beseitigen – um alles auszusortieren, was noch brauchbar war, und das andere wegzuwerfen. Na ja, dachte Kristina mechanisch, ich hatte sowieso schon lange vor, mal auszumisten.

«Nicht reingehen», mahnte Olschewski. «Wir warten auf die Spurensicherung.» Er wandte sich an die beiden Polizisten. «Das hier ist kein üblicher Wohnungseinbruch am Tage, sondern wahrscheinlich ein Anschlag, der sich gegen Frau Wolland persönlich richtet.» Dann sah er Kristina an. «Können Sie erst mal bei jemand anderem unterkommen? Verwandte? Bekannte?»

Kristina nickte. In Wirklichkeit hatte sie keine Ahnung, wo sie übernachten konnte, aber das ging Olschewski nichts an. Ganz sicher jedenfalls nicht bei Ceyda. Es gab schließlich Hotels.

«Mal sehen, ob ich Personenschutz für Sie bekomme», fuhr der Ermittler fort. «Wäre meiner Meinung nach nicht verkehrt. Es kann aber ein bisschen dauern.»

Sie standen noch immer auf dem Treppenabsatz im Hausflur. «Okay, Sie beide bleiben hier, vor der Wohnungstür», wies Olschweski seine Kollegen an. «Und Sie, Frau Wolland, kommen am besten mit. Wir können die Anzeige bei mir im Auto aufnehmen.»

Es war eigentlich nur eine Formsache, Kristinas Adresse und die vermutliche Tatzeit aufzuschreiben. Aber Olschewski wollte anscheinend noch etwas loswerden.

«Ich bin ja kein Freund von großen Worten», erklärte er, als sie bei ihm auf dem Beifahrersitz saß. «Hat erst ein bisschen geknirscht zwischen uns beiden. Ich dachte, Sie sind auch mal wieder so eine Oberschlaue, die mir erklären will, wie Polizeiarbeit geht. Aber ich sag mal: Hut ab! Sie wollen es wirklich wissen. Ohne Sie würden wir noch völlig im Dunkeln tappen. Ich hoffe, ich kann Ihnen schnell jemanden schicken, der ein bisschen auf Sie aufpasst. Sie können natürlich auch zu Ihrem eigenen Schutz mit mir ins Präsidium kommen.»

«Danke, ich bleibe lieber in Altona; ich hab ja ein Büro hier», wehrte Kristina ab.

«Keine gute Idee», meinte Olschewski. «Da sollten Sie sich heute besser nicht aufhalten. Schon gar nicht ganz allein.»

«Okay, seh ich ein», seufzte Kristina.

«Passen Sie einfach die nächsten Stunden besonders gut auf sich auf», erklärte der Ermittler. «Ich melde mich, sobald ich was Neues habe.»

Etwas unmotiviert reichte ihm Kristina ihre Hand. «Danke für Ihre Hilfe. Machen Sie sich mal keine Sorgen, ich komm schon klar.» Dann stieg sie aus seinem Auto. Sie war erleichtert, als der Ermittler losfuhr. Unschlüssig sah sie sich auf der Straße um. Es konnte noch dauern, bis die Spurensicherung auftauchte.

Die Sonne brach durch die Wolken. Nur ein paar Schritte die Straße hinunter lag der Sportplatz. Dort würde es zumindest eine

Bank geben, auf die sie sich setzen konnte, um in Ruhe nachzudenken.

Natürlich hatte sie ein paar Freundinnen, die sie anrufen und um Hilfe bitten könnte. Aber mit keiner von ihnen hatte sie in den letzten Wochen auch nur telefoniert. Was sollte sie ihnen jetzt erzählen? «Angie ist tot, wahrscheinlich ermordet. Deshalb war ich auch gerade in Odessa, auf der Suche nach einem ukrainischen Mädchen. Heute Morgen wurde in meiner Wohnung eingebrochen, und Michel lebt jetzt mit Ceyda zusammen.» Bei der Vorstellung, das alles erklären zu müssen, traten ihr die Tränen in die Augen. Jetzt bloß nicht schwach werden, dachte sie. Du hast im Moment noch nicht einmal ein Dach über dem Kopf und brauchst deinen Verstand dringender denn je.

Mascha. Sie hatte sowieso versprochen, sich bei der Ärztin zu melden, sobald sie aus Odessa zurück war. Kristina kramte ihr Handy aus der Tasche und schaltete es wieder ein.

«Dobrotilowa!» Die Ärztin nahm sofort ab.

«Hallo, hier ist Kristina, ich …»

«Wie schön, von dir zu hören! Ich hab an dich gedacht in den letzten Tagen. Wie ist es dir in der Ukraine ergangen?»

«Odessa war interessant. Und schön. Es ist viel passiert … Aber wo bist du überhaupt?»

«Ich fahre gerade mit der S-Bahn nach Hause. Ich hab Nachtdienst gehabt, und dann gab es noch so viel –» Mascha unterbrach sich selbst. «Tut mir leid, das ist alles gar nicht wichtig. Wie geht es dir?»

«Es geht. In meine Wohnung wurde eingebrochen … Heute Morgen, während ich bei der Polizei war.»

Sie konnte Maschas Antwort nicht richtig verstehen. Dann brach die Verbindung ganz ab. Wenige Augenblicke später klingelte ihr Handy. «Kristina, wenn ich irgendwie helfen kann … Du bist jederzeit willkommen. Meine Familie freut sich, dich kennenzulernen. Wenn es dir nicht zu unruhig ist … du kannst auch gerne bei uns schlafen, wir haben genug Platz. Und wir können heute Abend zusammen essen; mein Mann kocht.»

Kristina spürte, wie sie von einer Welle der Dankbarkeit durchflutet wurde. «Ich glaube, das kann ich mir sehr gut vorstellen. Ich bleibe hier aber erst mal, bis die Leute von der Spurensicherung kommen. Vielleicht kann ich dann noch ein paar Sachen aus der Wohnung holen und zu euch kommen.»

«Ludwig-Rosenberg-Ring 52», sagte Mascha. «Wir sind da und freuen uns auf dich.»

«Danke! Aber wartet nicht auf mich. Es kann spät werden.» Kristina beendete das Gespräch. Etwas unschlüssig starrte sie auf das Display ihres Handys. Dann schaltete sie das Mobiltelefon aus. Falls Michel versuchte, sie zurückzurufen, war sie jetzt einfach mal nicht zu sprechen.

Ganze anderthalb Stunden später kamen sie: ein Mann und eine Frau, die weiße Overalls überzogen, bevor sie ihren ersten Schritt in Kristinas Wohnung taten. Sie waren an ihrem freien Sonntagnachmittag zum Dienst zitiert worden und schienen darüber nicht besonders erfreut. Aber Olschewski, so bemerkten sie nebenbei – und dabei klang Stolz durch –, habe seine besten Leute für diesen Einsatz angefordert.

Die beiden schoben vorsichtig einen schmalen Gang durch den Flur und die Küche frei, wobei sie jede Veränderung, die sie vornahmen, fotografierten und aufschrieben. Dann erst baten sie Kristina herein.

Auf dem Küchentisch war Mehl ausgestreut: *FUCK!* Vier große Buchstaben, mit dem Finger in das weiße Pulver gezogen, bedeckten den ganzen Tisch.

«Nicht anfassen!», sagten die Kriminaltechniker überflüssigerweise und schossen ein Foto nach dem anderen.

Kristinas Festnetztelefon klingelte. Fragend sah sie die Ermittler an. Die Frau nahm den Hörer mit spitzen Fingern ab, obwohl sie ohnehin Handschuhe trug, und hielt ihn Kristina ans Ohr.

«Wolland?»

«Brandes, ich versuche schon die ganze Zeit, Sie zurückzurufen …»

«Tut mir leid», sagte Kristina. «Ich wollte nicht … Ich melde mich sofort bei Ihnen.» Sie schaltete ihr Handy wieder ein und ging damit auf den Balkon.

«Tut mir leid, dass ich Sie vorhin so abgewimmelt habe», erklärte die Kommissarin wenige Augenblicke später. «Aber ich wollte die Vernehmung von Frau Karylenko auf keinen Fall unterbrechen. Sie hat umfassend ausgesagt … sehr, sehr interessant.»

«Konnten Sie ihr auf die Schnelle noch einen Anwalt besorgen?»

«Sie wollte keinen: Sie hat gesagt, sie möchte alles sagen, denn sie habe nichts Verbotenes getan und sehe jetzt eine Perspektive, in Deutschland zu bleiben …»

«Aber der Fall ist allein aus ausländerrechtlicher Sicht ausgesprochen prekär!»

«Was soll ich machen», entgegnete Inka Brandes kühl. «Ich bin Polizistin. Wenn sie eine Aussage machen will, werde ich sie wohl kaum davon abhalten.»

«Bei mir gibt's übrigens auch etwas Neues», sagte Kristina. «Ich weiß nicht, ob Sie es schon gehört haben: In meine Wohnung wurde eingebrochen. Gleiche Handschrift wie in Neu-Allermöhe. Ihre Kollegen sind gerade da und sichern die Spuren.»

«Oh, das tut mir leid!» Die Kommissarin klang aufrichtig erschrocken. «Umso besser, dass wir jetzt allmählich auf der richtigen Spur sind.»

«Wie meinen Sie das?»

«Wenn das, was Frau Karylenko aussagt, der Wahrheit entspricht, hatte dieser Behördenmensch, Rüdiger Niemann, jedenfalls ein handfestes Interesse daran, sie aus dem Land zu schaffen. Über seinen Verein hatte er vermutlich auch Kontakte zu Leuten, die so was erledigen. Wir werden auf jeden Fall versuchen, ihn heute noch zu befragen.»

«Und Alina, also Frau Karylenko … Was ist mit ihr?»

«Die ist vorhin hier weggegangen.»

«Wie, und jetzt? Ist sie ganz allein irgendwo da draußen unterwegs?»

«Sie steht nicht unter Tatverdacht. Man wird sie bei diesem Stand der Ermittlungen auch nicht abschieben, weil sie eine wichtige Zeugin ist. Es gab keinen Grund, sie weiter hierzubehalten. Obwohl ihr das selbst vielleicht sogar lieber gewesen wäre.»

«Moment.» Kristinas Herz schlug bis zum Hals. «Das geht mir jetzt ein bisschen schnell. Es besteht also der Verdacht, dass ein Mitarbeiter der Ausländerbehörde versucht hat, eine junge Frau außer Landes zu schaffen. Die Frau, bei der sie gewohnt hat, wurde wahrscheinlich umgebracht. Bei anderen Personen, die mit dem Fall zu tun hatten, wurde eingebrochen und die Wohnung demoliert, zuletzt bei mir, und zwar genau heute Morgen. Und was tun Sie? Sie schicken das Mädchen einfach schutzlos auf die Straße? Eine junge Frau, die obdachlos ist, kein Geld hat, HIV-infiziert und schwanger ist?»

«Frau Wolland, tut mir leid, da verwechseln Sie was. Erstens: Wir sind nicht die Sozialbehörde, sondern die Polizei. Zweitens: Wir tun schon, was wir können – und das heißt, wir versuchen die Sache so schnell wie möglich aufzuklären. Drittens: Ich habe versucht, Sie anzurufen, bevor Frau Karylenko das Präsidium verlassen hat, aber Sie waren nicht zu erreichen. Im Übrigen haben Sie momentan ja eigene Probleme zu bewältigen.»

Kristina atmete tief durch. Ihre Stimme zitterte, als sie erklärte: «Hören Sie, bis gestern Vormittag war Alina Karylenko noch in relativer Sicherheit in einer Asylbewerberunterkunft in Neumünster. Sie haben sie da rausgeholt … und jetzt soll sie ohne jeden Schutz alleine klarkommen?»

«Frau Karylenko ist in der Sammelunterkunft des Landes Schleswig-Holstein nur aufgenommen worden, weil sie falsche Angaben gemacht hat», entgegnete die Kommissarin ungerührt. «Es gibt keine rechtliche Grundlage mehr für ihren Aufenthalt dort. Aber keine Sorge, ich hab ihr ein Bett im Frauenhaus organisiert. Wir haben ihr ein Handy mitgegeben, mit dem wir sie jederzeit orten können. Und sie hat die Auflage, sich jeden Vormittag bei mir zu melden. Ich denke, das reicht fürs Erste.»

«Ich hoffe sehr, Sie haben recht», sagte Kristina beklommen.

«Tut mir leid.» Inka Brandes klang jetzt ein wenig weicher. «Wenn ich vorhin gewusst hätte, was bei Ihnen los ist, hätte ich ein Argument mehr gehabt, sofort Personenschutz zu organisieren, für das Mädchen und auch für Sie. Ist ja nicht einfach, auf einen Sonntag. Aber wir fahren jetzt so schnell wie möglich zu Niemann, möglichst heute noch. Und wenn der Fall so liegt, wie wir im Moment vermuten, wird Ihnen danach niemand mehr auch nur ein einziges Haar krümmen wollen. Und der Karylenko droht auch keine Gefahr mehr, sobald dieser saubere Herr weiß, dass wir ihn auf dem Radar haben.»

30

Es war schon dunkel, als Kristina ihren Rucksack mit ein paar Kleidungsstücken und ihrem Waschzeug in den Kofferraum des Fiats packte. Die Leute von der Spurensicherung waren immer noch in ihrer Wohnung beschäftigt. Die Professionalität und Nüchternheit, mit der sie die Zerstörung ihrer Privatsphäre protokollierten, hatte

Kristina ein wenig zur Ruhe kommen lassen. Mit all ihren kleinen Handgriffen und Verrichtungen machten sie deutlich: Das hier war Alltag – war etwas, was jeden Tag Menschen in dieser Stadt widerfuhr. Man konnte es überstehen.

Dennoch schien es viel länger als nur ein paar Stunden her zu sein, dass sie das Treppenhaus mit dem Gefühl hochgestiegen war, ihr Leben allmählich wieder in den Griff zu bekommen. Ganze Arbeit, dachte Kristina sarkastisch, jetzt sieht alles wieder aus wie ein einziger Scherbenhaufen: Meine Wohnung. Meine Beziehung zu Michel. Und auch mein Büro. Was auch immer zwischen Ceyda und Michel los war – und wann auch immer es begonnen hatte –, es roch nach doppeltem Verrat.

Sie hatte noch zweimal erfolglos versucht, Mascha anzurufen. Wahrscheinlich hatte sich die Ärztin nach dem anstrengenden Nachtdienst noch mal ein bisschen hingelegt und hörte ihr Handy nicht. Kristina beschloss, einfach loszufahren und es von unterwegs aus ein weiteres Mal zu probieren. Die Vorstellung, bei einem warmen Essen mit der Ärztin und ihrer Familie zusammenzusitzen, war verlockend. Vermutlich würde sie im Kinderzimmer der Familie einquartiert und in Bettwäsche schlafen, die mit Pferdeköpfen bedruckt war.

Sie startete den Wagen und fuhr los. Die Stadt war ziemlich leer an diesem Sonntagabend, und so kam sie zügig voran. Mit dem Fiat wird es auch nicht besser, dachte sie nach einer Weile. Das Auto klapperte und ratterte ziemlich laut. Plötzlich wurde ihr mulmig. Waren diese Geräusche normal? Sie schaltete das Radio aus. Ihr war seltsam warm. Bis nach Bergedorf würde es schon gehen. Morgen früh konnte sie mit der S-Bahn fahren und den Wagen später in die Werkstatt bringen. Oder gleich auf den Schrott.

Die vierspurige, fast leere Eiffestraße forderte sie geradezu heraus, schneller zu fahren, als es hier erlaubt war. Die klopfenden Geräusche wurden lauter. Sie registrierte, dass sie das Fahrzeug nicht mehr richtig im Griff hatte. Als sie das Lenkrad leicht verzog, kam das Auto ins Schlingern. Sie blinkte rechts und fuhr in die nächste freie Parkbucht. Zu spät erkannte sie in nur etwa hundert Metern Entfernung die Leuchtreklame einer Fastfood-Kette.

Seit vielen Jahren zahlte sie Mitgliedsbeiträge für einen Automobilclub, ohne die Pannenhelfer jemals in Anspruch genommen zu haben. Sie musste nur ihr Handy aus der Aktentasche im Kofferraum holen; die Nummer war einprogrammiert. Vielleicht könnte sie ja in dem Hamburger-Restaurant auf den Abschleppwagen warten. Plötzlich spürte sie, wie hungrig sie war.

Gleich nachdem sie ausgestiegen war, stoppte ein großer schwarzer Kombi direkt neben ihr. Ein Mann kletterte vom Beifahrersitz und fragte: «Sie brauchen Hilfe?»

Eine schwere Hand legte sich auf ihre Schulter und zog Kristina zu sich heran. Ein zweiter Mann stieg aus dem Wagen. Das Fläschchen, das aussah wie ein Schnupfenspray, erblickte sie erst, als er es ihr unter die Nase hielt und ihren Kopf leicht nach hinten drückte. Sie hatte gerade noch genug Zeit, sich zu erinnern, wie das Zeug hieß: Fentanyl.

An Marek Olschewskis Arm schritt sie die prunkvollen Treppen der Oper von Odessa empor. Kristina trug ein kostbares Kleid, aber sie hatte das Gefühl, dass irgendetwas nicht mit ihr stimmte. Die Männer und Frauen, die sie die Treppe hinaufkommen sahen, steckten die Köpfe zusammen und tuschelten. Sie blickte an sich hinab und erschrak: Sie trug schwere, lehmverklebte Wanderschuhe. Schnell flüchtete sie in den Zuschauerraum, in dem es bereits dunkel wurde.

Dann begann das Spektakel. Feuerwerksraketen wurden gezündet; grüne und rote Nebel stiegen auf. Das Orchester begann eine wilde Ouvertüre zu spielen und brach dann ganz plötzlich ab. Auf den Logenplätzen im ersten Stock erschienen farbig kostümierte

Opernsängerinnen und -sänger und schmetterten ihre Arien zu den Zuschauern herab. Eine der Künstlerinnen war eindeutig Ceyda. Sie hatte ihr Haar toupiert und trug eine märchenhafte grüne Seidenrobe, aber Kristina war sich völlig sicher, sie zu erkennen. Aus irgendeinem Grund wusste sie, dass sie direkt aus Istanbul nach Odessa gekommen war, mit einem Schiff über das Schwarze Meer. «Ach, ich habe sie verloren», sang die Rechtsanwaltsgehilfin voller Trauer und Wehmut, und dabei rannen ihr Tränen über das Gesicht. Orpheus und Eurydike …, dachte Kristina verwirrt. Aber ist das nicht eine Männerrolle, die sie da singt?

Dann erblickte Kristina Rüdiger Niemann. Er stand bleich und finster in einer Loge, die der von Ceyda direkt gegenüberlag. Er hatte eine Pistole in der Hand und zielte auf die Sängerin. Kristina wollte schreien, um sie zu warnen, aber aus ihrer Kehle kam kein Laut. Sie suchte verzweifelt nach Hilfe und sah sich nach Olschewski um. Der war verschwunden.

Dafür stand plötzlich Michel neben ihr. Grinsend sagte er: «Na, jetzt hast du ja endlich, was du wolltest. Zufrieden?»

Plötzlich wurde ihr klar, dass sie alle eingeschlossen waren. Auch auf anderen Logenplätzen standen jetzt Männer mit Waffen. Im Publikum brach Panik aus. Alles drängte nach vorn, versuchte auf die Bühne zu gelangen, in der Hoffnung, von dort zu fliehen. Aber der Orchestergraben war unüberwindlich tief, und zwischen den Musikern tauchten jetzt ebenfalls vermummte Bewaffnete auf.

An der Decke war ein leises Summen zu hören. Kristina blickte hoch und sah, wie sich der riesige Kronleuchter ganz langsam abzusenken begann. Es begann seltsam zu riechen. Gas, dachte sie; bald werden wir alle betäubt sein. Sie griff nach Michels Hand, doch er entzog sich. Noch immer hatte er dieses seltsame Grinsen im Gesicht. Irgendwo hörte sie Ceyda schreien.

Dann wurde es dunkel. Kristina realisierte, dass sie aufwachte. Ihre Augen waren verbunden, und daher konnte sie nichts sehen.

Sie hörte ein Motorengeräusch; sie musste in einem Flugzeug oder Wagen liegen. Dann versuchte sie, sich aufzurichten. Eine Männerhand packte sie grob. Jemand lachte. Und dann dämmerte sie schon wieder weg.

31

Er stand am Fenster und sah in die Dunkelheit des Herbstabends hinaus. Eigentlich konnte er ganz zufrieden mit sich sein. Er hatte sie heute zu seiner Mutter gebracht, sie und auch den Jungen. Es war eine lange Fahrt gewesen, und sie hatte nicht aufgehört zu fragen, warum es denn sein müsste und wann er sie wieder abholen würde. Aber er war standhaft geblieben. Er hatte ihr erklärt, dass er eine Pause brauchte, Abstand und Erholung. Die Arbeit, das ehrenamtliche Engagement, der Sport – das alles sei in den letzten Monaten viel zu kurz gekommen. Und er sei sicher, dass es auch gut für sie sei. Mal ein Tapetenwechsel, mal jemand, der auch tagsüber für sie da war. Im Stillen hatte er gedacht: Bei seiner Mutter würde sie sich bestimmt nicht trauen, sich tagsüber ins Bett zu legen.

Erika würde für sie sorgen. Sie konnte kochen und Wäsche waschen und mit dem Jungen auf den Spielplatz gehen. Vielleicht konnten sie auch mal gemeinsam etwas unternehmen, in den Tierpark fahren oder so.

Er wollte diese Sache jetzt in Ruhe zu Ende bringen. Ein paar Tage noch, ein paar Dinge, die noch zu regeln waren, und dann konnte alles überstanden sein.

Seine Schultern strafften sich. Seit zwei Wochen hatte er nichts mehr von dem Mädchen gehört. Sie war weit weg, auch für ihn. Er dachte nicht mehr jede Minute an sie, auch wenn er diesen weißen, weichen Körper, der sich ihm so bereitwillig geöffnet hatte, immer vermissen würde. Und ihr fröhliches, argloses Lachen.

Aber es würde andere geben, irgendwann später. Er musste nur nächstes Mal besser aufpassen. Man durfte sie nicht mehr so nah an sich heranlassen. Er hatte ja gesehen, was er davon hatte.

Er sah auf die Uhr. Halb acht. Er konnte sich heute Abend in aller Ruhe den Fernsehkrimi ansehen. Er konnte noch mal in die Stadt fahren, nach Sankt Georg. Vielleicht hatte er gerade heute Abend ein wenig Entspannung verdient. Vielleicht würde er auch noch mal kurz den anderen treffen. Was es jetzt noch zu sagen gab, darüber sprach man besser nicht am Telefon.

Es klingelte an der Tür.

32

In ihrem Hals kratzte es, und ihre Zunge fühlte sich pelzig an. Sie rieb sich mit beiden Händen im Gesicht herum. Es begann zu jucken, aber sie konnte nicht aufhören. Sie hatte keine Binde mehr vor den Augen, dennoch sah sie nichts. Es war stockdunkel. Sie war nicht gefesselt, und sie lag eindeutig in einem Bett. Sogar unter einer Decke.

In Kristinas Kopf verschwamm all das, was sich in den letzten Stunden – oder waren es Tage? – ereignet hatte, zu einem nebulösen Film voller verwirrender Bilder. War sie noch in Odessa? War sie dort überhaupt jemals gewesen? Und mit wem? Michel, Ceyda, Alexander, Olschewski, die Oper: Hatte das alles stattgefunden, oder hatte sie nur davon geträumt? Sie brauchte dringend einen Kaffee, um in ihrem Gehirn aufzuräumen. Aber sie hatte keine Ahnung, wo sie war und ob es hier Kaffee gab.

Sie tastete nach einem Lichtschalter. Wusste sie, wo hier eine Lampe war? Neben ihrem Bett in Odessa hatte es eine gegeben, mit einem Kabel und einem Schalter daran. Aber dies war nicht das Zimmer im Hotel London. Dort war es niemals so dunkel gewesen. Ihre tastenden Hände begegneten keiner Fläche, keinem Gegenstand, der ihnen vertraut war.

Ihr Herz klopfte. Der Schweiß brach ihr aus. Wie lange hatte sie geschlafen? Ihr Kopf fühlte sich an, als sei er mit zähem grauem Nebel gefüllt. Sie setzte sich auf, streckte vorsichtig ein Bein nach dem anderen aus dem Bett und stand ganz langsam auf, stets darauf gefasst, einfach umzukippen. Sie streckte einen Arm aus und berührte eine Holzfläche, die sich sehr nah beim Bett befinden musste. Ein Schrank? Eine Tür?

Langsam begann sie den Raum zu erkunden. Sie strich über das Holz, das von einem Rahmen begrenzt war. Dann hatte sie eine Klinke in der Hand. Sie drückte sie herunter. Sie war verriegelt. Neben dem Türrahmen fühlte sie Stoff. Und dann entdeckten ihre Hände einen altmodischen Porzellanschalter. Sie drehte daran. Ein trübes Licht flammte auf.

Kristina sah sich um. Was war das? War sie in einem Hinterzimmer der Oper gelandet? Der sehr kleine Raum war nur mit einem Bett, einem Schminktisch und einem Stuhl möbliert. Ein Fenster gab es nicht. Alles sah rokokohaft kitschig aus, wie eine Bühnenkulisse. Die Wände waren mit einem roten, samtartigen Material überzogen. An einer Ecke löste sich die Tapete von der Wand, dahinter waren dunkle, feuchte Flecken zu erkennen. Auf dem Frisiertisch stand eine Schüssel, in der bunte Päckchen lagen. Kondome. Und eine Tube Gleitcreme.

Sie spürte, wie ihr schwummerig wurde, und sie fürchtete, ihre Beine könnten jeden Moment wegsacken. Schnell ließ sie sich wieder auf das Bett sinken, zog ihre Füße hoch und legte ein Kissen unter ihre Waden. Langsam strömte das Blut in ihren Kopf zurück.

Kristina war noch nie in ihrem Leben in einem Bordell gewesen. Aber ungefähr so wie hier hatte sie es sich immer vorgestellt. Sie blickte an sich herab. Es hätte sie nicht gewundert, ein absurdes Negligé an ihrem Körper zu erblicken. Aber sie hatte ihre eigenen, ganz normalen Sachen an: Jeans, T-Shirt, Strickjacke, die Kleidung eben, die sie am Sonntagmorgen angezogen hatte, um ins Landeskriminalamt zu fahren. Allmählich setzte ihre Erinnerung wieder ein.

Wie spät es wohl war? Ihre Uhr war weg. Sie sah sich um, nicht wirklich in der Hoffnung, irgendwo ihre Tasche zu entdecken, mit ihrem Portemonnaie, ihrem Handy, ihrer Haarbürste und ihrer Lesebrille. Sie versuchte sich zu erinnern, wo sie diese Sachen zuletzt bei sich gehabt hatte, und langsam fiel es ihr wieder ein: Als sie vor ihrem Haus in den Fiat gestiegen war, hatte sie etwas in den Kofferraum gepackt. War sie zu einer Reise aufgebrochen? Nein, sie hatte vorgehabt, bei Mascha in Bergedorf zu übernachten. Und warum? Kristina verzog schmerzhaft das Gesicht, als die Bilder aus ihrer Wohnung in ihr auftauchten. Und sie erinnerte sich wieder an das Telefonat mit Ceyda, das sie kurz danach geführt hatte.

Würde irgendjemand sie vermissen? Mascha vielleicht? Sie würde irgendwann bemerken, dass Kristina versucht hatte, sie anzurufen. Sie würde vergeblich versuchen, sie zurückzurufen. Aber dann würde sie wohl davon ausgehen, dass Kristina für die Nacht woanders untergekommen war. So gut kannten sie sich nun auch wieder nicht.

Und Ceyda? Montag früh würde sie sich bestimmt wundern, wenn ihre Chefin nicht im Büro erschien. Aber wann war dieser Vormittag? Wie spät war es jetzt? Wohin hatte man sie verschleppt?

Sie versuchte sich auf die wenigen Geräusche zu konzentrieren, die von draußen hereindrangen. Autos, dachte sie – Autos unterwegs auf einer Straße, auf der sie schnell fahren konnten. Keine

Stopps und keine Starts. Keine Türen, die auf- oder zuschlugen. Dieses Haus stand jedenfalls nicht mitten in der Stadt, sondern vermutlich irgendwo auf dem Land.

Bleierne Müdigkeit überkam sie. Etwas von dem Zeug, das sie ihr gegeben hatten, musste noch in ihrem Körper sein; das wattige Gefühl im Kopf löste sich einfach nicht auf. Immer wieder verschwammen Traum und Wirklichkeit miteinander.

Sie wachte auf, als direkt neben ihr ein aufdringlicher Klingelton die Stille zerriss. Es hörte sich an, als liege das Telefon direkt unter ihrem Bett. Die Wände hier mussten dünn sein wie Papier. Ein Mann nahm ab und antwortete, ebenfalls laut, in einer fremden Sprache. Es war ein kurzes Gespräch, in dem er mehrmals *«tak»* sagte. Dann hörte sie etwas poltern. Der Mann fluchte, Schritte entfernten sich; jemand trampelte anscheinend eine Treppe hinunter. An einer entfernten Stelle im Haus wurde gesprochen, es hörte sich an wie ein lautstarker Streit. Türen knallten.

Wer auch immer sie sind, dachte Kristina, sie wissen vermutlich, dass ich in Odessa war. Jemand hat im Hotel dort nach mir gefragt. Sie werden auch wissen, dass ich Alexander getroffen habe. Und dass er in diesem Haus in Bilhorod-Dnistrowskyj aufgekreuzt ist. Es war schon ziemlich naiv von ihr gewesen zu denken, sie könne einfach so im Alleingang in der Ukraine recherchieren.

Sie schreckte hoch und setzte sich kerzengerade hin: Jemand machte sich an der Tür zu schaffen. Ihr Herz schlug bis zum Hals. Die Tür wurde geöffnet. Eine ältere Frau mit Kopftuch schaute herein und starrte sie verblüfft an. Sie trug eine Schürze und hatte Putzsachen dabei. Dann murmelte sie etwas Unverständliches und machte die Tür wieder zu – ohne abzuschließen.

Ob dort draußen jemand saß und sie bewachte? Aber warum hatte dieser Wächter – wenn es ihn denn gab – die Putzfrau nicht davon abgehalten, bei ihr reinzuschauen? Sie hörte jetzt, wie sich jemand in den Nebenräumen zu schaffen machte, Türen auf- und zuklappte, mehrmals die Treppen hinab- und wieder hinaufstieg. Ein Staubsauger begann zu brummen. Dann wurde es wieder still.

Kristina stand auf. Diesmal fühlte sie sich schon weniger wackelig auf den Beinen. Wo waren ihre Schuhe? Was würde sie vor der Tür erwarten? Ein schrankartiger Kerl mit öligem Haar? Stand vor diesem Haus ein großer Kombi mit getönten Scheiben? Für einen Moment lehnte sie ihren Kopf an die Tür. Ihr war weich in den Knien. Dann entschied sie sich. Alles war besser, als weiter in diesem Raum festzusitzen und zu grübeln.

Vorsichtig zog sie die Tür auf. Sie blickte in einen schmalen Gang mit vielen Türen, eine schummrige Glühbirne spendete etwas Licht. Niemand war zu sehen. Am Ende des Korridors lag eine Treppe.

Sie stützte sich an den Wänden ab, während sie sich auf Strümpfen leise den Flur entlangtastete. Dann stieg sie vorsichtig, Stufe für Stufe, die enge Stiege hinab. Unten gelangte sie in eine Art Gastraum. Alle Fenster waren mit Vorhängen verschlossen; durch schmale Ritzen fiel etwas Tageslicht herein. Es roch nach kaltem Rauch.

Am Ende des Raumes brannte ein kleines grünes Licht. *«Wyjście»* stand darüber. Was war das für eine Sprache? Tschechisch? Rumänisch? Polnisch? Jedenfalls sind es keine kyrillischen Buchstaben, dachte Kristina. Und auf keinen Fall war sie in der Ukraine. Sie durchquerte den Raum, öffnete die Schwingtür unter dem grünen Licht und stand in einem weiteren Korridor.

Die erste Tür, die sie aufmachte, führte in eine Herrentoilette. Es stank nach Urin und billigen Desinfektionsmitteln. Sie machte schnell die Tür wieder zu. Daneben lag eine weitere; sie führte möglicherweise nach draußen. Vorsichtig drückte Kristina die Klinke herunter. Verriegelt. Es würde ihr nichts anderes übrigbleiben, als in den Gastraum zurückzukehren und zu versuchen, durch ein Fenster ins Freie zu klettern.

Aber dann lief es ihr kalt den Rücken hinunter: Jemand steckte von außen einen Schlüssel ins Schloss. Mit einem Satz rettete sich Kristina in die Herrentoilette.

Später fragte sie sich, wie es ihr gelungen war, in wenigen Augenblicken so viel Geistesgegenwart zu mobilisieren. Wie sie es geschafft hatte, den Impuls zu unterdrücken, in die WC-Kabine zu flüchten und die Tür zu verriegeln. Woher sie den Mut genommen hatte, ihr Versteck kurz darauf wieder zu verlassen: sobald sie vermuten konnte, dass der Eindringling nicht mehr im Gang war. So unhörbar wie möglich öffnete sie die Tür nach draußen und schlüpfte hinaus.

Vor ihr lag ein großer, leerer Parkplatz. Auf der Schnellstraße dahinter rasten Autos vorbei. Sie eilte dorthin und rannte dann entlang der Fahrbahn auf dem schmalen Streifen zwischen Asphalt und Straßengraben. Bloß nicht stehen bleiben, bloß nicht versuchen, jemanden anzuhalten, dachte sie; das wäre viel zu gefährlich. Wenn ihre Verfolger im Auto hinter ihr herkamen, würden sie die einsame Joggerin am Straßenrand zwar entdecken. Aber sie würden ihr Fahrzeug erst nach Dutzenden von Metern zum Stehen bringen. Genug Zeit, um die Richtung zu wechseln und den nachfolgenden Autos winkend entgegenzulaufen.

Sie musste versuchen, in den nächsten Ort zu gelangen. Wie weit mochte der entfernt sein? Vielleicht gab es dort Polizei oder irgendjemand anderen, der ihr half. Ein feiner Nieselregen fiel vom Himmel und begann ihre Kleidung zu durchfeuchten. Das Wasser vermischte sich mit dem Schweiß, der ihr, vor Anstrengung und vor Angst, den Rücken hinunterlief. Ihre Füße schmerzten. Die dünnen Socken waren schon nach wenigen Schritten völlig durchlöchert. Sie lief jetzt auf dem Asphalt – versuchte, sich dabei ganz am Rand der Fahrbahn zu halten. Einige Autos rasten so dicht an ihr vorbei, dass sie sie beinahe streiften. Und dann tat sich eine Parkbucht vor ihr auf.

Ein dunkler Kombi stand dort. Deutsches Kennzeichen, registrierte Kristina, und zwar aus Lüneburg. Für einen Moment sträubten sich ihre Haare. Sie blieb abrupt stehen. Sollte sie umkehren und weglaufen? Warteten sie hier auf sie?

In diesem Moment trat ein Mann aus dem Wald und knöpfte sich die Hose zu. Verblüfft und etwas verlegen starrte er Kristina an und murmelte: «Sorry!»

«Ich mache hier auch keine bessere Figur», sagte sie.

Der Mann, etwa in ihrem Alter, sah aus wie ein Geschäftsmann auf Reisen. Er lächelte erleichtert. «Sie sind Deutsche?»

Kristina nickte.

«Kann ich Ihnen helfen?», fragte er freundlich. «Hatten Sie eine Panne? Möchten Sie mein Handy …?»

«Ich weiß noch nicht einmal, wo ich hier bin», sagte Kristina und streckte den Arm aus. «Ich bin von dem Haus dort hinten …»

«Etwa das Rasthaus, so ein, zwei Kilometer diese Straße runter? Ich wollte da einen Kaffee trinken. Aber es sah mir eher nach einem Puff aus.»

«Kam mir auch so vor», bemerkte Kristina trocken.

Der Mann lachte. Erst jetzt schien er sich darüber zu wundern, dass er eine Deutsche ganz allein und ohne Schuhe auf diesem Parkplatz antraf. «Darf ich fragen, was Sie hierher verschlagen hat?», erkundigte er sich höflich.

«Gute Frage. Ich wüsste es auch gern.» Kristina registrierte erleichtert, dass alles funktionierte: ihre Stimme, ihr Gehirn, ihr Sarkasmus. «Können Sie mir sagen, wo wir hier sind?»

«Polen. Aber nur zehn oder fünfzehn Kilometer von der deutschen Grenze entfernt. Sie scheinen ja richtig abhandengekommen zu sein. Ich kann Sie gern ein Stück mitnehmen.»

«Hören Sie», sagte Kristina, «ich bin seit gestern unterwegs. Ich habe wahrscheinlich irgendeine Droge im Blut. Ich habe kein Geld, keinen Ausweis, kein Handy. Ich habe keine Schuhe an den Füßen, und ich bin ziemlich nass, aber ich –»

«Keine Sorge: Nicht alle Männer sind Verbrecher», fiel er ihr ins Wort.

«Sehr schön», sagte Kristina. «Es wäre toll, wenn Sie mich bis an die Grenze mitnehmen könnten. Ich muss mal sehen, wie ich da weiterkomme, ohne Ausweis.»

«Schengenraum», erklärte der Mann. «Sie brauchen keinen. Es wird nicht mehr kontrolliert. Ich fahre nach Hause, in die Nähe von Lüneburg. Ist das Ihre Richtung? Dann steigen Sie ein!»

«Das ist ziemlich perfekt. Ich muss nach Hamburg.»

Der Mann setzte sich hinter das Steuer, und Kristina nahm auf dem Beifahrersitz Platz.

«Übrigens versuche ich gerade herauszufinden, welche Männer Verbrecher sind und welche nicht», verkündete sie ein wenig spöttisch.

«Seien Sie nicht zu streng mit uns», bat der Mann ironisch. Dann stieg er wieder aus und holte etwas aus dem Kofferraum seines Autos.

«Hier», sagte er und reichte Kristina eine schwarz glänzende Joggingjacke. «Ist frisch gewaschen. Tun Sie mir einen Gefallen und ziehen Sie wenigstens obenrum was Trockenes an.»

Sie streifte sich die Jacke über, und wenige Augenblicke später startete er das Auto.

«Ich bin übrigens auch ein bisschen durcheinander», bekannte der Mann, nachdem er sich in den Verkehr eingefädelt hatte. «Hab gerade etwas beendet. War eigentlich überfällig, ist dann aber doch schwer. Darf ich fragen, ob Sie einfach mitten in der Walachei abgeladen wurden? Oder haben Sie selber beschlossen auszusteigen?»

«Ein bisschen von beidem», antwortete Kristina. «Aber ganz anders, als Sie denken. Ich bin mir nicht sicher, ob ich Ihnen die ganze Geschichte erzählen soll.»

«Wir haben Zeit», meinte er. «Ich heiße übrigens Lukas.»

«Ich bin Kristina … Kristina Wolland, Rechtsanwältin in Hamburg.» Sie war sich nicht ganz klar darüber, ob sie sich jetzt duzten.

Dann schwiegen sie eine Weile, bis sein Handy klingelte. Er drückte den Anruf weg und reichte Kristina das Mobiltelefon. «Ich habe gar nicht daran gedacht: Sie möchten bestimmt jemanden anrufen?»

«Ich nehme den Telefonjoker», witzelte sie. In diesem Moment zeigten mehrere Schilder an, dass sie die Grenze nach Deutschland überquerten.

Auf dem Display sah Kristina die Uhrzeit: Es war neun Uhr einundfünfzig. Sie mochte nicht fragen, welcher Tag heute war. Immerhin wusste sie die Nummer der Hamburger Polizei inzwischen auswendig. Sie rief dort an und ließ sich mit Inka Brandes verbinden.

«Gut, dass Sie sich melden», sagte die Kommissarin. «Ich habe es schon ein paarmal vergeblich bei Ihnen probiert.»

«Tut mir leid, ich habe die Nacht in einem polnischen Puff verbracht.»

«Sie waren noch im Milieu unterwegs? Ich dachte, Sie wollten den Abend bei einer Freundin verbringen!»

«Unfreiwillig», fügte Kristina hinzu.

«Oha! Sie werden es mir erklären.» Inka Brandes schien ein wenig überrascht. «Wo sind Sie jetzt?»

«Ich sitze in einem Auto und bin in ein paar Stunden wieder in Hamburg. Ehrlich gesagt, wäre es mir sehr lieb, wenn ich erst mal nach Hause könnte. Mir tut alles weh, und ich muss unter die Dusche. Wissen Sie, ob ich schon wieder in meine Wohnung kann? Oder sind die Kriminaltechniker da immer noch zugange?»

«Ich kläre das mal mit Olschewski. Wir rufen Sie dann zurück.»

«Noch was. Sie müssen bitte sehr gut auf Frau Karylenko aufpassen. Diese Typen –»

«Keine Sorge, sie steht unter Personenschutz. Seit heute Morgen.»

«Und könnten Sie mir einen Gefallen tun? Sagen Sie in meinem Büro Bescheid, dass ich heute nicht komme? Aber bitte erzählen sie Frau Ozgür nicht, was passiert ist. Sagen Sie ihr nur, sie möchte bitte alle Termine für heute absagen.»

«Wird erledigt», versprach die Kommissarin. «Ich melde mich. Sind Sie unter der Nummer erreichbar, die ich hier auf dem Display sehe?»

«Genau», erwiderte Kristina und legte auf.

«Das hört sich ja so an, als hätten Sie gerade so richtig was erlebt», bemerkte Lukas.

Kristina musste lachen.

«Da vorne kommt eine Raststätte», sagte er. «Was halten Sie von einem Kaffee? Ich brauche dringend einen. Ich bin heute Morgen ohne Frühstück losgefahren.»

«Mir wär's lieb, wenn Sie für mich was mitbringen, so wie ich aussehe …»

«Sie sehen ganz wunderbar aus. Aber wir können gern im Auto picknicken.»

«Außergewöhnliche Umstände erfordern außergewöhnliche Maßnahmen», erklärte Kristina. «Ich schlage vor, wir sagen jetzt mal du zueinander. Und dann finde ich deine Geschichte viel interessanter als meine.»

«Ich habe heute frei», sagte Lukas. «Und ich liebe Kriminalromane. Ich bring dich nach Hamburg, wenn du mir die Story erzählst.»

«Komisch», meinte Kristina. «Du kamst in meinem Traum überhaupt nicht vor.»

33

Es war immer noch Montag, es war sieben Uhr abends, und Kristina Wolland hatte ihre Kanzlei vor wenigen Minuten zum ersten Mal wieder betreten. Lukas hatte sie bis vor ihre Haustür gebracht, und dort hatte Marek Olschewski schon auf sie gewartet. Als Erstes fragte sie der Kriminalpolizist, ob sie ärztliche Hilfe benötige. Sie hatte abgewunken. Sie sehnte sich vielmehr nach einer heißen Dusche, nach sauberer Kleidung und nach Schuhen an ihren Füßen. Zu diesem Zweck durfte sie ihre eigene Wohnung kurz betreten, ansonsten aber bat Olschewski noch um «einen Moment Geduld», bis sie ihr Zuhause wieder in Besitz nehmen konnte.

Danach hatte Kristina darauf gedrungen, in die Eiffestraße zu fahren, also dorthin, wo sie ihr Auto am Abend zuvor abgestellt hatte. Unterwegs schilderte sie dem Ermittler so genau wie möglich, was ihr passiert war. Aber wie sie es auch drehte und wendete, es blieben ungefähr vierzehn Stunden, an die sie sich nicht erinnern konnte. Wahrscheinlich, meinte Olschewski, hatten sie ihr nicht nur Fentanyl gegeben, sondern noch eine weitere Droge, deren Wirkung länger anhielt.

«Was ist eigentlich hier passiert seit gestern Abend?», fragte Kristina. «Haben Sie mit Niemann gesprochen?»

Olschewski tat so, als habe er die Frage nicht richtig verstanden. «Wir haben uns heute früh sofort nach Ihrem Anruf mit der Kriminalpolizei in Brandenburg in Verbindung gesetzt, genauer gesagt: in Schwedt», erklärte er stattdessen. «Und die haben sich dann gleich an die Polen gewandt. In der Grenzregion arbeiten die Kollegen recht eng zusammen.»

«Und? Haben Sie schon was von denen gehört?», fragte Kristina gespannt.

«Zumindest konnten sie das Etablissement, in dem man Sie festgehalten hat, schnell und zweifelsfrei identifizieren.»

Kristina spürte, wie sich die Haare auf ihrem Unterarm aufstellten. Die Erlebnisse der letzten Stunden kamen ihr schon jetzt, wo sie neben Olschewski im Auto saß, völlig irreal vor.

«Es scheint eine Art Stundenhotel zu sein», berichtete der Ermittler. «Jedenfalls kein richtiges Bordell. Die Polen kannten den Laden und sind gleich hingefahren. Haben aber niemanden angetroffen.»

«Weiß man, wer das Haus betreibt?»

«Die Kollegen haben herausgefunden, wo der Pächter wohnt, und den Mann gegen Mittag aus dem Bett geholt: Er hat behauptet, er hätte den Laden heute früh um drei als Letzter verlassen. Zu dem Zeitpunkt sei niemand mehr dort gewesen. Es sei aber üblich, dass sich am Vormittag Personal im Haus aufhält; es gebe eine ganze Reihe von Leuten, die einen Schlüssel haben.»

Die Putzfrau, dachte Kristina. Und vielleicht auch die Person, die ihr, ohne es zu bemerken, die Flucht ermöglicht hatte. «Irgendeine Vermutung, was die Betreiber des Hauses mit der Sache zu tun haben?», fragte sie.

Olschewski zuckte mit den Schultern. «Schwer zu sagen. Möglich, dass der Pächter die Täter kennt und deckt. Aber auch denkbar, dass er wirklich nicht mitbekommen hat, dass eine Frau in sein Haus geschleppt und dort gefangen gehalten wurde.» Dem Ermittler schien in diesem Moment nicht bewusst zu sein, dass er über Kristina sprach.

«Und was glauben Sie, was die Täter mit mir vorhatten?»

«Vermutlich sollte Ihnen ultimativ klargemacht werden, dass Sie nicht weiter in deren Angelegenheiten rumwühlen sollen. Ich würde Ihnen übrigens dringend raten, die Drohung ernst zu nehmen.»

Kristina unterdrückte den Impuls, ihn nachdrücklich darauf

hinzuweisen, dass es seine eigene Kollegin gewesen war, die sie um gewisse Recherchen geradezu gebeten hatte.

«Auf jeden Fall werden die Täter gestern Abend noch nicht gewusst haben, dass wir die Karylenko gefunden haben», fuhr Olschewski nachdenklich fort. «Und dass sie ausgesagt hat.»

Sie waren in der Eiffestraße angekommen. Der Fiat stand tatsächlich noch dort, wo Kristina ihn am Straßenrand zurückgelassen hatte. Sie hatte den Zweitschlüssel aus ihrer Wohnung mitgenommen, aber Olschewski verbot ihr, das Auto auch nur anzurühren, bevor die Spurensicherung kam.

«Ich verstehe immer noch nicht so ganz, wie das passieren konnte», sagte Kristina, während sie in Olschewskis Wagen auf die Kriminaltechniker warteten. «Ich hatte eine Panne … und Sekunden später waren diese Typen da.»

«Vermutlich haben die irgendwas mit Ihrem Auto angestellt. Wir werden es herausbekommen. Möglicherweise haben die Täter das Fahrzeug so manipuliert, dass Sie nach ein paar Kilometern anhalten mussten. Sie brauchten also nur hinter Ihnen herzufahren. Sie in dieser Situation hier zu überwältigen war weniger riskant …»

«… als vor meiner Haustür, wo noch die Polizei präsent war», ergänzte Kristina. Sie schauderte. «Sie müssen alles beobachtet haben: wie ich nach Hause gekommen bin, wo ich geparkt habe, wie Sie und Ihre Kollegen nach dem Einbruch bei mir eingetroffen sind …»

Ein Polizeiwagen bremste neben ihnen. Die Männer von der Spurensicherung waren da. Auf Kristinas Bitte wurde als Erstes der Kofferraum geöffnet: Unberührt lagen ihr Rucksack und ihre Aktentasche noch darin. Olschewski blickte ein wenig grimmig, aber er hinderte sie nicht daran, ihr Eigentum an sich zu nehmen, darunter ihr Portemonnaie, ihre Wohnungs- und Büroschlüssel und ihr Handy. Der Akku war noch halb voll. Sie warf einen kurzen Blick auf das Display. Vierzehn Anrufe in Abwesenheit, allein drei von Mascha. Sie würde sie so schnell wie möglich zurückrufen.

Dann fuhr der Ermittler mit ihr ins gerichtsmedizinische Institut, um Blut, Urin und Speichel abnehmen zu lassen. Fentanyl hatte eine kurze Halbwertzeit, seine Abbauprodukte waren im Blut ohnehin schwer nachweisbar. Sie durften keine Zeit mehr verlieren, wenn sie noch herausfinden wollten, womit Kristina betäubt worden war.

Maren Rebenstein führte die Untersuchung durch, als sei es die selbstverständlichste Sache der Welt, dass sie sich auf diese Weise wieder begegneten. Ihr fiel noch vor Kristina auf, dass diese ein paar blaue Flecke an den Oberarmen hatte. Es sah aus, als habe sie jemand mit brachialer Gewalt festgehalten. Kristina konnte sich nicht daran erinnern. Aber sie war froh, das zu wissen: Es gab Zeichen dafür, dass sie sich gewehrt hatte.

Kristina kam erst im Büro an, nachdem Ceyda schon Feierabend gemacht hatte. Flüchtig sah sie ihre Post durch. Der Stapel auf ihrem Schreibtisch nahm allmählich bedrohliche Ausmaße an; Es würde sie einige Nachtschichten kosten, bis das aufgearbeitet war. All diese Fristverlängerungsanträge, gegnerischen Stellungnahmen und Urteilsgründe, die sie durchblätterte, kamen ihr vor, als stammten sie aus einem früheren, im Moment weit entfernten Leben.

Es klingelte an der Tür. Mit einem etwas mulmigen Gefühl ging sie nach vorn. Nicht einmal in meiner eigenen Kanzlei fühle ich mich noch sicher, dachte sie ärgerlich, und das am frühen Abend. Dann erkannte sie hinter der Glastür die Kontur von Inka Brandes.

«Hallo! Ich dachte, ich schau noch mal rein», verkündete die Kommissarin munter. Sie musterte Kristina mit einem kurzen Anflug von Anteilnahme: «So schlecht sehen Sie nicht aus für das, was Sie in den letzten vierundzwanzig Stunden erlebt haben.»

«Danke», sagte Kristina, «es ging schon mal besser.»

Interessiert blickte sich die Kommissarin in dem ehemaligen Ladenraum um. «So ungefähr hätte ich es auch gemacht», bemerkte sie.

«Das werden Sie mir erklären?»

«Wenn ich Anwältin geworden wäre. War mal mein Traum. Aber Jura studieren, das Referendariat und Anwaltsexamen … das dauert ja eine halbe Ewigkeit. Finanziell war es für mich einfach nicht drin. Bin ich halt Polizistin geworden. Inzwischen ist's okay, wie es ist, manchmal sogar sehr okay.»

«Gehen wir nach hinten in mein Zimmer», schlug Kristina vor. Die Kommissarin folgte ihr, legte aber ihre Lederjacke nicht ab, als wollte sie von vornherein klarstellen, dass sie nicht lange bleiben konnte.

«Wir waren gestern Abend bei Niemann», berichtete Inka Brandes, sobald sie Platz genommen hatte.

«Das hatten Sie ja angekündigt», sagte Kristina. «Olschewski wollte mir leider nichts darüber sagen.»

«So viel gibt's da auch nicht zu erzählen. Wir haben ihm mitgeteilt, dass er als Zeuge in einem Ermittlungsverfahren gegen Alexander Bandow in Betracht kommt. Es bestehe dringender Tatverdacht wegen eines Tötungsdeliktes gegen Bandow. Wir haben ihm auch gesagt, dass Frau Karylenko angibt, sie habe eine intime Beziehung mit ihm gehabt, obwohl sie mit dem Russlanddeutschen verlobt war.»

Kristina sah die Kommissarin irritiert an. «Sie haben Niemann nur als möglichen Zeugen angesprochen? Wollten Sie ihn zum Reden bringen, indem Sie suggerieren, dass Sie ihn nicht als Tatverdächtigen sehen?»

«Das mag Ihre Sicht der Dinge sein», entgegnete Inka Brandes kühl. «Lassen Sie uns das mal so machen, wie wir es für richtig halten.»

«Und wie hat er reagiert?»

«Sein wichtigstes Anliegen schien, seine Ehefrau aus der Sache rauszuhalten.»

«War sie dabei?»

«Nein, er hat sie zu seiner Mutter gebracht. So hat er es ausgedrückt: Ich habe meine Frau mit dem Kind zu meiner Mutter gebracht. Als könne sie nicht selbst darüber entscheiden, wo sie sich aufhält.»

«Vielleicht kann sie das ja auch nicht.»

«Seine Frau scheint unter schweren Depressionen zu leiden. Er sprach sehr liebevoll über sie. Ansonsten schien er fast ein bisschen erleichtert, dass er uns etwas über seine Beziehung zu der Karylenko erzählen konnte. Er habe sich ein wenig in das Mädchen verguckt, hat er eingeräumt, aber selbstverständlich kenne er die Grenzen einer solchen Beziehung. Sie aber habe seine Gefühle missbraucht und versucht, ihn zu erpressen. Wenn er ihr keine Aufenthaltsgenehmigung verschaffe, so hat sie ihm angeblich gedroht, werde sie zur Polizei gehen und behaupten, dass er sie zum Beischlaf genötigt habe.» Inka Brandes legte ihre Hände auf Kristinas Schreibtisch, sodass sie in einem spitzen Winkel aufeinander zeigten. «Glauben Sie, dass Alexander Bandow von ihrer Beziehung zu Niemann wusste?»

«Kann ich mir eigentlich nicht vorstellen», antwortete Kristina.

«Wir würden ihn auch dazu sehr gern befragen. Hat er sich schon bei Ihnen gemeldet?»

«Bisher nicht. Aber ich war bekanntlich auch nicht besonders gut zu erreichen.» Deshalb ist sie hier noch mal aufgekreuzt, dachte Kristina. Sie sind hinter Alexander her. Und sie weiß, dass sie von mir nur etwas erfährt, wenn sie mir auch etwas erzählt.

«Wusste Niemann, dass Alina schwanger ist?», fragte sie die Ermittlerin.

«Anscheinend schon. Aber er hat ausgeschlossen, dass er etwas damit zu tun haben könnte. Sie habe ihn mit ihrer Schwangerschaft unter Druck gesetzt, weil sie von seinen Gefühlen für sie wusste. Aber er habe es strikt abgelehnt, ihr irgendwelche Vorteile zu verschaffen.»

«Haben Sie auch über die HIV-Infektion gesprochen?»

«Er schien auch das bereits zu wissen. Besonders geschockt wirkte er jedenfalls nicht.»

«Was hatten Sie denn für einen Eindruck von ihm? War er glaubwürdig?»

«Für meinen Geschmack kam das alles ein bisschen sehr gut vorbereitet über seine Lippen.»

«Und jetzt?»

Inka Brandes lehnte sich zurück. Sie verschränkte die Arme. «Sind wir auch nicht viel schlauer.»

«Niemann hat Alina zu Kräher geschickt, diesem Frauenarzt in der Langen Reihe», überlegte Kristina laut. «Sagt der Name Ihnen eigentlich was?»

«Klar. Er ist Zweiter Vorsitzender von Carina e. V.», erklärte Inka Brandes. «Aber was beweist das?»

«Es beweist, dass sich die beiden Männer kennen, und zwar wahrscheinlich sogar ganz gut», antwortete Kristina. «Woher sollte Niemann auch sonst etwas über den HIV-Test wissen? Alina hat es ihm ganz sicher nicht erzählt.» Sie zupfte nachdenklich an einer der blonden Strähnen herum, die ihr ins Gesicht hingen. «Kann man eigentlich vor der Geburt des Kindes einen Vaterschaftstest machen?»

Inka Brandes schüttelte den Kopf. «Jedenfalls nicht in diesem Stadium der Schwangerschaft. Außerdem ist der pränatale Vaterschaftstest verboten. Das geht erst ab der zwölften Woche.» Sie faltete die Hände und streckte ihre Arme Kristina entgegen. «Wenn man mal unterstellt, dass Niemann als Erzeuger in Frage kommt, musste er also ein Interesse daran haben, dass dieses Kind gar nicht erst zur Welt kommt …», sagte sie langsam. Dann sah sie die Anwältin überrascht an. «Warum bin ich eigentlich nicht gleich darauf gekommen?»

«Worauf?»

«Auf die Frage, ob die Karylenko das Ergebnis des Aids-Tests überhaupt mit eigenen Augen gesehen hat? Ob sie ganz sicher sein kann, dass sie wirklich positiv ist? Oder ob dieser Kräher einfach eine ziemlich üble Idee hatte, wie er seinem lieben Vereinskameraden aus der Klemme helfen kann.»

Kristina brauchte einen Moment, um die Kommissarin zu verstehen. «Sie meinen, der Frauenarzt hat das Testergebnis erfunden, um sie zu einer Abtreibung zu bewegen? Und hat nicht damit gerechnet, dass sie das Kind erst recht bekommen will, nachdem er ihr gesagt hat, dass sie mit Aids infiziert ist?»

«Es wäre jedenfalls eine Erklärung dafür, dass Niemann ganz gelassen blieb, als wir das Thema HIV angesprochen haben», überlegte die Kommissarin laut. Sie nahm einen Kugelschreiber und malte drei Punkte auf Kristinas Schreibunterlage. «Gehen wir doch mal die verschiedenen Varianten durch. Erstens: Er hatte wirklich keinen Sex mit der Karylenko und kann sich deshalb nicht angesteckt haben. Das glaube ich aber nicht. Dann hätte er wenig Grund gehabt, sie zu Kräher zu schicken, die Untersuchungen zu zahlen und sich auch noch mit ihm über die Ergebnisse auszutauschen. Zweite Möglichkeit: Er hat sich bereits selbst testen lassen und weiß, dass er nicht infiziert ist. Ganz sicher könnte er sich da aber nicht sein. Ein verlässliches Testergebnis gibt es erst, wenn die sogenannte Risikosituation drei Monate zurückliegt, und so lange ist das alles ja wohl noch nicht her. Drittens: Er weiß, dass das Mädchen in Wirklichkeit überhaupt nicht infiziert ist und er also auch nichts zu befürchten hat. Na, was glauben Sie?»

«Drittens», antwortete Kristina. «Unfassbar! Es würde bedeuten, dass Kräher seine Patientin durch eine falsche Information in Todesangst versetzt hat. Das ist Körperverletzung! Trauen Sie einem Arzt so etwas zu?»

«Ich kenne den Mann nicht», erklärte Inka Brandes. «Aber ich bin Polizistin. Grundsätzlich traue ich jedem alles zu.»

Kristina war kalt. Sie schob ihre Hände in die Ärmel der alten Strickjacke, die sie aus ihrem Kleiderschrank gekramt hatte, und zwirbelte ein paar Wollfäden zwischen den Fingern. Sie dachte an Alina, die jetzt wahrscheinlich in irgendeinem Frauenhaus auf einer Bettkante saß – ohne Geld, ohne einen Menschen, den sie kannte, mit einem Kind im Bauch und dem Glauben, dass sie für den Rest ihres Lebens mit einem bedrohlichen Virus infiziert war.

Inka Brandes stand auf, ging ein paar Schritte und lehnte sich dann, mit dem Rücken zum Fenster, an einen Heizkörper. «Unterstellen wir mal, es stimmt, was das Mädchen ausgesagt hat: Niemann hat angeboten, sie vor einer Abschiebung zu schützen, wenn sie abtreibt. Bis gestern war ihr nicht klar, wie ihre rechtliche Situation tatsächlich aussieht: dass sie nämlich, ganz im Gegenteil, nur dann eine Chance hat, in Deutschland zu bleiben, wenn sie das Kind bekommt und wenn der Vater Deutscher ist. Er aber hat das natürlich gewusst. Was sollte er also tun? Sie als Illegale melden und ihre Verhaftung veranlassen? Ziemlich riskant. Er musste damit rechnen, dass sie einem Gericht vorgeführt wird und dort alles erzählt.»

«Und was glauben Sie?», fragte Kristina. «Er hat jemanden engagiert, der sie dazu bringt, das Land zu verlassen? Oder ihr sogar etwas antut?»

«Ziemlich viel kriminelle Energie für einen Beamten im mittleren Verwaltungsdienst», meinte Inka Brandes. «Aber manche Leute sind zu allem fähig, wenn ihnen ihre persönlichen Probleme über den Kopf wachsen.» Sie klappte ihr Mobiltelefon auf. «Ich versuche mal eben, sie anzurufen.»

«Wen?»

«Die Karylenko. Ich denke, sie sollte so schnell wie möglich erfahren, dass es Zweifel am Ergebnis ihres Aids-Tests gibt. Ich werde ihr vorschlagen, morgen früh mit mir in die Praxis von Kräher zu gehen und ihn um Einsicht in den Laborbericht zu bitten.»

Darauf hätte ich auch kommen können, dachte Kristina beschämt. Sie kritzelte ein paar kyrillische Buchstaben auf ihre Schreibunterlage, während die Kommissarin ein knappes Gespräch mit dem Mädchen führte und dabei vernehmlich bemüht war, ihm ein bisschen – wenn auch nicht allzu viel – Hoffnung zu machen. Danach steckte Inka Brandes ihr Handy ein, zog den Reißverschluss ihrer Jacke hoch und schlug mit der flachen Hand auf den Schreibtisch. «Schluss für heute. Ich will mal los.»

«Ich geh auch gleich», erklärte Kristina. «Ich bring Sie nach vorn.»

Im Halbdunkel des Ladenraums blieb die Kommissarin plötzlich stehen und drehte sich abrupt um. «Komisch, dass es mir erst jetzt auffällt.»

Kristina wich unwillkürlich zurück und schaltete das Licht ein.

Die Kommissarin grinste. «Sie scheinen ja noch etwas schreckhaft zu sein. Aber jetzt mal im Ernst: Wenn Sie eine Leiche loswerden wollten, was würden Sie tun?»

«Darüber habe ich nun wirklich noch nie nachgedacht.»

«Das sollten Sie aber mal. Ich sag Ihnen was: Sie würden versuchen, die Tote verschwinden zu lassen. Zum Beispiel in irgendeinem dunklen Hafenbecken. Davon gibt's ja in Hamburg genug. Sie würden darauf hoffen, dass die Tote erst nach langer Zeit oder, noch besser, nie wiederauftaucht. Sie würden ihr Opfer jedenfalls garantiert nicht in ein Naherholungsgebiet befördern und an einem Seeufer ablegen, wo Stunden später die nächsten Spaziergänger oder Jogger vorbeitraben.»

«Sie meinen …»

«Genau. Ich meine, Frau Gelterkind hat noch gelebt, als man sie dorthin verfrachtet hat. Die Täter wollten sie vermutlich nicht umbringen, sondern sich nur ein bisschen Vorsprung verschaffen. Falls ihr Opfer sich berappelt und zur Polizei geht, wollten sie schon über alle Berge oder jedenfalls über alle Grenzen sein.»

«So wie sie es mit mir gemacht haben», ergänzte Kristina. «Mit dem Unterschied, dass ich wieder aufgewacht bin.»

«Glückwunsch», sagte Inka Brandes.

Kristina war sich nicht sicher, ob sie diese Schlussfolgerung meinte oder die Tatsache, dass sie ihre Entführung überlebt hatte. Sie konnte diese Frau und ihren eigentümlichen Zynismus immer weniger leiden.

«Passt eigentlich im Moment jemand auf Sie auf?», erkundigte sich die Kommissarin jetzt in einem deutlich wärmeren Ton.

«Kein Problem», antwortete Kristina kühl. «Das ist geregelt. Ich schlafe heute Nacht in einem Kinderzimmer in Bergedorf. Ich freue mich schon auf die Pferde-Bettwäsche.» Sie hatte am Nachmittag kurz mit Mascha telefoniert und erneut vereinbart, bei ihr zu übernachten.

«Na, dann gute Nacht», wünschte die Kommissarin. «Und halten Sie sich morgen Vormittag frei. Ich möchte Sie möglicherweise zu einem Termin mitnehmen. Genaueres teile ich Ihnen zeitnah mit.»

«Tun Sie das», sagte Kristina. «Ich habe sowieso schon fast vergessen, dass in diesem Büro noch eine kleine Nebenbeschäftigung auf mich wartet.» Dann schrieb sie für Ceyda noch schnell eine kurze Nachricht, dass es am Dienstagvormittag später werden könnte. Es kam allmählich wirklich nicht mehr darauf an.

Diesmal nahm sie die S-Bahn. Sie ging die kurze Strecke zum Altonaer Bahnhof zu Fuß. In der Fußgängerzone waren viele Passanten unterwegs, und die Geschäfte hatten noch geöffnet. Ein älterer Mann, der hier fast immer saß, spielte Akkordeon. Sie warf einen Euro in seinen Hut. Bestimmt kommt er aus Osteuropa, dachte sie.

Kaum war sie in die S-Bahn gestiegen, klingelte ihr Handy.

Sie warf einen Blick auf das Display. «Alexander! Du bist wieder in Deutschland?»

«Seit heute Morgen. Habe schon paarmal angerufen. Auch bei Alina, aber ich erreiche nicht …»

«Sie hat ihr Handy nicht mehr.»

«Sie haben sie gesehen? Gesprochen?» Kristina hörte die Sehnsucht in seiner Stimme.

«Ich denke, sie wird dir eine Menge zu erzählen haben.»

«Wo ist sie? Wo kann ich sie finden?»

«Ich weiß es nicht. Aber wenn du dich bei Inka Brandes meldest, der Kommissarin im Landeskriminalamt – sie kann dir mehr sagen. Und sie will dich sowieso dringend sprechen. Ich geb dir ihre Nummer.»

Nachdem Kristina dies getan hatte, beendete sie das Gespräch. Sie merkte plötzlich, wie sehr sie sich nach einem warmen Essen und einem weichen Bett sehnte.

34

Obwohl sie todmüde gewesen war, als sie im Ludwig-Rosenberg-Ring ankam, war der Abend mit Mascha und ihrem Mann Sergej noch überraschend lustig geworden. Kristina hatte zu viel «Zeppelin» gegessen und dabei gelernt, dass dies das litauische Nationalgericht war. Und sie hatte zu viel Wodka getrunken, um die gefüllten Kartoffelknödel herunterzuspülen. Die beiden Eheleute hatten erzählt, wie seltsam ihnen das Leben und die Menschen in Deutschland vorkamen. Und Kristinas Gedanken waren dabei manchmal zu Lukas abgeschweift. Und manchmal auch zu Michel.

Mascha hatte am Dienstagvormittag frei, und ihr Mann brachte das Kind zur Schule. So kam es, dass die beiden Frauen noch lange am Frühstückstisch beisammensaßen. Kristina hatte es zudem nicht eilig, ins Büro zu kommen. Insgeheim wartete sie auf den avisierten Anruf von Inka Brandes.

Ihr Handy klingelte aber erst, als sie bereits in der S-Bahn saß.

«Wo sind Sie?», fragte die Kommissarin knapp.

«Berliner Tor.»

«Steigen Sie am Hauptbahnhof aus; ich warte auf dem Taxistandplatz auf Sie. Der graue Dienstwagen, gegenüber dem Schauspielhaus.»

Nur wenige Minuten später entdeckte Kristina das Auto, nachdem sie die S-Bahn verlassen hatte. Die Kommissarin saß hinter dem Steuer und sah zornig aus.

«Was gibt's?», erkundigte sich Kristina, während sie auf dem Beifahrersitz Platz nahm.

«Eine ganze Menge.» Die Stimme von Inka Brandes klang zornig. «Zum Beispiel komme ich gerade von diesem Frauenarzt, diesem Kräher.»

«Und?», fragte Kristina gespannt.

«Ich hätte es mir gleich denken können. Der Arzt sagt, es gebe keinen Laborbericht, auf dem der Name Alina Karylenko steht. Er habe den Test über die Krankenversicherung einer anderen Patientin abgerechnet, und deren Namen stehe auch auf dem Befund. Das kann natürlich niemand überprüfen.»

«Schlau», merkte Kristina an. «Immerhin hat er damit einen Abrechnungsbetrug zugegeben.»

Inka Brandes schnaufte verächtlich. «Das gebe ich gern an meine Kollegen vom Betrugsdezernat weiter. Vielleicht reicht es ja für ein Bußgeld. Dieser Typ hat dem Mädchen kalt lächelnd ins Gesicht gesagt, er biete ihr an, den Test auf seine Kosten zu wiederholen. Für den Fall, dass sie irgendwelche Zweifel am Ergebnis habe. Falsches Testergebnis – das sei durchaus schon mal vorgekommen …»

«So ein Dreckskerl!», schimpfte Kristina. «Und? Was sagt sie? Hat sie sich darauf eingelassen?»

«Natürlich lässt sie sich von diesem Arzt nicht noch einmal untersuchen, das wäre ja noch schöner. Das erledigt jetzt die Gerichtsmedizin. Immerhin bin ich, was das Ergebnis betrifft, sehr zuversichtlich.»

«Hat sie ihn auch mal gefragt, warum er ihr zur Abtreibung geraten hat? Obwohl er die medizinischen Möglichkeiten, ein gesundes Kind zur Welt zu bringen, kennt – als Frauenarzt mitten in Sankt Georg?»

«Hat sie. Aber er streitet es einfach ab. Er hat noch versucht, sich bei mir einzuschleimen, mit so Bemerkungen wie: Wissen Sie, unter Schock verstehen die Patientinnen so manches falsch …»

«Ekelhaft», sagte Kristina. «Aber nachweisen werden wir ihm auch das nicht.»

«Übrigens wusste Kräher auch, wo die Karylenko zuletzt gewohnt hat: in Altona bei Frau Gelterkind. Sie musste in der Praxis eine Adresse angeben.» Die Kommissarin startete das Auto und ordnete sich in den Verkehr ein. «Nur, damit Sie es wissen», erklärte sie dann. «Meine Kollegen stehen gerade beim Büro von Carina e. V. mit einem Durchsuchungsbefehl vor der Tür.»

«Wie haben Sie das denn hinbekommen? Bis jetzt haben wir doch nicht mehr als Spekulationen über diesen Verein?»

«Ein bisschen mehr wissen wir inzwischen schon. Olschewski hat gestern diese Frau Schneider, die ehrenamtliche Bürokraft des Vereins, zu Hause aufgesucht. Die beiden kannten sich ja schon, und nachdem er ihr erzählt hat, was Ihnen widerfahren ist, hat sie ausgepackt: alles, was sie über die Aktivitäten von Carina e. V. wusste. Sie war sowieso schon misstrauisch geworden.»

«Und was ist dabei herausgekommen?»

«Zum Beispiel, dass der Verein ganz erstaunlich viele Spenden bekommt, meist in Form anonymer Bareinzahlungen. Ein kleiner Teil des Geldes geht wohl wirklich in die Ukraine. Für den größeren wurden aufwendige Anschaffungen getätigt, darunter ein dickes Auto. Den Wagen beschlagnahmen meine Kollegen heute Vormittag.»

«Was ist der Vorwurf? Missbrauch von Spendenmitteln?»

«Damit kommen Sie nicht aus. Wir wissen inzwischen noch ein bisschen mehr. Die Schneider ist nach dem Gespräch mit Olschewski gestern Nachmittag ein letztes Mal zum Telefondienst bei Carina e.V. angetreten. Nebenbei hat sie alle Daten gesichert, die sie auf deren Computer finden konnte. Mein Kollege und ich haben uns die Nacht um die Ohren geschlagen, um den ganzen Kram auszuwerten.»

«Und?»

«Um es kurz zu machen: Wir gehen von einer engen Kooperation zwischen Carina e.V. und den Wareniki aus. Sie erinnern sich? Dieser osteuropäische Zuhälterverein …»

«… den Sie ja von Anfang an im Verdacht hatten.»

«Wir haben uns in der Vergangenheit oft gewundert, dass diese Leute stets tadellose Papiere vorzuweisen hatten. Ich denke, das hatten sie Carina e.V. zu verdanken. Der Vorstand muss in Hunderten von Fällen dafür gesorgt haben, dass nicht nur junge Frauen aus der Ukraine, Moldawien oder Weißrussland Touristenvisa für Deutschland bekommen haben – sondern auch ihre Zuhälter. Dafür braucht man normalerweise hier eine Einladung, finanzielle Garantien … alles ziemlich aufwendig. Das hat vermutlich dieser Anwalt, in dessen Kanzlei der Verein sein Büro hat, in enger Zusammenarbeit mit Niemann erledigt. Den Mädchen wurde dann ein üppiges Anwaltshonorar in Rechnung gestellt, sobald sie hier ankamen. Und wenn das Visum abgelaufen war, wurden sie in ihre Heimatländer zurücküberstellt. Die Wareniki haben die Transporte ausgeführt und die Mädchen hier, vorsichtig ausgedrückt, zur Arbeit angehalten. Damit haben sich unsere Vereinsmeier natürlich nicht die Finger schmutzig gemacht.»

«Und die Spenden?», fragte Kristina. «Woher kamen die?»

«Ich nehme an, die Zuhälter mussten von ihren Einnahmen regelmäßig Abgaben an Carina zahlen.»

«Klingt nicht so, als habe sich der Verein allein darum verdient gemacht, junge Osteuropäerinnen aus dem Sexgewerbe zu retten», sagte Kristina. «Das haben wir ja schon vermutet. Aber ich frage mich, was Alina damit zu tun hatte.»

«Wahrscheinlich nicht viel», erwiderte Inka Brandes. «Dem Ersten Vorsitzenden, Herrn Niemann, ist sein Liebesleben einfach ein bisschen sehr über den Kopf gewachsen. Deshalb wurden die Wareniki angewiesen, seine Geliebte aus dem Land zu schaffen. Die wussten, dass ihre gesamte Geschäftsbeziehung mit Carina e. V. auf dem Spiel stehen würde, wenn sie das Problem nicht schnell und effektiv lösten.»

Bisher hatten sie sich nur langsam durch den Verkehr rund um den Hauptbahnhof gequält. Jetzt bog die Kommissarin von der Kurt-Schumacher-Allee in den Nagelsweg ab und gab Gas.

«Wo fahren wir eigentlich hin?», wollte Kristina nun endlich wissen.

«Wir besuchen Niemann in seiner Dienststelle. Vielleicht erzählt er uns jetzt ja noch ein bisschen mehr.»

«Stehe ich neuerdings im Polizeidienst?»

«Ich erkläre Sie hiermit zur Hilfsperson der Staatsanwaltschaft», erklärte Inka Brandes ungerührt.

«Sie haben Ihr Ziel erreicht», verkündete wenige Augenblicke später eine Frauenstimme aus dem Navigationssystem.

Diesmal musste sie keine Wartenummer ziehen. Die Kriminalkommissarin wurde sofort zu Niemann durchgewunken, als sie ihren Dienstausweis zückte.

Der Beamte lächelte etwas gequält, als die beiden Frauen sein Büro betraten. «Nehmen Sie Platz! Ich hoffe, Sie sind mit Ihren Ermittlungen weitergekommen!»

«Das kann man so ausdrücken», erklärte Inka Brandes. «Ich habe Frau Wolland mal mitgebracht. Sie kennen sich ja schon.»

Niemann nickte säuerlich.

«Herr Niemann, ich muss Ihnen zunächst etwas mitteilen. Sie sind Erster Vorsitzender von Carina e. V. Meine Kollegen beginnen in diesem Moment, das Büro Ihres Vereins zu durchsuchen …»

Der Beamte runzelte irritiert die Stirn.

«Sie haben vermutlich Ihre Gründe und werden sie mir darlegen?»

«Oder umgekehrt», sagte Inka Brandes. «Sie erklären mir zum Beispiel, warum Ihr kleiner Verein ungewöhnlich viele Spenden in Form anonymer Bareinzahlungen bekommt.»

«Ich glaube nicht, dass Sie das etwas angeht. Es ist wohl kaum strafbar, erfolgreich Spenden zu sammeln», erwiderte Niemann. Und dann schien er doch fast froh zu sein, dass er jetzt endlich loswerden konnte, was er sich sicher schon lange zurechtgelegt hatte. «Aber bitte schön: Wie Sie wissen, engagiert sich Carina e. V. für Opfer des Menschenhandels. Ich nehme an, die Männer, die in Sankt Georg verkehren, also zu Prostituierten gehen, quält manchmal ihr Gewissen. Das sind ja nicht alles Unmenschen. Sie wollen auch einmal etwas Gutes für diese Mädchen tun. Aber sie haben kein Interesse daran, dass ihre Namen irgendwo auftauchen. Wir geben ihnen die Möglichkeit, diskret zu helfen.»

«Mir kommen die Tränen», sagte Inka Brandes. «Diese Typen feilschen um zehn Euro für eine schnelle Nummer auf dem Straßenstrich. Und dann leisten sie Ablasszahlungen in sechsstelliger

Höhe auf Ihr Spendenkonto? Allein das Auto, das Sie angeschafft haben, dürfte um die achtzigtausend Euro gekostet haben. Können Sie mir erklären, wofür der Verein einen solchen Schlitten braucht?»

«Wir sind viel in den Herkunftsländern tätig. Wir unterhalten Kontakte zu Hilfseinrichtungen, wir bringen Kleiderspenden hin …»

«… und manchmal auch Mädchen.»

«Auch das kommt vor. Wenn eine junge Frau ohne Aufenthaltsgenehmigung hier aufgegriffen und abgeschoben wird, drohen ihr hohe Kosten und eine Einreisesperre für alle Zukunft. Das können wir vermeiden helfen, indem wir rechtzeitig eine kostenlose Ausreise für sie organisieren …»

«… und zwar auf demselben Weg, auf dem Sie die Frauen ins Land holen. Wer fährt diese Touren? Sie und Ihre Herren Vorstandskollegen?»

«Ich weise Ihre Unterstellungen in aller Form zurück», erklärte Niemann. Er wirkte ganz ruhig. «Ich setze mich jetzt erst mal mit dem Justiziar unseres Vereins in Verbindung. Ich möchte ihn auch unverzüglich über die Durchsuchung unseres Büros unterrichten.»

«Die wird ihm wohl kaum entgangen sein», merkte die Kriminalkommissarin trocken an. «Der Raum befindet sich ja, wie Sie wohl wissen, in seiner Kanzlei.»

Es war ein kurzes Telefonat. Der Beamte sagte mehrmals «Ja» und «Ist gut», legte dann wieder auf und sah die Kommissarin schmallippig an. «Ich muss diese Unterhaltung nun leider beenden. Unser Justiziar rät mir, ohne Rücksprache mit ihm in dieser Angelegenheit keinerlei Aussage mehr zu machen.»

«Verstehe», sagte Inka Brandes. «Dann machen wir uns am besten auf den Weg ins Präsidium. Hatte ich es schon erwähnt? Sie sind vorläufig festgenommen wegen des Verdachts auf verschiedene Straftaten: unter anderem Menschenhandel, Anstiftung zur Körperverletzung mit Todesfolge und zum Wohnungseinbruch. Meine Kollegen werden in wenigen Augenblicken hier sein.»

«Das wird Ihnen noch leidtun», erklärte Niemann mit gepresster Stimme. «Sehr, sehr leid sogar.»

Die Kommissarin fischte ihr Handy aus der Jackentasche und führte ein sehr kurzes Gespräch mit einem Kollegen. «Kommt hoch. Wir sind so weit.»

Dann sagte eine Weile keiner mehr etwas, bis der Beamte trocken und ungläubig auflachte. «Hat das diese Kleine angezettelt? Das hat man also davon, dass man zu helfen versucht.» Er wandte sich noch einmal an Inka Brandes. «Wenn ich Sie trotz allem um eine menschliche Geste bitten dürfte: Verschonen Sie meine Frau mit dieser Geschichte. Es wird sich alles aufklären. Aber es würde sie zu sehr belasten.»

«Ich fürchte», erwiderte die Kommissarin, «Ihrer Gattin ist nur noch zu helfen, wenn sie endlich erfährt, was los ist.»

Für einen Moment standen die beiden Frauen noch zusammen in der Eingangshalle der Ausländerbehörde. Rüdiger Niemann hatte das Haus in Begleitung von zwei uniformierten Beamten bereits verlassen.

«Was sollte das jetzt eigentlich?», erkundigte sich Kristina. «Warum wollten Sie mich dabeihaben?»

«Ich wusste nicht genau, wie es abläuft», erklärte Inka Brandes. «Ich dachte, vielleicht beeindruckt es ihn, wenn Sie ihm gegenübersitzen. Wenn Sie deutlich machen, dass all diese Drohszenarios Sie nicht eingeschüchtert haben …»

«Sind Sie da so sicher?», fragte Kristina.

Inka Brandes lächelte die Anwältin strahlend an. «Frau Wolland! Enttäuschen Sie mich nicht!»

Kristina ließ sich ihren Ärger nicht anmerken.

Die Kommissarin sah auf die Uhr. «Ich muss dringend ins LKA!» Sie reichte Kristina ihre Hand. «Vielen Dank, Frau Wolland, für Ihre Hilfe. Und, wenn ich Ihnen einen Rat geben darf: Überlassen Sie uns den Rest der Ermittlungen. Wie Sie sehen, kommen wir ganz gut zurecht.»

35

Sie ließ sich Zeit, nach Altona zu fahren. Sie würde Ceyda erst einmal mit professioneller Distanz gegenübertreten, hatte sie beschlossen, als sie morgens in der S-Bahn saß. Jedenfalls würde sie sich hüten, gegenüber ihrer Mitarbeiterin auch nur ein einziges Wort über Michel zu verlieren. Ihr Privatleben würde sie künftig noch sehr viel klarer als bisher aus der Kanzlei heraushalten.

Aber dann saßen sie beide dort, als Kristina das Büro betrat: Ceyda an ihrem Schreibtisch und Michel ihr gegenüber, schuldbewusst wie ein Schuljunge.

Er sprang auf und wollte sie sofort in seine Arme schließen. «Krizzy! Ich hab gehört, was los war! Ich bin so froh, dass dir nichts passiert ist!»

Sie wehrte die Umarmung mürrisch ab. «Ich weiß nicht, ob ich das jetzt will. Das heißt, ich weiß, dass ich es nicht will. Übrigens: Ich kann das nicht so sehen, dass mir nichts passiert ist.»

«Wir müssen reden», sagten Ceyda und Michel daraufhin beinahe im Chor.

«Lass es mich jedenfalls erklären», fügte Michel hinzu.

Kristina sah das Paar irritiert an. «Ihr wisst nicht so wirklich, was seit Sonntag bei mir los war?»

«Bei dir wurde eingebrochen …», antwortete Ceyda.

«Ja. Damit fing es an.»

«Ich kann ja verstehen, dass du danach erst mal eine Auszeit gebraucht hast …», erklärte Michel.

«So kann man es auch nennen», bemerkte Kristina sarkastisch.

«… und dass du dein Telefon nicht abnimmst.»

«Vierzehn Anrufe in Abwesenheit», betonte sie, «aber kein einziger aus diesem Büro. Ich dachte, wer etwas von mir will, wird sich schon noch mal melden.»

«Hier bin ich», erklärte Michel. «Ich habe übrigens ein neues Handy. Und ich will wirklich was von dir.»

«Aha?», entfuhr es Kristina. «Und das muss dringend jetzt sofort besprochen werden? Tut mir leid, ich war fast eine Woche weg. Ich habe jetzt erst mal anderes zu tun.»

Ceyda starrte ihre Chefin perplex an. «Sag mal … Du glaubst nicht im Ernst, dass zwischen Michel und mir etwas gelaufen ist, oder?»

«Ich glaube nicht, dass ich darüber auch nur ein einziges Wort hören möchte», entgegnete Kristina. Sie spürte, wie ihr Herz zu pochen begann.

«Ey, ich hab schon ein paarmal versucht, es dir zu erklären», sagte Ceyda. «Die Kurzfassung dauert weniger als eine Minute: Ja, Michel hat ein paar Tage bei mir gewohnt. Mein Bruder ist ja gerade in der Türkei. Und nein! Mehr war nicht. Punkt.»

«Geht mich nichts an. Will ich nicht wissen», wehrte Kristina ab. «Ich entscheide immer noch selbst, wann ich Beziehungsgespräche führe. Und wann nicht.» Während sie das sagte, spürte sie, wie ihr Widerstand zu schmelzen begann. «Sagen wir um vierzehn Uhr», schlug sie, seltsam förmlich, Michel vor. «Ich erwarte dich in meinem Zimmer.» Eigentlich hätten sie auch sofort miteinander reden können. Aber es wurde Zeit, dass sie die Herrschaft über ihren Terminkalender zurückeroberte.

Um Viertel vor zwei klingelte ihr Handy.

Die Kommissarin fing an zu sprechen, sobald Kristina abgehoben hatte. «Frau Wolland, nur noch ein paar kurze Infos, sagen wir mal außerhalb des Protokolls: Ich denke, wir stehen kurz vor der Lösung des Falls. Meine Kollegen haben heute früh zwei Leute festgenommen, die zu den Wareniki gehören. Die Männer, beide noch ziemlich jung, waren so erschrocken, dass sie sofort bereit waren auszusagen. Sie wollten auf keinen Fall mit einem Tötungsdelikt in Verbindung gebracht werden.»

«Und?», fragte Kristina gespannt.

«Im Grunde haben sie all unsere Vermutungen über die Zusammenarbeit zwischen Carina e. V. und dieser Zuhälterorganisation bestätigt. Sie haben auch berichtet, dass mit Hochdruck nach der Karylenko gesucht wurde – nach einem Mädchen, das sie alle überhaupt nicht kannten.»

«Und jetzt?»

«Die beiden Jungs sind schon wieder auf freiem Fuß. Was denen an Straftaten vorzuwerfen ist, rechtfertigt keine Untersuchungshaft. Wir haben sie zwar gebeten, Hamburg nicht zu verlassen, aber ich nehme stark an, dass die sich auf dem schnellsten Weg in ihre Heimatländer zurückbegeben. Immerhin, ihre Zeugenaussage ist dokumentiert.»

«Okay», sagte Kristina, «interessant. Aber was Angelika Gelterkind betrifft …»

«… gibt es auch noch etwas Neues: Meine Kollegen haben das Fahrzeug von Carina e. V. auseinandergenommen. Auf dem Rücksitz wurden Haare gefunden, die in der Gerichtsmedizin eindeutig Angelika Gelterkind zugeordnet werden konnten. Die Pathologin hat betont, dass das nur möglich war, weil sie eine so gründliche Erstuntersuchung durchgeführt haben.»

«Da hat sich ja jemand sehr wenig Mühe gegeben, seine Spuren zu verwischen», stellte Kristina fest. Sie bemühte sich, so ruhig wie möglich zu bleiben. Aber sie fühlte sich elend. Sie sah Angie vor sich, wie sie auf dem Rücksitz eines Autos festgehalten und mit einem Nasenspray betäubt wurde.

«Das passt jedenfalls zu meiner These: Die Täter haben nicht damit gerechnet, dass die Frau stirbt», sagte die Kommissarin kühl. «Und sie werden ihren Auftraggebern auch nicht so genau berichtet haben, was in jener Nacht geschah.»

«Sehen Sie eine Chance herauszufinden, wer das war?», fragte Kristina beklommen.

«Frau Wolland! Sie und Ihre Fragen! Also gut: Wir haben Listen sichergestellt, auf denen vermerkt ist, wer für welchen Zeitraum ein Visum hat: Frauen und Männer, von denen wir bisher überwiegend nur die Vornamen kennen. Aber es muss dazu Vorgänge in der Ausländerbehörde geben, wir werden das alles durchprüfen. Immerhin sind wir in diesem Fall einmal an die Hintermänner herangekommen. Wer hätte das gedacht: dass deutsche Beamte und Staatsbürger im Geschäft mit osteuropäischen Prostituierten mitmischen …»

Jemand klopfte an die Tür.

«Moment!», rief Kristina, ohne zu wissen, wen sie eigentlich meinte.

«Schon gut», sagte Inka Brandes, «ich hab sowieso schon zu viel gesagt. Schönen Tag noch!» Dann legte sie auf.

Michel steckte den Kopf durch die Tür. «Passt es jetzt?»

«Nicht wirklich. Aber komm rein.»

Er setzte sich brav vor ihren Schreibtisch. Offenbar hatte er sich genau überlegt, was er sagen wollte. «Tut mir leid, das war nicht so doll, dich einfach sitzenzulassen», begann er.

«Ich weiß nicht, ob ich meinen Kopf jetzt für ein Beziehungsgespräch frei kriege», meinte Kristina. «Ich habe gerade erfahren, wie Angie …»

«Gib mir wenigstens eine Chance», bat Michel. Er klang bedrückt.

«Weißt du, vor zwei Wochen … Ich musste einfach raus. Ich hatte das Gefühl, die Stimmung wird jeden Tag schlechter zwischen uns – du willst mich eigentlich gar nicht mehr sehen, und ich häng den ganzen Tag in deiner Wohnung rum. Ich hab also meine Sachen gepackt, hab dir diesen Zettel geschrieben … und dann bin ich doch erst mal hierhergekommen, in die Kanzlei. Ich wollte noch mal mit dir reden. Aber du warst nicht da. Da hat mir Ceyda das Zimmer in ihrer Wohnung angeboten. Sie hat ja gesehen, was los gewesen ist, als ich mit dem Rucksack reinkam. Ich denke, sie wollte verhindern, dass ich abhaue. Sie wollte dir einen Gefallen tun. Ich dachte, sie sagt dir das auch.»

«Klar», erwiderte Kristina. «Irgendeine Frau findet man ja immer, die einem die Kartoffeln aus dem Feuer holt.»

«Krizzy! Du warst in den Tagen überhaupt nicht ansprechbar!»

«Das hab ich anders erlebt», sagte Kristina kühl. «Ich hatte den Eindruck, du kannst es einfach nicht ertragen, dass du mal nicht der Wichtigste bist. Ständig hast du dich eingemischt, statt mir einfach zuzuhören und für mich da zu sein. Inzwischen weiß ich ja auch, dass du mit dem Thema eine ganze Menge am Hut hast.»

«Mit welchem Thema?»

«Prostitution? Sexgewerbe? Vielleicht sagst du es mir?»

«Das ist eine lange Geschichte. Willst du sie hören?»

«Wenn ich was daraus lerne.»

«Okay, du weißt, ich hab in São Paulo mit Straßenkindern gearbeitet. Ich hab damals, vor zwanzig Jahren, gemerkt: Als Tischler brauchen die mich in Brasilien nicht, aber den Kindern kann ich was beibringen. Am Anfang war alles nur improvisiert: Es gab einen christlichen Treffpunkt, und tagsüber stand der Raum leer. Ich konnte mit den Kindern was machen. Lesen, schreiben, rechnen … irgendwas, womit sie eine Chance haben, eine Arbeit zu finden. Dann haben wir gemerkt, dass das ganz gut läuft. Ich hab angefangen, mich um Geldgeber zu bemühen, kirchliche Organisationen, auch welche aus Deutschland. Allmählich wurde ein richtig großes Projekt daraus, mit hundert Kindern, die da auch schlafen konnten, mit einer Werkstatt –»

«Sehr schön», unterbrach Kristina ihn ungeduldig. «Aber das hast du mir alles schon mal erzählt.»

«Vielleicht hörst du mir noch einen Moment länger zu. Also, ich hab die Kinder da aufwachsen sehen; die waren echt froh und ganz eifrig, wenn sie was lernen konnten, besonders die Mädchen. Und dann wurden sie elf oder zwölf und sahen schon aus wie junge Frauen. Plötzlich liefen im Fernsehen ständig diese Castingshows. Danach waren die süchtig. Früher oder später lernten sie dann einen von diesen gelackten Typen kennen, die ihnen was von Liebe erzählten, ihnen ein schickes Top, eine Designer-Sonnenbrille kauften – und du konntest nichts mehr machen. Alles, worum wir uns über Jahre bemüht hatten, war weg. Es ging nur noch um den Typen, um die Klamotten, die er ihr kaufte. Spätestens nach ein paar Monaten ging das Mädchen irgendwo auf den Strich. Ich hab mir das angeguckt, ich hab mir den Mund fusselig geredet, ich hab versucht, die da wieder rauszuholen. Ich hab mir neue Konzepte überlegt, hab mit unserem größten Geldgeber in Berlin gesprochen, ich bin extra dafür nach Deutschland gekommen …»

Kristina sah ihn fragend an.

«Krizzy, ich wollte damals noch was erreichen, für São Paulo. Wenn wir beide uns getroffen hätten, das hätte alles durcheinandergebracht. Ich hätte dich so gern wiedergesehen, aber mich dann wieder zu verabschieden – ich wusste, den Konflikt halte ich nicht aus.»

So wichtig war das ihm … die ganzen Jahre, dachte sie.

«Und dann hab ich gemerkt, dass es alles nichts bringt», fuhr er fort. «Dass ich einfach mit dieser Arbeit aufhören muss, weil ich es nicht mehr ertrage. Ich bin aus Brasilien fast von einem auf den anderen Tag abgehauen … und bei dir gelandet. Ich hab drei Monate lang in deiner Wohnung gesessen und versucht, erst mal Abstand zu kriegen und mir was Neues zu überlegen. Dann ist diese Sache mit Angie passiert, und plötzlich war das ganze Thema wieder da. Als wir bei diesem Alexander in Allermöhe waren … Für mich war sofort klar, dass der mit dem Sexgewerbe zu tun hat. Ich konnte den nicht als einen harmlosen Typ sehen, der sich zufällig in ein Mädchen aus der Ukraine verknallt hat. Ich hab gemerkt: Ich ertrag das nicht. Ich kann dir nicht helfen, ich geb nur blöde, zynische Kommentare ab, während du versuchst, etwas rauszukriegen …»

«Sagt dir eigentlich der Name Rüdiger Niemann etwas?», fragte Kristina etwas zusammenhanglos.

«Immer noch in der Vernehmung, Frau Kommissarin?» Er verschränkte die Arme über der Brust.

«Tut mir leid. Ich will es einfach wissen. Ich hab euch beide auf einer Teilnehmerliste gesehen, von einem Kongress, der 2007 in Kiew stattgefunden hat. Warum hast du mir nie erzählt, dass du in der Ukraine warst?»

«Ich hatte nicht den Eindruck, dass es dich interessieren würde. Aber dieser Typ … Ist das so ein etwas biederer Vertreter? Von einem Verein in Hamburg?»

«Genau der.»

«Den fanden wir alle seltsam. Wir haben den immer ‹Mister Niemand› genannt, weil der so unscheinbar war. Und von den Themen, um die es da ging, hatte der auch nicht viel Ahnung.»

«Er ist es wahrscheinlich, der indirekt schuld ist an Angies Tod.»

«Die Polizei weiß jetzt, was passiert ist?»

«Nicht genau.»

«Und ungenau? Erzählst du es mir?»

«Gar nicht so einfach. Da ist einerseits dieser Verein, in dem Niemann Vorsitzender ist: Carina e. V. Es sieht so aus, als hätten die unter dem Deckmäntelchen einer Hilfsorganisation das Geschäft mit den Mädchen aus der Ukraine, aus Moldawien und Weißrussland hier in Hamburg kontrolliert. Die eigentliche Arbeit haben Männer aus den Herkunftsländern erledigt: Die haben die Frauen vor Ort angeworben, hierher gebracht und auf den Strich geschickt. Die Mädchen mussten natürlich den größten Teil ihres Verdienstes abgeben. Und ihre Zuhälter haben ihrerseits Abgaben auf das Konto von Carina gezahlt.»

«Und womit hatte der Verein diese Typen in der Hand?», wollte Michel wissen.

«Ganz einfach: Sie haben ihnen und den Mädchen Visa besorgt. Damit konnten sie legal einreisen und sich in Deutschland aufhalten.»

«Und damit hat der Verein Geld verdient?»

«Einige Mitglieder bestimmt. Für den Anwalt war die Beschaffung von Aufenthaltsgenehmigungen auf jeden Fall ein lukratives Geschäft. Ein Immobilienbesitzer war auch dabei. Der wird seine Apartments in Sankt Georg zu traumhaften Preisen vermietet haben. Aber ich denke, es ging auch noch um etwas anderes: um Macht, um das schöne Gefühl, Kontrolle über das Böse auszuüben. Und natürlich um Sex. Als Sahnehäubchen obendrauf konnten die Herren sich noch einbilden, dass sie doch eigentlich etwas Gutes tun.»

«Dieses Mädchen, die Verlobte von Alexander, war auch eine Prostituierte?»

«Nein. Rüdiger Niemann hat sich einfach in sie verliebt, und das hat alles durcheinandergebracht. Sie ist zufällig in sein Büro in der Ausländerbehörde hineinspaziert, weil sie eine Aufenthaltsgenehmigung brauchte. Sie wollte hier studieren. Und ihm hat es anscheinend nicht mehr gereicht, ab und zu mit einer Nutte ins Bett zu gehen und ansonsten sein kleines, spießiges Leben weiterzuführen. Er war in der Behörde nicht einmal für Alinas Fall zuständig. Aber er hat so getan, als könne er ihre Probleme lösen, wenn sie nur ein bisschen nett zu ihm ist. Doch dann wurde sie schwanger, wahrscheinlich von ihm, und ihm ist die Sache komplett aus dem Ruder gelaufen.»

«Was hatte denn eigentlich Angie mit alldem zu tun?»

«Eigentlich nichts. Sie hat Alina für ein paar Tage bei sich aufgenommen, weil sie nun mal ein großes Herz für Menschen in Not hatte. An dem Abend, an dem sie mich angerufen hat … Alina hatte ihr gesagt, dass sie beide in Gefahr sind, dass irgendwelche Männer schon bei ihr vor der Tür stehen, dass sie irgendwo abtauchen müssen. Wo sollte Angie hin? Freiwillig in die Psychiatrie? Es fiel ihr bestimmt sehr schwer, sich dazu durchzuringen. Sie muss stundenlang durch die Stadt gelaufen sein, bevor sie mich angerufen hat. Sie hat sogar ausnahmsweise ein Beruhigungsmittel genommen, total ungewöhnlich für sie.»

«Und warum hat sie es sich dann mitten in der Nacht in der Psychiatrie noch mal anders überlegt?»

«Als wir im Klinikum Nord auf diese russische Ärztin getroffen sind, hat sie wahrscheinlich gedacht, die Verfolger sind sowieso überall. Ich hab sie noch nach Hause gefahren; sie hat sogar angedeutet, dass jemand hinter ihr her ist. Aber ich hab gedacht, sie spinnt … sonst hätte ich sie natürlich nicht einfach vor ihrer Tür abgesetzt.»

«Weißt du, was danach passiert ist?», fragte Michel behutsam.

«Die Polizei vermutet …» Kristina verstummte mitten im Satz.

«Okay», sagte Michel, «muss ja jetzt auch nicht sein.»

«Sie haben sie mitgenommen», berichtete Kristina. «Sie wollten vermutlich aus ihr rauskriegen, wo Alina ist. Als klar war, dass sie nichts weiß oder nichts sagt, haben sie ihr das Fentanyl verpasst und sie am Boberger See abgeladen. In Kombination mit dem Beruhigungsmittel hat das Zeug dann wohl tödlich gewirkt.»

«Was für ein Mittel ist denn das?»

«Ein Schmerz- und Narkosemittel. Das gibt es als Nasenspray.

Man muss schon ganz gezielt suchen, um überhaupt Spuren davon im Körper zu finden. Wie es wirkt, hab ich übrigens selbst erfahren … vorletzte Nacht.»

Michel sah sie groß an.

«Sie haben mich auf der Straße überfallen, betäubt und in ein Auto gepackt. Gestern früh bin ich in Polen aufgewacht. Was dazwischen los war, weiß ich nicht so genau.»

Er war grau im Gesicht geworden. Jetzt sprang er von seinem Stuhl auf und kam auf sie zu. «Mein Gott, Krizzy … Darf ich dich wenigstens jetzt mal in den Arm nehmen?»

«Klar», antwortete Kristina. Etwas linkisch erhob sie sich von ihrem Schreibtischstuhl. Plötzlich schien sich die gesamte Spannung der letzten Tage zu lösen. Für einen Moment fürchtete sie, dass ihre Beine unter ihr wegsackten. Ihr wurde schwarz vor Augen. Doch Michel hielt sie ganz fest.

Dann war es auch schon wieder vorbei. Sie wand sich aus seinen Armen, schob sich mürrisch die Haare aus dem Gesicht und setzte sich an ihren Schreibtisch. «Ich brauche ein bisschen Zeit, um das alles zu verarbeiten», erklärte sie.

«Verstehe», sagte Michel niedergeschlagen. Er hatte es wohl auch gespürt: Die alte Vertrautheit stellte sich so schnell nicht wieder zwischen ihnen ein.

«Was ist jetzt eigentlich mit diesem Alexander und seiner Alina?», fragte er etwas hilflos.

«Alexander hat einen kleinen Ausflug in die Unterwelt unternommen», erwiderte Kristina. Sie war froh, dass sie das Thema wechseln konnte. «Und ich hoffe, er ist von solchen Ambitionen für alle Zeiten kuriert. Alina wird ihm ein paar ziemlich heftige Neuigkeiten zu unterbreiten haben, wenn sie sich wiedersehen. Aber so verliebt wie er ist, will er sie wahrscheinlich trotzdem noch heiraten …»

«Und sie? Was will sie von ihm?»

Kristina zuckte mit den Achseln. «Keine Ahnung. Ich denke, sie mag ihn. Sie wird aber erst mal eine Menge andere Entscheidungen treffen müssen. Zum Beispiel, ob sie eine Vaterschaftsklage gegen Rüdiger Niemann erhebt. Und wie sie sich verhält, wenn es zu einem Strafverfahren gegen ihn kommt. Sie muss aufpassen, dass sie nicht selbst wegen versuchter Bestechung auf der Anklagebank landet. Ich weiß auch nicht, ob sie nach all dem, was passiert ist, überhaupt in Deutschland bleiben will.»

«Sie wird eine gute Anwältin brauchen», sagte Michel und sah dabei Kristina an.

«Ich will aber endlich abschließen mit dieser Sache!», wehrte Kristina ab.

«Es wäre in Angies Sinne!»

Sie starrte schweigend auf die kyrillischen Buchstaben auf ihrer Schreibunterlage und auf die drei Punkte, die Inka Brandes dort hinterlassen hatte. «Glaubst du, dass die beiden auch nur den Hauch einer Chance haben?», fragte sie nach einer Weile.

Michel antwortete nicht sofort. Dann sah er ihr direkt in die Augen. «Mich interessiert eigentlich mehr, ob wir beide den Hauch einer Chance haben.»

Kristina dachte an Lukas. Sie hatte angekündigt, ihn zum Essen einzuladen. Zum Dank dafür, dass er sie auf einem polnischen Parkplatz eingesammelt und gerettet hatte.

«Ich weiß es nicht», antwortete sie. «Olschewski hat vorhin angekündigt, dass ich nachher in meine Wohnung zurückkann. Ich muss erst mal aufräumen.»

Alle Personen und Handlungen sind frei erfunden, etwaige Ähnlichkeiten mit Lebenden, Verstorbenen oder tatsächlichen Ereignissen wären rein zufällig. Für Ratschläge, Auskünfte, Hintergrundinformationen und gute Ideen danke ich

Reinhard Berkau, Rechtsanwalt in Hamburg;

Hans Günter Meyer-Thompson, Arzt in Hamburg;

Gottlieb Krune vom Hamburger Verein der Russen in Deutschland;

Stefanie Leich von der Diakonie Hamburg (Trägerin der Beratungsstelle «Sperrgebiet»);

Sofia Onufriv, Berlin / Lviv (für Recherchen, Übersetzungen und ihr Wissen über die Lebenssituation von Ukrainern in Deutschland);

Tatjana Semikop von der Beratungsstelle «Glaube, Liebe, Hoffnung» in Odessa;

Olga Veil, Leiterin des Spielhauses in Neu-Allermöhe West

sowie den Pressestellen der Hamburger Polizei und der Innenbehörde des Hamburger Senates.